# MOISSONS NOIRES

*Créé et dirigé par Romain Naudin*

# LES SOMBRES AFFAIRES DE ROSITA MARCADET

Tome 1

Celui qui se brûle les fesses doit s'asseoir sur les ampoules

ANNE **BOUDART**

# LES SOMBRES AFFAIRES DE ROSITA MARCADET

Tome 1
Celui qui se brûle les fesses doit s'asseoir sur les ampoules

Illustrations : Anne Boudart

MOISSONS NOIRES

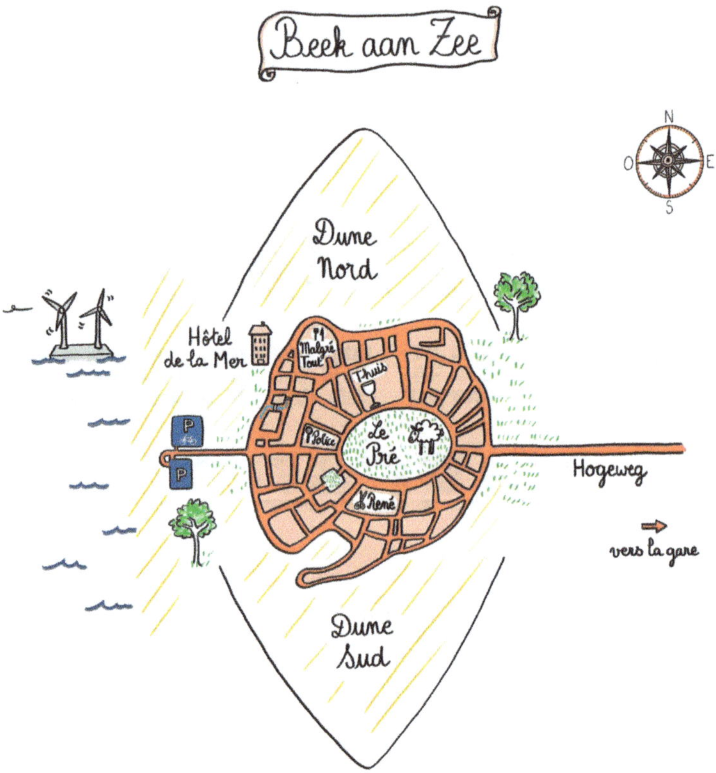

Beek aan Zee
N
O
E
S
Dune
Nord
Hôtel
de la Mer
Malgré
Tout
Thuis
Le
Pré
Police
René
P
P
Hogeweg
vers la gare
Dune
Sud

Beek aan Zee
Rosita Marcadet
Margareta van West
Thessa Dolen
Rob Dolen
Beatrix van West
Anita van West
Liesbeth van West
Pat
Frank
Mark
Molly Moss
Heleen Kaars
Peter Vernink
Karen Vernink
Ruben
Jim Frigge
Steven Vernink
STEVEN
WELKOM
IN
BEEK AAN ZEE

# Prologue

— Ils ne sont pas gros, ils sont enveloppés !

— Charpentés, plutôt.

— Il paraît que les femmes n'ont presque jamais recours à la péridurale, là-bas. Faut voir leur physique de bûcheronne, aussi, ça doit aider.

*Est-ce qu'il me sera un jour possible de prendre un train sans tomber systématiquement dans le wagon des passagers les plus agaçants du réseau ferroviaire international ?* pensait Rosita, assise côté fenêtre, en se malaxant les tempes sans retenue. Ses petits doigts aux ongles courts et à la peau craquelée pétrissaient avec détermination son visage tiré. Hélas, la manœuvre ne rencontrait aucun effet. Rosita Marcadet était coincée. Un mètre cinquante-sept de lassitude, cerné entre trois bonnes sœurs qui jacassaient sans interruption depuis le départ, Gare du Nord.

D'habitude plutôt conciliante, sympathique, une nature gentille en somme, elle perdait toute patience et foi en sa propre humanité dès qu'elle montait dans un train. Le train lui donnait des envies de meurtre. Ce qui ne manquait pas de finir par la faire sourire.

— AAAAAAAH !!

Les trois religieuses s'étaient figées dès les premières notes du hurlement, tétanisées, tandis que Rosita, retournée en une fraction de seconde, à moitié debout sur son siège, était prête à bondir, pupilles dilatées et muscles tendus. Le temps d'un minuscule instant, il n'y eut pas d'autre bruit que le roulis tranquille de la voiture, pas d'autre mouvement que le délicat flottement de la poussière dans le compartiment. Puis quelqu'un pouffa, une autre éclata de rire, et les têtes se relevaient déjà, rassurées, « Calme-toi Michel, ce n'est pas un attentat » ; pour observer le malheureux jeune ténor, un ado boutonneux qui venait de se prendre une valise sur la tête, s'excuser mollement de sa sortie vocale, arguant que son bagage était extrêmement lourd et que quelqu'un l'avait visiblement déplacé, ce à quoi il ne s'attendait pas et c'est pourquoi il lui tomba…

Rosita s'était déjà rassise et n'écoutait plus. Quant aux nonnes, elles s'étaient tues, enfin. Rosita aurait pu applaudir le garçon, si elle n'avait pas profité du silence pour s'absorber aussitôt tout entière dans ses pensées, son projet.

Une voix claire à l'accent flamand annonça l'arrivée en gare de Rotterdam.

# Chapitre I - Le village

Un œil étranger peu courtois (ou peu attentif, selon de quel côté on se place), pourrait se lasser sans trop tarder de cet étrange paysage inexorablement plat. La géographie façonne-t-elle les caractères ? Vivre au-dessus de falaises bretonnes déchiquetées fait-il germer un cœur sauvage, aux mille contours tranchants ? Voir le jour au bord de la Méditerranée, au bleu aussi éclatant que tapageur, prédispose-t-il à une nature théâtrale, sans cesse attirée par le verbe haut et la lumière ? Naître sur une île creuse-t-il le sillon de ceux qui tournent en rond ? Les lacs glacés, les déserts et les forêts, les rouleaux de l'océan ou le ruisseau tranquille d'une vallée, la roche ou le bitume, le sable ou la terre font-ils partie des petites mains invisibles qui moulent un tempérament ? Si tant est qu'il reste encore un bout de nature en bas de chez soi.

Cet œil étranger peu courtois ou peu attentif pourrait se demander : quel esprit jaillit donc de ce royaume des Pays-Bas aux frontières étroites, qui, hormis deux ou trois grandes villes, semble en quasi-totalité ressembler à une seule et même bourgade ? Une grande pelouse, parsemée de vaches, de moutons, sertie de barrières ou de fils électriques, ornée d'éoliennes, d'usines, de fermes et de quelques maisons de poupées. Quelles personnalités émergent de ce large gazon industrialisé ?

Vous ne serez bien sûr pas dupes de cette première impression mal dégrossie. Il ne faut pas en vouloir à ces nonnes voyageuses. Après tout, ces neuf jours de mission aux Pays-Bas représentent la récompense ultime de leurs douze années d'austères et loyaux services à la Congrégation des Sœurs de Bon Secours, sans comité d'entreprise, ni RTT, pour un salaire dérisoire. *Ridicule considération matérialiste* vous répondraient-elles, choquées, *quand on possède l'amour illimité de Dieu. Faut-il être bête à ce point pour s'esclavagiser de plein gré,* n'aurait pas manqué de rétorquer sans ménagement la mère de Rosita, si elle était encore de ce monde.

Mais revenons à nos moutons néerlandais.

Il y a au moins un village hollandais qui ne ressemble à aucun autre, c'est Beek aan Zee. Prononcer Bèque-Âne-Zé. Si vous n'y êtes pas résident, vous n'avez a priori aucune raison d'y aller. Sauf peut-être pour un extravagant dîner chez *Malgré Tout* (la légende n'explique pas le choix français et pas vraiment engageant du nom du restaurant). Ou éventuellement pour accéder à la mer en voiture, si vous habitez le coin et que vous êtes feignant. Haut lieu des mangeurs de glaces véhiculés quelques semaines ensoleillées par an, Beek aan Zee jouit, hormis ces quelques agitations estivales, d'une tranquillité absolue. On l'a dit : il n'y a, a priori, aucune raison de venir jusqu'ici.

Reste que cet endroit ne ressemble à aucun autre. D'où que l'on vienne, il n'y a qu'une seule route pour atteindre Beek aan Zee, la *Hogeweg*, (la « grand route ») à l'est. Le village est encastré au nord et au sud entre deux gigantesques dunes à la beauté terriblement changeante, preuve s'il en fallait que tout n'est pas plat, dans ce pays. À l'ouest, la mer. Au creux de ces deux montagnes de sable et d'herbes sauvages, les ruelles dallées du village. Le plan de Beek aan Zee ressemble à un plateau de jeu de société. Toutes les ruelles partent du centre névralgique du village : « Le Pré », point de chute de cette fameuse unique route d'accès au reste du monde. Ou à Beek aan Zee, si l'on arrive du reste du monde.

Ce pré circulaire clôturé a l'importance d'une Plaza Mayor, bien que d'une allure modeste. Y viennent brouter selon les périodes de l'année une dizaine de moutons et s'entraîner quelques somptueux chevaux et leurs importants propriétaires, tôt le matin et en fin de semaine.

On serait tenté de s'imaginer un village-dortoir pour prétentieux notaires dresseurs de Pur-Sang, pour fidèles et assommants clients du très sélect « *Malgré Tout* », mais la population des *Beekenaars* réserve bien plus de surprises.

En revanche, l'orgueil tout particulier propre à chacun des habitants les prémunit, eux, de tout étonnement : rien ne les surprend. Pédiatre, sans-emploi, esthéticienne, coiffeur, journaliste, poissonnier, serveur, sommelière, banquière, postier, podologue, maçon, ingénieure, homme à tout faire, homme au foyer (il en y a un), agricultrice, hacker gouvernemental (on y reviendra), petites vieilles, gros vieux ou jeunes enfants, tous et toutes vous diront, immanquablement : on ne nous la fait pas. Ou plutôt, dans leurs termes exacts : « On ne nous la vend pas avec de la mayonnaise ».

Eh bien, une fois n'est pas coutume, tout le village s'est fait surprendre par l'arrivée de Rosita.

# Chapitre 2 - L'invitation

Au-dessus de l'énorme tête de lit sculptée en bois d'acajou, fixées au mur dans l'axe direct de l'oreiller, deux épées entrecroisées autour d'un blason aux armoiries royales et menaçantes, serti de clous. Là, c'était trop. Après le papier peint façon tapisserie de Bayeux, les appliques en forme de chandeliers, la collection de crucifix dans les toilettes et le portrait grandeur nature de la Vierge dans la cuisine, c'était trop. Les nonnes du train avaient dû lui jeter un mauvais sort, à tous les coups. Rosita fut sur le point de craquer. Rassemblant toutes ses forces, elle se retint d'exploser de rire au seuil de la chambre à coucher. *Allez, fais bonne figure encore quelques minutes, ça ne sera plus long maintenant*, s'encouragea-t-elle intérieurement. Le temps d'assurer à celle qui lui faisait faire le tour du propriétaire qu'elle serait une locataire exemplaire. Bien entendu, elle réglerait avec plaisir la première semaine de loyer en avance, dans la journée, même.

La veille, lorsque les yeux de Rosita avaient accroché l'annonce scotchée à la vitre du bar-restaurant : « Meublé à louer – *Zeestraat* (rue de la mer), une chambre, grande pièce à vivre, lumineux en très bon état, contacter Beatrix van West au 07... », elle s'était arrêtée net sur son passage. C'était *exactement* ce dont elle avait besoin. Il lui fallait cet appartement. La dizaine de jours à loger dans l'unique et désert hôtel du village pesait de plus en plus lourd sur son budget, cette location providentielle arrivait à point nommé. Ambiance moyenâgeuse ou pas, c'est ici que Rosita devait séjourner.

— Comme je vous l'ai expliqué au téléphone, mon grand-oncle a habité soixante ans cet appartement. Nous n'avons pas encore eu le loisir d'en modifier la décoration, pas vraiment au goût du jour, indiqua la propriétaire d'une voix pincée.

Beatrix van West devinait sans peine les efforts titanesques de l'étrangère pour masquer, assez mal du reste, le fond de sa pensée. La propriétaire ajouta, assez sèchement, de son anglais parfait et sans accent :

— Ce qui explique le loyer avantageux dont vous pourrez bénéficier.

— Ça sera parfait, je vous remercie, lui répondit Rosita, en un franglais souriant.

Si Beatrix van West ravala suffisamment sa fierté froissée pour tenter d'en découvrir un peu plus sur sa future locataire, elle n'en apprit presque rien. Pas même son véritable nom de famille, ni que Rosita Marcadet parlait couramment néerlandais.

*

**Lundi 4 mars**

Voilà presque deux semaines que cette Française bizarre d'une cinquantaine d'années (plutôt soixantaine bien tassée, selon les mauvaises langues, qui ne manquaient pas à Beek aan Zee) avait débarqué chez eux, sans daigner divulguer à quiconque la moindre information à son sujet. Le culot de cette femme. Quasiment quinze jours depuis qu'elle avait posé son sac (pas de carton, pas de valise, avec quoi vivait-elle donc?) sans que personne n'ait eu l'honneur de sa conversation au-delà de cinq banales minutes, limite au-delà de laquelle la Française s'esquivait en souhaitant une bonne journée. Pour qui se prenait-elle, cette petite dame rondouillarde, toujours fagotée pareil, avec son sourire en coin? Peut-on décemment se laisser insulter de la sorte, chez soi, par une étrangère? Et puis quoi encore! Le conseil du renseignement général local, c'est-à-dire le salon *René Coiffure* (il y en avait, décidément, des enseignes en français dans le coin), s'était résolu à passer l'attaque.

Beatrix, Anita, leur mère Margareta, Heleen, la vieille Mrs Moss, Karen et René lui-même tombèrent d'accord: ils n'avaient qu'à l'inviter à l'enterrement. On verrait bien si la Française trouverait l'audace de refuser l'hommage aux morts.

— Finalement, ronronna d'aise Margareta dans son fauteuil en admirant le coup de ciseaux sans pareil de son René adoré, cet épouvantail de Linda qu'on enterre dimanche aura tout de même fini par rendre service.

— Bien malgré elle, nota Heleen.

C'est ainsi que Rosita Marcadet découvrit quelques heures plus tard une enveloppe crème au papier épais à son attention, déposée sur la boîte aux lettres, immanquable. À l'intérieur, un mot manuscrit sur papier cartonné, accompagné du faire-part de décès et de l'invitation à la cérémonie. Rosita étouffa un rire teinté de condescendance.

*Dear Rosita, (en anglais)*

*Vous savez peut-être, dans notre village où les nouvelles circulent vite, que notre grand-tante Linda Dekker qui vivait en maison de retraite n'a pas supporté bien longtemps le décès de son mari. Elle nous a malheureusement quittés vendredi dernier. Comme vous habitez l'appartement qui a été le leur pendant si longtemps, ma famille et moi-même avons pensé que vous aimeriez peut-être assister à la cérémonie, à laquelle la plupart des gens d'ici assisteront d'ailleurs. Si cela vous fait plaisir.*

*Salutations amicales,*

*Beatrix*

*Si cela vous fait plaisir…* Un enterrement, c'est vrai ça, quoi de plus plaisant ? À part une gastro, bien sûr. Et l'enterrement qui plus est, de l'ancienne proprio de cet appartement à la déco digne du musée de la torture de Londres ? Rosita leva les yeux au ciel. Un sourire se dessina sur ses lèvres. Elle gardait un excellent souvenir de son séjour au *London Dungeon*, voilà cinq ou six ans. Un improbable concours de circonstance judiciaire d'une drôlerie folle.

— Un enterrement… soupira-t-elle.

Ah non, vraiment, y a pas à dire : typiquement le genre de loisir auquel quiconque aspire.

Rosita entra déposer ses courses et l'enveloppe, prit une laine plus épaisse, les clefs, et ressortit marcher en direction de la mer. La nuit n'allait pas tarder à tomber. La femme au mètre cinquante-sept dont les cheveux secs et grisonnants volaient au vent commençait à comprendre pourquoi les gens d'ici déblatéraient autant au sujet de la météo, à tout bout de champ. En un mot : surréaliste. Vendredi 1er mars avait été saupoudré de neige, avant un samedi à vingt degrés au soleil, suivi d'un dimanche diluvien, jusqu'à ce matin, lundi, craquelé de gel. À midi, le soleil chauffait tant qu'elle avait mangé en débardeur, deux heures plus tard des trombes d'eau lui avaient trempé les os, pour laisser la place à cette fin d'après-midi à peine voilée, où le vent s'était levé. Quel pays !

— Que diable allais-[je] faire dans cette galère, récita-t-elle tout haut, en soupirant à nouveau.

Cette réplique de Molière, la seule d'ailleurs, lui revenait très souvent à l'esprit.

Et si Rosita s'était fourrée de bon gré dans nombre de galères dont elle ne faisait plus le compte depuis des années, cette fois-ci, elle n'était plus très sûre d'avoir bien joué son coup. La vérité, c'est que Rosita ne savait pas exactement ce qu'elle était venue chercher. Un comble, se dit-elle. C'est toujours plus facile d'enquêter pour les autres. Farfouiller pour soi, c'est plus délicat.

Chaussée invariablement de ses célèbres (du moins pour certain.e.s) Pataugas en toile beige, Rosita Marcadet marchait vers la plage, les mains dans les poches. Le ciel virait en un dégradé de rose spectaculaire, une dizaine de mouettes dansaient dans des traînes de dentelle pastel, vestiges des nuages de tout à l'heure. Était-ce bien des oies, ces trois gros oiseaux costaux dont Rosita pouvait entendre les cris malgré l'altitude à laquelle ils volaient, droit devant ? Comment appelle-t-on le cri de l'oie, au fait ?

Personne, absolument personne, à la police judiciaire de Paris, n'aurait pu imaginer Rosita Marcadet, un lundi en fin d'après-midi, les pieds dans le sable, occupée à regarder les oies passer.

## Chapitre 3 - Steven Vernink

Steven avait très longtemps fait le désespoir de ses parents. Cloîtré tout seul dans sa chambre, blanc comme un linceul, maigre comme un clou, l'amabilité d'une porte de prison slovaque et se nourrissant exclusivement des années durant de bols de céréales sucrées dégoûtantes, matin, midi et soir, il avait été pire qu'un ado de série télévisée. *Vous n'avez qu'à fermer tous les placards à clef, le forcer à travailler, l'envoyer à l'armée, le mettre au basket, aux jardins partagés, l'emmener en thérapie comportementale...* Quel conseil n'avaient-ils pas entendu ? Combien de fois (particulièrement avec cette garce de Heleen) Karen avait dû se contenir, hocher la tête, sourire, « Bien-sûr, nous avons déjà essayé, penses-tu, mais c'est notre garçon, on ne peut pas le mettre dehors, pour aller où ? ». Alors depuis cette fameuse lettre d'embauche, le père comme la mère ne rataient pas une seule occasion de mentionner les activités de leur fils (particulièrement avec cette garce de

Heleen). Les Vernink ne jugeaient pas utile de révéler les péripéties préalables à cette fameuse lettre d'embauche. À savoir un délit passible de plusieurs années de prison haute sécurité, en solitaire. Steven avait « pour rigoler » piraté la boîte mail privée du prince Willem-Alexander d'Orange. En rentrant du cours de piscine, un mercredi après-midi. Or à l'époque, le prince, sur le point d'obtenir la promotion de sa vie, faisait l'objet d'une attention pour le moins renforcée. Les services secrets royaux, une fois informés que le hackeur du futur roi n'avait pas encore atteint la majorité et carburait aux Miel Pops, jugèrent plus opportun d'enrôler le jeune plaisantin surdoué plutôt que de l'enfermer. Les capacités de Steven décuplèrent avec une telle rapidité qu'il remboursa sa dette beaucoup plus vite que prévu. Aucun casier judiciaire, une fiche de paie à entête royale, Steven devint officiellement hackeur gouvernemental. Pourfendeur de terroristes informatiques, défenseur de la constitution et chasseur de pirates en ligne.

Oui, on pouvait dire que Steven s'était bien rattrapé. Et depuis l'arrivée de cette mystérieuse Rosita, Karen n'avait plus qu'une idée en tête : fumer Heleen comme un cochon de la Saint-Nicolas. Si elle arrivait à convaincre son fils de lui monter un petit dossier sur la Française, combien de points pourrait-elle marquer à la prochaine réunion coiffure ! C'était bien son boulot après tout, la collecte d'informations, non ? Et qui sait si cette bonne femme à l'allure de botaniste gothique en pré-retraite ne cachait pas une sombre mission d'espionne, à la solde de l'ennemi ?

*Bien sûr que c'est possible! Ce sont précisément les physiques les plus quelconques qui cachent souvent des vies extraordinaires, regarde : toi ! Non, mais je veux dire, qui pourrait imaginer que tu sauves ton pays tous les jours en pyjama, sans énormes muscles à la Rambo ni voiture blindée*, bafouilla-elle, essayant de se rattraper. Karen avait parfois du mal à exprimer clairement le fond de sa pensée. Les mots, ces traîtres, sortaient tout le temps de travers.

Steven prit doucement le bras de sa mère et la regarda avec tendresse.

— Maman, tu devrais prendre du temps pour toi, te concentrer sur du positif, des activités qui te font du bien... lui souffla-t-il, d'un ton presque inquiet, avant de retourner dans sa chambre, en verrouillant la porte.

Les enfants sont d'une ingratitude crasse.

Steven Vernink était donc le seul de la ville (car il restait le fils de sa mère, de fait, bien entendu, il avait farfouillé par curiosité dès la première heure où la Française avait franchi le seuil du Pré) à posséder des informations sur Rosita Marcadet. Et non pas « Rosita Desjardins », le faux nom que Rosita avait choisi de donner à sa propriétaire. Vu les exploits de la dame, sa mère n'était finalement pas tombée si loin que ça en parlant d'agent secret.

Rosita Marcadet était détective ! Pénétrer dans les systèmes informatiques de la police française avait provoqué à Steven à la fois des sueurs froides et des palpitations de bonheur. Si son chef l'apprenait, il risquait gros. Mais la surprise de découvrir avec quelle facilité il s'était promené dans leurs fichiers avait été une énorme tranche de rigolade. Les rapports de Rosita Marcadet défilaient sous ses yeux, aussitôt traduits du français au néerlandais grâce à un logiciel. Le taux de réussite de l'enquêtrice était prodigieux. Depuis le début de sa carrière, Rosita Marcadet avait résolu des affaires criminelles de premier ordre. Avec une admiration interloquée, Steven constatait à la lecture des rapports que Rosita n'avait pas besoin de grand-chose pour résoudre les énigmes les plus farfelues qu'on lui assignait. À priori, elle savait à peine se servir d'un ordinateur. Et elle opérait le plus souvent seule. Elle avait travaillé en binôme pendant de nombreuses années, à la police judiciaire de Paris, au département de « La Crime », avec un certain capitaine Brassac. Lui aussi donnait l'air d'être un sacré personnage. Leur collaboration semblait s'être interrompue du jour au lendemain. « Le Bras », comme on le surnommait dans les effectifs, avait disparu de la circulation depuis 2015. Du moins selon les recherches de Steven.

Le hackeur-fonctionnaire ne poussa pas ses investigations jusqu'à retrouver Brassac, qui ne l'intéressait pas tant que ça. En revanche, il était fasciné par les drôles d'affaires dont s'était occupée Rosita Marcadet. Des quantités de faits divers invraisemblables, des familles entières retrouvées assassinées, des riches héritiers disparus, des meurtres incompréhensibles, des petites vieilles massacrées à la tronçonneuse, des corps mutilés impossibles à identifier découverts dans des bois, des voleurs de tableaux, des faussaires de bijoux, mais aussi du trafic, de drogue, de femmes et d'enfants. Cette dernière catégorie, Steven en avait l'habitude. Le jeune homme soupira et reprit sa visite de la vie de Rosita. Pas particulièrement connue du grand public, Rosita Marcadet devait en revanche jouir dans sa profession d'une aura à couper à la machette à gouda. Steven avait même trouvé un compte fan ouvert sur Instagram, en mode privé. Suivi par un petit millier d'abonnés, on ne pouvait pas tomber dessus par hasard et on n'y apprenait pas grand-chose. Hormis que de toute évidence, Rosita Marcadet suscitait la fascination chez quelques aficionados plus ou moins professionnels du métier.

— Quelle étrange bonne femme, souffla le jeune homme, exactement comme aurait dit sa mère.

C'est vrai qu'elle n'avait pas tellement le look de super-enquêtrice. Que pouvait-elle bien faire par ici, sous un faux nom ?

# Chapitre 4 - La cérémonie

## Dimanche 10 mars

À quinze heures pile (à se demander si la notion même de *ponctualité* existait en néerlandais, tant le concept du retard leur semblait rocambolesque, inconcevable, en somme impossible), les invités franchirent le seuil du bâtiment. D'une élégance délicate avec ses briques ocre clair et sa forme en « u », entouré de parterres de fleurs et d'herbe soigneusement entretenus, le Centre funéraire Valkenbos était voisin d'une ferme au toit pointu et aux volets verts. Des pâturages de l'autre côté de la route, un petit bois à l'opposé ; le lieu aurait tout aussi bien pu servir à organiser des mariages.

L'entrée principale donnait sur un grand vestibule où un panneau amovible indiquait « Chapelle du souvenir – 15h – Linda Dekker », accompagné du portrait d'une octogénaire au regard peu avenant, de ses dates de naissance et de décès.

Les quinze minutes réglementaires dévolues aux poignées de main contrites, aux regards plus ou moins fuyants, à un café avalé prestement et à quelques embrassades achevées, le prêtre invita solennellement le groupe à éteindre son téléphone portable et à pénétrer dans « la Chapelle du souvenir ». La cérémonie débuterait à quinze heures vingt, précises. Rosita suivit docilement le mouvement et pénétra dans la salle indiquée, entre un homme à problème de pellicules et une femme deux fois plus grande qu'elle.

La chapelle contemporaine, très haut de plafond, à la charpente apparente et aux murs presque tous entièrement vitrés, offrait une vue des plus bucoliques. Derrière le verre immaculé s'étendaient les pâturages voisins, les massifs de fleurs, le bois chatoyant. Des oiseaux virevoltaient, de-ci de-là. Le soleil scintillait contre les vitres et la température à l'intérieur était sensiblement plus élevée que dans l'entrée. Le cercueil et le prêtre attendaient le top départ des festivités dans un rayon doré, sur une estrade fleurie de lilas blancs et mauves. C'était joli.

Le groupe s'était assis. Le prêtre s'éclaircissait la gorge, relisait ses notes. Rosita Marcadet, tournée vers les fenêtres, réfléchissait au nombre d'oiseaux morts ici chaque année, à cause des vitres. Ça devait forcément arriver, des malheureux à plumes fauchés en plein vol, percutant le verre transparent en pleine course. Les pauvres. La détective se demandait quelle astuce pourrait être mise en place pour protéger les volatiles en danger quand Beatrix van West se releva subitement du banc d'honneur où elle était assise au milieu de sa famille, pour se diriger à pas gênés aussi vite que possible vers sa locataire. Elle laissa passer avec un sourire artificiel un homme qui rebroussait chemin et qui se dirigeait vers la sortie de la salle puis, atteignant enfin Rosita, assise au troisième et dernier rang de gauche, elle se pencha vers elle.

— Je n'avais pas pensé à la langue, je suis navrée, vous n'allez rien comprendre au discours, s'excusa-t-elle en anglais. Et la rassurant : Ne vous en faites pas, ce ne sera pas long, nous nous retrouverons bientôt au buffet.

Rosita lui répondit d'un sourire malicieux. La détective se trouva d'un coup ridicule, avec son faux nom et son anglais maladroit. Pourquoi s'était-elle (mal) déguisée en s'installant ici ? Pourquoi ne parlait-elle pas néerlandais, comme elle savait très bien le faire ? De quoi avait-elle peur ? Était-elle si prétentieuse au point de se croire obligée de faire profil bas ? À quand la capeline et les lunettes fumées ?

Rosita n'eut pas le temps de répondre à ses interrogations. Beatrix van West ne s'était pas trompée, la cérémonie ne fut pas longue. Le prêtre n'avait pas entamé sa morne lecture d'un quelconque évangile depuis dix minutes qu'un cri retentit, suivi d'un choc. Le bruit net, caractéristique, de l'éclatement d'os. Toujours surprenant, ce bruit, car bien plus retentissant qu'on ne pourrait le croire.

L'assemblée au complet, à l'exception du prêtre qui se tenait déjà face à la sortie, se retourna comme un seul homme vers la porte du fond, d'où les horribles sons étaient partis. Père Jacob fronçât les sourcils, qu'il avait très épais, et tenta de faire claquer ses mains en réprimande de sa classe dissipée. Sourd comme un pot de chambre, il n'avait rien entendu. Alors qu'il se raclait la gorge, réclamant l'attention de son insolent public, une femme se leva d'un bond. Elle se précipita vers la sortie. Elle se jeta avec fracas sur la porte qui se referma dans un lent et doux bruissement étrange, les charnières l'empêchant de claquer. Personne n'avait encore eu le réflexe de bouger ni d'ouvrir la bouche quand le hurlement sauvage de la femme en question acheva de tétaniser tout le monde, y compris le prêtre qui, cette fois-ci, avait bien entendu.

## Chapitre 5 - Devinettes

Au regard que lui lança Steven, Rosita comprit en un battement de cil que ce jeune homme savait qui elle était. Ou qu'il connaissait du moins ses activités. Elle soupira, balayant du regard le chaos ambiant. De ce qu'avait pu comprendre Rosita des commentaires qui fusaient, la femme à s'être précipitée sur le corps tout à l'heure, Thessa Dolen, reconnaissant son mari Rob Dolen, était effondrée dans les bras d'un certain Tom. Beatrix van West parlait au téléphone avec la police, la plupart des convives échangeait entre eux en un pépiement très confus, sous le choc. D'autres auraient bien aimé voir le cadavre qui gisait à l'extérieur, sur la terrasse, mais Margareta van West en avait souverainement interdit l'accès. D'une autorité naturelle et omnipotente sur le groupe entier, personnel de l'établissement inclus, Margareta, quatre-vingt-deux ans, avait établi de sa voix rauque et catégorique la marche à suivre, dès que ce Tom eut arraché la femme catastrophée au corps sans vie de son époux et l'eut ramenée à l'intérieur :

— Tout le monde reste dans cette salle jusqu'à l'arrivée de la police ! Mesdemoiselles, s'il vous plaît, veuillez nous servir du café et verrouiller les portes.

Une jeune employée chuchota quelques mots inquiets à sa responsable qui, dans un geste impatient, lui remit les clefs et l'envoya sans discuter verrouiller toutes les portes. On ne tient pas tête à Margareta van West, encore moins avec un cadavre explosé sur la terrasse. Les convives regardèrent l'employée en uniforme noir fermer, l'une après l'autre, la porte qui donnait accès à la chapelle où se tenait le groupe quelques minutes plus tôt, la porte qui donnait accès à la sortie (et donc à la terrasse ensanglantée) et la porte qui donnait accès au vestibule. Le café fut servi dans la foulée, en avance sur l'horaire prévu et dans des circonstances pour le moins inattendues.

Drôle de réunion, entre un cercueil dans la chapelle et une dépouille fraîche dans le jardin.

— Vous le saviez ? Vous êtes venue exprès ?

Steven s'était glissé sur la banquette, à côté de Rosita, qui sirotait sagement son café, comme demandé. Le jeune homme s'était adressé à elle en néerlandais, usant un vouvoiement pourtant réservé aux Pays-Bas à des situations bien plus formelles. Quoi qu'en l'occurrence, la situation s'avérait difficile à définir.

— Bah ! pouffa Rosita, dont le pied droit remuait nerveusement. Comment aurais-je pu savoir ? Je ne suis pas médium.

Steven l'observa avec une moue dubitative.

— De plus, et pas que ça vous concerne, je suis en vacances, figurez-vous, ajouta-t-elle.

Rosita lui avait répondu sans même le regarder. Les colporteurs de ragots, très peu pour elle. Les badauds qui rôdaient autour des morts comme les mouches autour des étrons lui donnaient de l'urticaire. Sans vouloir manquer de respect aux mouches, bien sûr. Avec humeur, et s'étonnant elle-même de sa réaction, elle se tourna vers le curieux :

— Dites, jeune homme, je sais bien qu'ici on parle franco, sans circonvolutions autour du pot, mais vous pourriez au minimum vous présenter avant de tenter une extraction d'informations. D'autant que vous semblez en savoir déjà un certain rayon à mon sujet ! C'est effrayant tout ce que l'on peut récolter sur les gens avec des machines, maintenant, conclut-elle en levant les yeux au ciel.

Le jeune homme, qui approchait de la trentaine, flottait dans son costume. Il sentit, surpris, ses joues rosir. Cette femme avait une façon de vous dévisager… Le regard tendre mais pas dupe d'une grand-mère (même si elle n'en avait pas vraiment l'âge) ou de quelqu'un qui vous connaît par cœur, mélangé à celui d'un animal sauvage, dont on ne sait si, dans un accès de peur ou de défense, il ne serait pas capable de vous sauter à la gorge.

— Du moment où on a entendu le premier cri, vous ne m'avez pas quittée des yeux. Vous vous êtes renseigné sur mes activités ? s'enquit-elle, en battant des cils.

Le désarroi du jeune gugusse finissait par l'attendrir.

Steven déglutit et acquiesça. Ses yeux noisette grand ouverts se voulaient complices et assurer la détective incognito de son silence sur ses découvertes.

— Quelque chose me dit, ajouta Rosita non sans une certaine arrogance toute française, que votre curiosité tendance indiscrétion, qui semble être endémique par ici, vous taraude au point d'en avoir fait une profession. Je me trompe ?

Le jeu des devinettes était, déformation professionnelle oblige, son jeu préféré. Steven resta coi. Elle poursuivit.

— Une profession d'intérieur, n'est-ce pas ? Pardonnez ma déduction simplette mais même la vieille Linda dans son cercueil a meilleure mine que vous. Il faudrait songer à prendre l'air de temps en temps, si vous me permettez la Minute Santé Publique.

Rosita resta silencieuse un moment pour être sûre que le jeune comprenne à quel point elle était sérieuse au sujet de la vitamine D.

— Je ne vous vois pas le type à vous vendre au plus offrant, continua-t-elle ensuite. Le privé me semble trop contraignant pour vous qui appréciez visiblement le confort familial, n'est-ce pas ? Déménager, quitter votre nid, très peu pour vous. Vous qui obéissez encore suffisamment à Papa-Maman pour vous rendre à des obsèques d'une voisine dont tout le monde a l'air de se ficher comme de l'an quarante.

Steven ne mouftait pas. Rosita s'amusait, comme une enfant. De cinquante-sept ans.

— Non, pas de privé pour vous, mais des qualités au-dessus de la moyenne je suppose… Après tout vous m'avez bien démasquée. Je parie sur une fiche de paie gouvernementale. Je me trompe ? Je ne m'y connais pas très bien mais je vous imagine bien dans votre chambre, derrière quatre ou cinq écrans, en pyjama *Titi et Grosminet*, mettant de côté vos missions du ministère de la Défense pour vous renseigner sur cette nouvelle voisine bizarre, ma noble personne. Flattée de votre intérêt, Monsieur ! Je crains, comme je vous le disais, que vous ne soyez pas le seul à vous intéresser à moi. Tout ça va me rendre extrêmement prétentieuse, c'est moche. En savoir un peu plus sur mon compte, c'est d'ailleurs l'unique raison qui m'a valu cette invitation. Eh bien, *si j'avais su, j'aurais pas venu*, comme on dit chez moi.

Rosita reposa sa tasse de café, et jeta un œil vers le reste du groupe. Elle s'était divertie, avait remporté une manche de « Devinez qui est votre voisin », mais la récréation avait sonné. Steven, lui, restait immobile, avec un air de pantin désarticulé. Peut-être se sentait-il tout nu, d'avoir entendu une partie de sa vie ainsi déshabillée. Il n'avait pas l'habitude d'occuper une position d'observé. Rosita lui sourit et regarda sa montre. Aucun moyen de s'échapper avant l'arrivée de la police, si tant est que la police la laisse partir rapidement. Elle était bonne pour y passer l'après-midi entier.

— C'est tellement atroce de se jeter d'un toit… Moi j'aurais préféré des médicaments, chuchota Steven, bien décidé à papoter du drame, sans rebondir sur les déductions de la détective. Et pour info, ajouta-t-il quand même un ton plus bas, les pyjamas *Titi et Grosminet*, ça ne se fait plus depuis au moins dix ans, vous avez un peu de retard. Au fait, où avez-vous appris le néerlandais ? Vous le parlez très bien.

— Merci beaucoup.

Rosita s'était retournée vers le gamin. Elle avait visé juste. Un hackeur du *Ministerie van Defensie*. Ou peut-être rattaché à d'autres ministères, selon ses missions. Ce jeune homme avait déjà dû accéder à des recoins pas très engageants du genre humain, au cours de sa carrière naissante. Il devait avoir quoi ? vingt-six, vingt-sept ans ? Dans ses iris brillants, Rosita contemplait une jeunesse encore pleine de promesses, de passions, de vulnérabilité. Elle n'en revenait pas d'avoir eu son âge il y a si longtemps déjà, elle qui se sentait toujours jeune. Remarque, qui se sent vieux, à part les croulants ? Mais lui, jeune, il l'était pour de vrai. Steven exultait à la fois la curiosité sans limite et le mal-être physique. Son corps le gênait, l'embarrassait, il ne savait pas comment l'habiter. Si ça se trouve, il était encore vierge ?

— *Dear Rosita, I'm sooo sorry!*

Beatrix s'était laissée tombée sur la banquette, de l'autre côté, se demandant bien ce qu'avaient pu se raconter ces deux-là depuis tout à l'heure.

Le moment était très mal choisi, Beatrix n'était à coup sûr pas du type à apprécier qu'on la déstabilise en public, mais Rosita ne pouvait plus se permettre de perpétuer sa mascarade en anglais avec elle.

— Je te prie, lui répondit-elle dans un néerlandais beaucoup plus approximatif que celui employé à l'instant avec Steven et choisissant le tutoiement de rigueur, c'est je qui suis navrée pour toi et pour vous tous. Quelle tragédie !

Beatrix, les yeux ronds comme des balles de golf, n'eut pas le temps d'ouvrir la bouche que Rosita lui prit les mains dans une effusion tout à fait incongrue de l'avis de Beatrix et surjouant tout à fait sa comédie de l'avis de Steven :

— Pardonne-moi nos échanges en anglais s'il-te-plaît, je tellement de honte avec mon néerlandais, j'ai préféré de ne pas essayer de parler votre langue.

— Mais enfin, Rosita, tu le parles très bien, ça alors, quelle surprise ! balbutia sa propriétaire, ébahie.

La police arriva sur ces entrefaites, trois agents plus une médecin légiste, au plus grand soulagement de Rosita Marcadet qui n'aspirait qu'à fuir cette agitation et rentrer chez elle, allumer la bouilloire et siroter un rooibos sur le balcon. Emmaillotée dans un plaid, au cas où le vent ferait des siennes. Prendre l'air, le temps. Respirer et réfléchir à son projet.

Elle n'était pas au bout de ses peines.

## Chapitre 6 - Un miracle

À travers la porte vitrée, Steven suivit du regard la silhouette replète de Rosita s'éloigner vers le parking. Après pas mal de gesticulations, la détective Marcadet avait réussi à convaincre le brigadier Jim Frigge de la laisser partir, exploitant sans doute sa profession et ses hauts faits. Le brigadier, une grosse barrique de deux mètres cube, avait eu l'air de protester un temps, avant de céder aux insistances de son interlocutrice. Elle ne lâcherait pas le morceau. Ceci dit, la Française néerlandophone n'avait pas gagné beaucoup plus de temps que le reste du groupe, car Frigge semblait avoir fait le tour de ses entretiens, les photos étaient prises, les empreintes relevées, les échantillons envoyés au labo, Dr Médecin Légiste avait terminé, le périmètre était bouclé… Bref, ils n'allaient pas tarder à tous rentrer.

Le jeune homme patientait, toujours assis sur la banquette, se triturant les doigts dans ses poches. Steven aurait aimé avoir un papier au fond de sa poche à déchiqueter, petit bout par petit bout. Sa technique depuis tout petit pour se calmer, dès que l'angoisse prenait le dessus. Une fois, par mégarde, dans la salle d'attente bondée avant un examen gouvernemental, Steven avait réduit à l'état de confettis un billet de cinquante euros. Sa grand-mère le lui avait glissé en douce dans la poche, la veille en guise de cadeau, convaincue d'avance que son petit-fils réussirait haut la main. Lui aussi, Steven, savait qu'il allait réussir. La peur qui lui rongeait les tripes à la porte de la salle des épreuves n'avait rien à voir avec l'examen qu'il s'apprêtait à passer. Ce qui le faisait transpirer à grosses gouttes, c'était la solitude en groupe. Se savoir seul au milieu d'un groupe d'individus tous semblables dont il avait l'impression de ne maîtriser aucun code. Impossible d'entrer en communication avec eux sans une palanquée de malentendus, d'incompréhensions, de silences, de gêne mutuelle. Comme si tout son être s'était perdu dans la traduction. Steven, « lost in translation », voilà ce qu'on lirait sur sa pierre tombale. Il n'arrivait à s'agripper à rien ; il n'y avait pour lui aucune amarre lui permettant de rejoindre les autres. Condamné à glisser et dériver sans cesse. C'est pourquoi il était aussi stupéfait. Comment avait-il pu aujourd'hui s'adresser aussi facilement à Rosita, qu'il ne connaissait ni d'Eve ni d'Adam ? La première conversation la plus réussie de toute sa vie. Un miracle, presque. Rosita. Quel drôle de prénom.

Flottant dans ses réflexions, Steven regardait la salle sans vraiment y prêter attention. Il vit Karen, sa mère, discuter avec Beatrix van West en agitant les mains, se touchant les cheveux à intervalles réguliers. La situation avait de quoi rendre nerveux, c'est vrai. Si Steven acceptait de livrer ses infos sur Rosita Marcadet à sa mère, elle serait aux anges. Pouvait-il lui révéler que Rosita était détective ? Peut-être que cela lui ferait du bien, un peu d'exclusivité sur ses copines. Cela se saurait bien assez tôt, en plus, non ? Tout finit par se savoir, ici. Rosita Marcadet ne lui en voudrait peut-être pas. Steven allait briser le secret de la seule personne à qui il avait su parler. Qu'est-ce qu'on ne ferait pas pour sa maman…

# Chapitre 7 - Prestance et doléances

Dix-huit heures trente ! Rosita claqua la porte de sa Twingo de location, se dégourdit les jambes et remonta la rue vers son appartement. Ses fesses lui faisaient mal d'être restée assise si longtemps. Moins mal que d'avoir eu à supporter le spectacle ridicule de ce gros bonhomme de policier et de ses airs de lieutenant général des armées. Une sacrée blague ! Rosita fulminait, tout en sachant que, comme bien souvent, elle surréagissait. Qu'avait-elle à faire de ce brigadier et de sa façon de travailler ? Enfin tout de même, marcher dans une flaque de sang ! On avait dû lui apporter des serviettes pour qu'il ne badigeonne pas le vestibule de ses godillots mouillés. Combien de courants d'air devaient souffler dans sa coquille vide ! Et plutôt que de s'excuser et laisser son équipe, de toute évidence plus compétente, terminer le travail ; préférer s'en prendre à la Médecin Légiste qui aurait mal délimité la scène de crime ! *Ah, Marcadet, attention à toi, ta chevalerie ridicule te perdra !* se récria Rosita à voix haute et pour elle-même. *Personne ne t'a rien demandé, toi-même tu as déjà marché sur un doigt de pied au cours de ta carrière, redescends, personne n'est parfait. Inspire, expire.* Oui, Rosita ferait mieux de ne plus y penser. S'occuper de ce brigadier ou de ce vol plané ne figuraient vraiment pas en tête de ses priorités. Chacun ses oignons, après tout.

Rosita Marcadet enfila avec délectation ses vieilles pantoufles charentaises. Des classiques, imprimé tartan rouge et vert. Des doudous de pieds.

À peine la bouilloire se mit-elle à ronronner qu'on frappa trois coups énergiques à sa porte.

Elle s'ouvrit sur une femme magnifique. Une peau dorée, le port altier, un visage fin encadré de cheveux de publicité, au blond hollywoodien et au brillant insolent, coupés courts. La femme la fixait intensément de ses deux billes translucides, couleur bleu banquise. Grace Kelly réincarnée. *Un peu trop maigre*, peut-être, songea Rosita en l'invitant d'un geste à entrer.

— Tu ne me demandes pas qui je suis, s'étonna la femme en prenant place dans un des deux fauteuils du salon.

Une quarantaine d'année, quarante-cinq tout au plus, jaugea Rosita. Il lui était si peu naturel de tutoyer les inconnus que Rosita faillit lui répondre en la vouvoyant, mais elle se reprit à la volée.

— J'imagine que tu ne vas pas tarder à me l'expliquer. Tu veux boire quelque chose ? Un thé ? Je viens de mettre de l'eau à chauffer.

— Non, merci. Tu te souviens peut-être de moi, tout à l'heure, j'étais à la cérémonie. Je m'appelle Anita van West.

— La sœur de Beatrix ?

— Oui.

— En quoi puis-je t'être utile, Anita ?

Anita van West avait commencé à se masser les doigts, à jouer nerveusement avec son alliance. Elle avait perdu en superbe depuis son entrée royale quelques minutes plus tôt. Il ne restait maintenant plus grand-chose de l'aplomb hérité de sa mère avec lequel elle avait frappé à la porte de Rosita Marcadet. Ou plus exactement à sa porte, puisque Anita van West était techniquement l'une des propriétaires de l'appartement.

— Je voudrais que tu enquêtes sur la mort de Rob Dolen, s'il te plaît, Madame Marcadet.

Ce puceau de Steven l'avait donc vendue ! Combien de temps avait-il gardé sa langue ? Une heure ? Deux ? Incorrigible Marcadet qui s'était laissée attendrir par l'irrésistible jeunesse. Oh, cela devait de toute manière finir par arriver. Rosita ne chercha pas à se défiler. Elle sortit une tasse et un sachet de rooibos à la vanille.

— Rien à boire, c'est sûr ? demanda-t-elle à Anita van West, qui lui répondit par la négative d'un mouvement de main pressé.

— Écoute Anita, lui dit Rosita, concentrée sur la trempette de son sachet, je ne vois pas bien ce que je pourrais faire de plus que la police. Qu'aurais-je à apporter dans cette histoire, moi qui ne connais ni personne, ni rien à ce village ? Ce n'est absolument pas ma place, je t'assure, votre police locale fera son travail beaucoup mieux que moi !

— S'il-te-plaît Madame Marcadet, tu étais avec nous cet après-midi à ce banquet sordide, tu as bien vu que pour le brigadier Frigge, c'est plié, il a déjà quasiment apposé son tampon « suicide » sur le dossier.

Anita était à deux doigts de se mettre à genoux. Rosita s'affala dans son canapé. Ses pieds ne touchaient presque pas terre. Ne recevant aucune autre réaction de la part de la Française que l'aspiration sonore et répugnante de sa boisson, Anita s'exclama :

— Un suicide ! Mais c'est impossible, vois-tu. Impossible !

— L'être humain est imprévisible, ma chère. Avec lui, tout est possible. Même ceux que l'on croit connaître au plus profond peuvent nous échapper le temps d'un instant.

Rosita Marcadet avait une fâcheuse tendance à débiter d'un air de Dalaï-Lama constipé ce genre de phrases niaises parfaitement inutiles, en étant convaincue que ses interlocuteurs pourraient y puiser inspiration, réconfort et sagesse. La détective rejoignait de temps en temps ce grand club des donneurs de leçons ascendant psychologie de comptoir têtes à claques. Au moins en avait-elle conscience, et elle décrocha dans la foulée son sourire le plus compatissant possible à Anita van West. Un sourire qui voulait dire : je suis sensible à ta douleur et je suis désolée pour toi, sincèrement.

— Fort bien. Je vois que je t'ai mal jugée, Madame Marcadet, rétorqua Anita, glaciale.

Elle se leva, rapide et gracile. Lissa d'un coup de main rageux sa veste de tweed au tombé parfait et ajouta avec un regard triste, déçu :

— Il me semblait que la vérité était l'une de tes valeurs cardinales. Bêtement, j'ai cru que tu aurais à cœur de la trouver, à cœur de la défendre, la vérité. Même, j'ai pensé que tu aurais envie de rechercher le meurtrier. Car il y en a bien un, Madame Marcadet. Et sans toi, il n'ira pas en prison. Pire encore, rien ne l'empêche de recommencer. Mais ne t'en fais pas, lança-t-elle avec emphase alors qu'elle posait sa main sur la poignée de porte, prête à s'en aller, je ne te dérange pas plus. Profite bien de tes vacances.

Rosita ne put empêcher un large sourire, plus taquin qu'empathique, cette fois. Si Le Bras avait été à ses côtés, ils auraient éclaté de rire tous les deux, à coup sûr.

— Allons, allons, Anita… Pas besoin d'envolées lyriques, si émouvantes soient-elles.

Rosita se leva et saisit le bras (si fin !) de sa ravissante visiteuse. Elle lui proposa de se rasseoir.

— Raconte-moi. Pourquoi es-tu si sûre que Rob Dolen ne s'est pas jeté du toit ?

— Il n'aurait pas pu. Il n'aurait physiquement pas pu, gémit Anita.

— Mais encore ?

— Rob souffrait d'un vertige terrible. Il n'aurait pas su ne serait-ce que monter sur une chaise sans tomber dans les pommes.

## Chapitre 8 - Un invité surprise

La journaliste débitait les titres du journal de 20 heures 30 à travers la radio de la cuisine. Rosita n'écoutait pas, plongée dans ses pensées après le départ d'Anita. Elle sirotait une nouvelle tasse de rooibos sur son balcon. En aspirant une énième gorgée fumante et épicée, elle s'imagina déjà devoir se lever trois fois dans la nuit pour aller faire pipi. Tant pis. Son estomac croassa. Rosita avait autant faim qu'aucune envie de préparer un repas. La faim l'emporta, comme à chaque fois. Mobilisant toute sa motivation, elle reprit le chemin de la cuisine lorsque la sonnette retentit. Décidément. Anita voulait-elle ajouter quelque-chose ? Avait-elle oublié son téléphone ? Au moins, cette fois-ci, elle ne frappait pas comme un flibustier éméché à la porte d'une taverne.

— Bonsoir… Je… Je ne vous dérange pas ?

Rosita ne retint pas une mine surprise. Les taches de rousseur de Steven tremblotaient sous une vague de sourires gênés. Le jeune homme se tritura une fois de plus les mains avant de les lâcher, puis ajouta :

— Je ne voulais pas vous déranger mais simplement m'excuser. Je… Enfin, vous ne vouliez peut-être pas que votre métier soit dévoilé, et maintenant Anita van West vous a sollicitée… C'est de ma faute.

— Comment savez-vous qu'Anita van West est venue me voir ?

— Je viens de la croiser, fit-il en pointant du doigt derrière lui, vers la rue. Et comme j'ai parlé à ma mère qui ensuite a parlé à ses amies, j'en déduis que… Qu'elle revenait de chez vous. Pour vous demander d'enquêter, j'imagine. N'est-ce pas ?

Rosita fronça son visage marqué. Comment le garçon connaissait-il son adresse ? Qu'avait raconté sa mère et comment, en croisant par hasard Anita van West dans la rue, il en déduisait qu'une enquête était en cours, alors que celle-ci n'avait débuté que depuis trois minutes et douze secondes ? Rosita, l'air grave, posa ses mains sur ses hanches.

— Voilà ce que je te propose. Tu vas entrer, regarder ce que j'ai dans le frigo et me préparer un repas en guise d'excuse pour ta grande bouche et tout m'expliquer par la même occasion. Tu sais cuisiner ?

— Euh, bah, moyen.

— Ça ira très bien.

Rosita se décala sur le seuil, laissant à Steven libre accès à son appartement. Il n'osait pas entrer, perturbé par l'invitation. Entrer chez elle ? Lui préparer à manger ? Qu'est-ce qu'il pourrait bien lui proposer si elle n'avait pas de lait ni de céréales ?

— Alors ? insista Rosita.

Steven entra.

En épluchant des pommes de terre, Steven Vernink apprit à la détective que sous les insistances de sa maman, le fiston n'avait pas résisté à lui révéler l'activité de la nouvelle résidente de Beek aan Zee. Effectivement, Steven travaillait pour le gouvernement néerlandais, cyber défense, en télétravail. Il se rendait au Ministère à La Haye quelques fois par mois. Découvrir l'historique professionnel de Rosita ne lui avait pris que quelques minutes. La police judiciaire française devrait investir dans la protection de ses données, s'aventura-t-il à conseiller.

— On lui dira, ricana Rosita.

— Je n'ai même pas eu le temps de finir ma phrase que ma mère s'est aussitôt ruée vers ses copines. Elle les a toutes rameutées en petit cercle près du vestiaire…

— Tu leur as dit à la cérémonie ? s'exclama Rosita, de plus en plus inquiète de la tournure que prenait son repas.

— Ben, oui… Je suis désolé.

— Bon ça suffit avec les patates, là ! Tiens, coupe un peu d'oignon, s'il te plaît.

Steven s'exécuta et ajouta :

— Je me suis rapproché pour savoir ce qu'elles disaient. Vérifier que ma mère n'en rajoutait pas des caisses pour se faire mousser. Et j'ai entendu Beatrix, votre propriétaire.

Si Rosita Marcadet appréciait le vouvoiement en France, celui de Steven commençait sérieusement à la vexer. Aux Pays-Bas, on ne vouvoyait que la famille royale ou les personnes *vraiment âgées*. Et elle avait plus de chance d'être considérée par ce puceau comme une mamie que comme une reine.

— *Ta* propriétaire, corrigea Rosita.

— D'accord, sourit-il. *Ta* propriétaire donc, Beatrix, racontait que *tu* habitais depuis peu l'appartement de Linda Dekker, sur la *Zeestraat*, en face du fleuriste. Elle n'en revenait pas de toute cette histoire. Faut dire, entre le cadavre de Rob Dolen, la mort de Linda, et puis sa locataire qui s'avérait être une détective sensationnelle...

Rosita leva les yeux au ciel. Steven hésita, puis ajouta, contrit :

— Beatrix avait l'air assez contrariée par cette histoire de faux nom, j'espère que ça ne te causera pas d'ennui.

Rosita haussa les épaules. Steven la regarda droit dans les yeux, rendus humides par les oignons.

— Vraiment, je suis désolé, Rosita.

— Pas grave. Et Anita alors ? Qu'est-ce qui te fait dire qu'elle m'a engagée ?

Steven sembla choisir ses mots, versa les morceaux de pommes de terre dans l'eau bouillante et étala les oignons dans une poêle. Rosita lui tendit du persil, qu'il regarda avec étonnement. Elle lui mima à deux doigts des ciseaux en action.

— Eh bien, Anita van West était vraiment choquée. Tétanisée en fait. On aurait dit qu'elle avait peur. Quand ma mère...

— Karen ? coupa la détective.

— Oui, c'est ça. Quand ma mère, Karen, leur annonça que tu étais policière et à l'occasion détective privée, que tu avais résolu un tas d'enquêtes incroyables, j'ai senti Anita… Comment dire ? (Il marqua une pause.) Espérer. Et dès que Jim Frigge le brigadier nous a autorisés à quitter les lieux, elle est partie en trombe, alors que la plupart des gens papotaient sur le parking. Ils avaient du mal à se quitter, tout le monde était sous le choc. Ils avaient besoin d'en parler. Anita, elle, elle a filé.

Rosita récupéra le persil émincé et l'ajouta aux oignons dorés. Steven compléta :

— Quand j'ai vu Anita redescendre ta rue, j'étais sûre qu'elle sortait de chez toi. Mais ce que je ne comprends pas, lança-t-il en s'attaquant aux carottes, c'est pourquoi Anita van West aurait peur ? Peur au point de venir te voir pour enquêter, alors que Rob Dolen s'est suicidé ?

## Chapitre 9 - Une belle journée pour enquêter

**Lundi 11 mars**

Beatrix faisait les cent pas dans son salon, excédée. Elle revenait de chez sa mère Margareta, où elle avait bu un café et appris entre le sucre et le lait que cette imbécile d'Anita était allée trouver la détective française. L'engager pour fouiner, mais quelle idée! Et il paraît qu'Anita avait dû insister en plus. Cerise sur le gâteau, leur mère en personne s'était proposée par la suite pour régler la note! *Merveilleux, vraiment merveilleux*, fulminait-elle.

— Imagine, Bea, si cette Rosita Marcadet découvre quelque chose, comme ce serait passionnant! lui avait claironné sa mère.

Sa famille finirait par la tuer, se dit Beatrix. Hypertension colérique, AVC de nerfs, cancer de rage... Combien d'années à se mettre en rogne à cause de cette bande d'impulsifs irréfléchis!

— Tout va bien ?

Son mari se tenait derrière elle. Beatrix ne l'avait pas entendu arriver.

— Oh, Pat, c'est la catastrophe !

— C'est terrible ce qui est arrivé à Rob, mais tu le connais, Bea, il a sûrement piqué une de ses crises et décidé dans la foulée de se jeter du toit, rien que pour faire chier le monde. Il n'a pas raté son coup, le bougre.

Beatrix enveloppa son mari d'un regard qui hésitait entre la tendresse et la consternation. Pat était déjà parti dans la cuisine, elle entendait le bruit de la machine à café. Pouvait-elle lui en parler ? Lui raconter ce qui allait l'empêcher de dormir ce soir, demain, et les prochains jours ? Pat pouvait être tellement soupe au lait, lui aussi. Très pragmatique la plupart du temps, rationnel, réfléchi… Mais si ça lui prenait (et avec sa famille à elle, ça lui prenait souvent) il pouvait se mettre dans des états pas possibles, ultra-sensible, ultra-irritable. Ultra-pénible.

Pourquoi Beatrix n'était-elle entourée que de cocottes-minute ?

*

Tant pis pour le congé sans solde. Rosita reprenait du service, en privé. De quoi procrastiner activement. La détective aurait tout le temps de mener à bien son projet personnel après. D'autant que Rosita Marcadet aimait bien les enquêtes privées. Pas de paperasse administrative à rédiger, pas d'ego hiérarchique à devoir lustrer. Elle était pénarde. Confort, installée dans son drôle de meublé. Rosita s'y habituait plus vite qu'elle ne l'aurait pensé, malgré sa déco baroque. Elle se sentait déjà chez elle. Apparemment, elle lançait même des invitations à dîner ! Enfin, à dîner seule face à Steven qui avait déjà mangé. La soirée d'hier, inattendue, s'était avérée agréable. Elle sourit en y songeant.

La pendule en bronze disposée sur le buffet, représentant un général dont Rosita ignorait tout remportant une victoire toute aussi inconnue, sonna neuf heures. La pièce sentait le rooibos à la cannelle et les tartines grillées. Un rayon de soleil bienvenu filtrait à travers les carreaux de la fenêtre, fins comme une feuille de papier. Rosita tenta de terminer sa réponse au mail de Beatrix van West, sans trop savoir quoi lui dire. Que répondre à ça ?

*Chère Madame Marcadet,*

*Je te prierai de bien vouloir me communiquer tes réels documents d'identité.*

*Je crois savoir que ma sœur t'a sollicitée pour engager une enquête farfelue. Proposition qu'il serait, je ne t'apprends rien, judicieux de décliner. Ma sœur est une personne très sensible. Elle est perturbée par le suicide violent d'un voisin que tout le monde ici connaissait bien. Merci d'avance de ne pas alimenter sa détresse.*

*Peut-être que nous pourrions oublier cette fâcheuse histoire d'usurpation d'identité et de fausse personnalité. Cette situation est une première pour moi. Je trouve ton comportement incorrect et blessant, mais j'ai décidé de ne pas rompre notre contrat de location. Ou plutôt d'en signer un nouveau, à remplir honnêtement de ton côté cette fois. Tu trouveras les documents ci-joints. Merci de me les retourner rapidement.*

*Salutations cordiales,*

*Beatrix van West*

Comment aurait-elle pu décliner la demande d'Anita van West ? On pouvait imputer à Rosita Marcadet bien des défauts, mais pas la cruauté. Sous ses affectations théâtrales, la douleur profonde et sincère d'Anita luisait comme lard au soleil. Cette femme était dévastée. Tant pis pour Beatrix, Rosita n'avait aucun compte à lui rendre, en dehors de ce qui concernait cet appartement. La détective tapota qu'elle était sincèrement désolée, que « Rosita Desjardins » était un pseudonyme qu'elle avait l'habitude d'utiliser à l'étranger ; elle n'y prêtait même plus attention, c'était devenu un automatisme. Un peu anachronique, elle voulait bien l'admettre. Mais pas méchant, ça, non. Rosita Marcadet se sentait mal. Sincèrement embêtée d'avoir offusqué Beatrix van West. La détective se souciait rarement de ce qu'on pouvait penser d'elle, mais elle n'aurait jamais voulu passer pour quelqu'un de blessant. Elle était peut-être l'une des rares flics au monde à ne pas vouloir (trop) déranger.

Rosita se relut quatre ou cinq fois, maudit ses tergiversations risibles et finit par cliquer sur « envoyer ». Elle ferma les yeux, laissant infuser la chaleur du soleil à travers ses pores. La discussion qu'elle avait eue avec Anita se disséquait morceau par morceau dans son cerveau. Rosita était, comme toujours, confortée dans son principe de base : ici, comme partout ailleurs, tout le monde avait quelque chose à cacher. Restait à savoir quels secrets avaient à faire avec le pseudo suicidé…

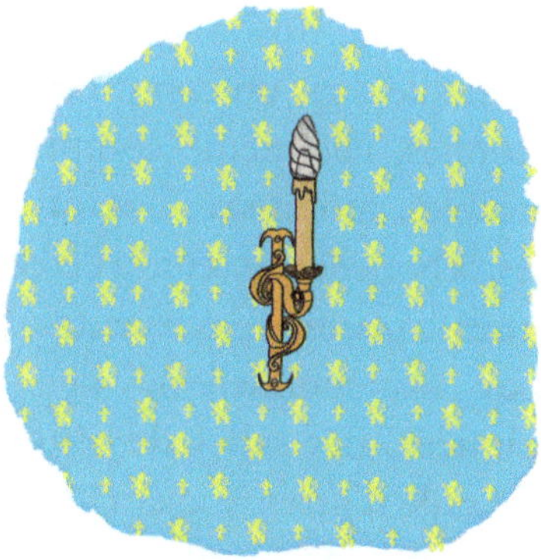

*

Une première étape s'imposait pour mener son enquête sans encombre : une visite de courtoisie à l'incompétence faite homme, le brigadier Frigge.

Celui-ci accepta de la recevoir dans son bureau du commissariat, un bâtiment affreux, de l'avis dépité de la Française. Le dénigrement facile n'était pourtant pas dans ses habitudes, mais Rosita se sentait déçue. Elle s'attendait, dans ce village de carte postale hollandaise, à un joli bâtiment en brique ou en bois verni. Un toit en pente aiguë, de larges fenêtres découpées en jolis carreaux carrés, une pancarte annonçant « commissariat » dans une calligraphie à l'ancienne, un portique fleuri... En découvrant le bloc de béton gris sans charme, Rosita compatit à la douleur de ceux obligés d'y pénétrer chaque jour pour travailler. Sentiment vite dissipé une fois dépassée la porte d'entrée. L'intérieur était aussi éclatant que l'extérieur était sinistre. On aurait pu opérer à cœur ouvert sur le comptoir d'accueil. Rosita n'avait jamais observé une propreté pareille dans un commissariat. Voire chez certaines personnes, elle-même comprise. Les locaux étaient impeccables, lumineux... agréables. Les mains dans les poches, la bouche en cœur, la détective remarqua de nombreuses plantes, plusieurs imprimantes-photocopieuses (fonctionnelles), des machines à cafés sophistiquées, des salles de réunions vastes et chauffées, une salle d'attente avec distributeur d'eau, de mouchoirs, un espace enfants fourni en jouets (fonctionnels), livres et coloriages, des affiches pour des stages d'expression corporelle et autres thérapies pour différents types de publics. Les collègues de La Crime en feraient un malaise. Une porte banalisée attira son attention. Après avoir demandé des précisions à l'agent d'accueil, Rosita apprit qu'une partie du commissariat était exclusivement dédiée à l'accueil des femmes et des enfants victimes de violences, où elles et ils bénéficiaient d'une prise en charge spécifique.

Un agent conduisit une Rosita épatée vers le bureau du brigadier. Il la salua, un café à la main. Ces gens pouvaient-il passer une heure sans se perfuser à la caféine ?

— Tu es sûre ? La machine fait des capuccinos, des lachiatos ou, comment, des macchiatos, des lungos, des ristrettos…

— Vraiment, je te remercie, un verre d'eau, c'est absolument parfait.

— À ta convenance ! Madame Marcadet, de la police française, donc ?

— En vacances, Monsieur le brigadier, en grandes vacances, même. Voilà, je me permets cette visite car j'ai un conseil à te demander. (Puis baissant la voix, sur le ton de la confidence :) Je suis un peu embêtée.

Le brigadier, d'abord surpris, lui fit un docte signe de tête, gobelet à la bouche, l'invitant à poursuivre. À dire vrai, on ne demandait pas souvent conseil au brigadier Frigge. Il était ravi.

— Eh bien voilà, Brigadier, la mort tragique de M. Dolen a affecté, je crois, tout le village et c'est bien normal. C'est affreux. Je dirais même que pour la plupart d'entre vous, ce doit être un véritable traumatisme.

— Oh oui, un traumatisme comme tu dis. Tout le monde connaissait Rob, j'étais moi-même à l'école avec lui ! Du gâchis.

— Un gâchis terrible. Eh bien figure-toi qu'une certaine personne, absolument bouleversée, m'a demandé de vérifier s'il s'agissait bien d'un suicide.

Le brigadier Jim Frigge reposa son gobelet. Ses lèvres épaisses remuèrent, comme secouées de spasmes. Rosita se demanda s'il allait parler, faire un AVC de la bouche ou s'il se tapait une micro sieste les yeux ouverts, tel un poney. Frigge passa sa langue sur ses dents et cligna des yeux.

— Quelle personne ? grommela-t-il.

— Oh, tu t'en doutes bien, Brigadier Frigge, tu connais tes concitoyens beaucoup mieux que moi !

— Mmm moui moui, c'est évident. Oui j'imagine très bien, en effet…

— Si insensé que cela puisse paraître, pour ne pas froisser cette personne, j'aimerais ton autorisation pour procéder en toute discrétion à quelques menues recherches. Simplement afin de rassurer cette âme tourmentée. Lui prouver qu'elle n'a aucune raison de s'inquiéter, qu'elle peut, comme tout le monde ici, remiser cette abominable épreuve dans le passé. Tu vois ce que je veux dire ?

— Je vois, je vois très bien, oui… Mais c'est-à-dire que je ne sais pas très bien ce que tu pourrais lui montrer de plus. Nous classons l'affaire. Tous les éléments pointent vers le suicide, répondit Jim Frigge en se grattant la moustache.

— Évidement, c'est l'hypothèse la plus plausible. La seule vraisemblable, insista Rosita en détachant les syllabes.

Elle marqua un temps puis le regarda au fond des yeux.

— Pour toi, Monsieur le Brigadier, cela ne fait aucun doute, Rob Dolen a sauté du toit ?

Jim Frigge haussa les sourcils et soupira.

— Parfois les gens font des trucs bizarres. Et entre nous, Rob a toujours été un peu… impulsif.

Frigge se redressa, déposa son gobelet de café et posa ses coudes sur son bureau. Il joignit ses doigts les uns contre les autres en forme de tipi, à la manière de certains professeurs, lorsqu'ils entament une conférence.

— Surtout, l'autopsie réalisée dans la foulée a confirmé qu'il ne portait pas de trace de coup, pas de marque de bagarre, aucune blessure antérieure à celles provoquées par l'impact de sa chute. Rob Dolen ne s'est pas débattu. De plus dans le bâtiment, qui est fermé à clef pendant les cérémonies, se trouvaient uniquement le personnel et les invités ; et tout le monde était à son poste, si j'ose dire. Personne n'a pu le pousser. Rien non plus de louche dans le sang. Pas de stupéfiant, ni aucune autre substance suspecte. Rob était ressorti juste avant le début de la cérémonie, tu l'as peut-être vu se glisser hors de la salle. Sa femme pensait qu'il allait aux toilettes. Sauf qu'il est monté sur le toit et qu'il a sauté…

— En effet, le dossier est solide, les résultats d'autopsie irréfutables, approuva avec déférence Rosita.

— Irréfutables, c'est le mot.

— J'imagine qu'il n'y avait pas de caméra de surveillance sur le toit ou dans les bâtiments voisins, qui auraient pu enregistrer quelque chose d'intéressant ?

— Eh non, penses-tu… Il y a bien trois caméras situées aux portes d'accès du bâtiment, mais on n'y voit rien d'utile. Le personnel et les invités entrent et sortent. Pas d'intrus. Il n'y a aucune caméra à l'intérieur ni sur le toit. Le directeur du Centre funéraire était dans un état ! En trente ans de carrière, il n'a jamais vu un truc pareil. La ferme voisine n'a pas de caméra, et quand bien même, l'angle n'aurait jamais été celui du toit de la maison mortuaire : pour quoi faire ?

— Ce n'est en effet pas banal.

Rosita inclina la tête, se massa le menton, puis ajouta :

— Et si tu me laissais établir le profil psychologique du malheureux ? Qu'en dis-tu ? Histoire de prouver par A + B à cette personne inquiète que Rob Dolen était du type à vouloir en finir avec la vie.

Jim Frigge s'affala plus lourdement dans son siège et croisa ses mains sur son ventre ceinturé tant bien que mal par sa chemise.

— Ma foi, si cela te chante.

— J'ai l'idée que cela rassurerait beaucoup notre amie en commun, dit Rosita, en ponctuant sa phrase d'un clin d'œil. Avec ton accord, je m'entretiendrai simplement avec l'entourage du pauvre homme. Ce sera vite réglé. C'est OK pour toi ?

— Bof, si tu tiens absolument à rassurer cette personne…

Jim Frigge leva pieusement les mains en l'air avant de soupirer :

— J'imagine que Liesbeth a le droit de dormir tranquille, comme tout le monde.

— Je te remercie infiniment pour ton aide, Monsieur le Brigadier, conclut Rosita, satisfaite.

— Quand on peut rendre service, hein… Bienvenue chez nous !

## Chapitre 10 - Un premier secret

Rosita tenta de ranger les mèches au vent qui lui zébraient les yeux. Une des rares flics au monde à ne pas s'attacher les cheveux, pour la simple et bonne raison qu'elle égarait systématiquement tous ses élastiques. Rosita leur attribuait des pouvoirs de disparition proches du paranormal. Sachant la bataille perdue d'avance, elle avait renoncé. Rosita se fit comme souvent une espèce de tresse de fortune, de quoi y voir à peu près clair, avant que les mèches ne se libèrent. Elle sortit son calepin à spirales de la poche intérieure de son coupe-vent jaune poussin, acheté dans une boutique à touristes sur l'Etna, souvenir d'une autre enquête. Rosita attrapa son fidèle crayon à papier vert HB Conté. Ces deux-là, calepin et crayon, elle ne les aurait pas plus perdus qu'un bras, ils étaient soudés à son corps. Un coup de taille-crayon extrait de la poche opposée et elle nota dans différentes colonnes les informations récoltées depuis qu'Anita l'avait engagée.

---

*Margareta (mère) / Beatrix (sœur aînée) / Anita (sœur cadette)*

*Rob Dolen - vertige / sa femme : Thessa Dolen / Tom - le sauveur (à creuser)*

*Le motif : x*

*Liesbeth ? Qui est-elle ? Quel lien avec Rob Dolen ?*

---

Rosita Marcadet griffonnait dans la rue du commissariat, en contrebas, assise dans ce qui devait être le square le plus exigu du monde. Deux bancs en bois marron, face à face, de part et d'autre d'un chemin de terre, entouré de chaque côté par des parterres de fleurs, pas encore écloses. Le tout cerclé d'une palissade blanche en bois verni, trouée de deux portillons d'accès. Un jardinet de maison de poupée. Rosita ne voyait rien d'autre que son calepin. Elle était seule, concentrée. D'une fenêtre ou du coin de la rue, on l'aurait presque prise pour une marginale. Personne ne s'installe dans un square pour marmonner en solitaire et s'agiter sur un carnet. Et puis qui possède encore un carnet ? Quand on peut tout noter sur son téléphone, note vocale au cas où on aurait la flemme de tapoter. Ou les doigts trop gelés. À cette période de l'année, le froid pouvait piquer. Fort. Ce matin-là, l'air glacé mordait les fesses, le bout du nez et les doigts de Rosita Marcadet. Mais celle-ci n'en semblait pas dérangée. Elle ferma les yeux, inspira et se replongea dans son entrevue de la veille avec Anita van West. Que lui avait-elle appris de la victime ?

*Rob Dolen, 52 ans, marié depuis 27 ans à Thessa Dolen (née Meeus), sans enfant, contrôleur de gestion dans une entreprise agricole en bordure d'Uitgeest, à une dizaine de kilomètres d'ici. Il s'y rend du lundi au vendredi, en passant par la gare de Beverwijk où il monte dans le train avec son vélo, comme la plupart des habitants du village qui travaillent à l'extérieur. Son entreprise se targue d'être le numéro 1 de la nourriture pour chevaux aux Pays-Bas. Rob y travaillait depuis plus de vingt ans.*

---

*Il faudra y faire un tour*, songea Rosita Marcadet.

Pourquoi Anita avait-elle été la seule à mentionner le vertige de la victime, Rob Dolen ? Admettons que dans un pays plat, les occasions de découvrir qui est sensible à l'altitude ne se bousculent pas à la porte d'entrée. Admettons. Mais si Rob Dolen en était à ce point terrifié, sa femme *au minimum* devait forcément être au courant. Pourquoi n'avait-elle rien dit à la police ? À moins que cet imbécile de Frigge n'ait même pas relevé ?

Lorsque Rosita avait demandé à Anita quelle était la nature de sa relation avec M. Dolen et pourquoi elle tenait tant à découvrir ce qui lui était arrivé, la van West avait viré de couleur, outrée :

— La seule chose qui m'importe, Madame Marcadet, la seule chose qui me terrifie, c'est de savoir qu'un meurtrier a frappé et peut recommencer. Cette personne qui a, pour je ne sais quelle abominable raison, assassiné Rob se trouve peut-être encore dans notre village. Peut-être est-ce même quelqu'un que je connais, que j'ai croisé aujourd'hui, quelqu'un qui vit ici ! Comment pourrais-je dormir, sortir de chez moi ou savoir mes enfants dehors, comment veux-tu que je puisse mener ma vie comme si de rien n'était, avec un tueur en liberté ?

— Comment as-tu eu connaissance du vertige de Rob et qui d'autre était au courant ?

Anita s'était alors tournée vers la fenêtre, comme si derrière se jouait le film de ses souvenirs et, un peu timide, avait répondu :

— Nous étions dans la même classe, enfants, avec Rob. Avec le brigadier Jim Frigge aussi, d'ailleurs. Rob avait des difficultés d'apprentissage, alors le maître le faisait asseoir à côté de moi au premier rang, tous les jours, me demandant de l'aider. Une sorte de compagnonnage forcé, ce qui faisait hurler de rire tous les garçons. Ils appelaient Rob « le deux-temps-de-retard ». C'est fou, je revois tout ça comme si c'était hier. Je les revois tous nous jeter des bouts de papiers, des bouts de gomme. Rob bouillait de rage. Il ne m'adressait pas la parole dans l'enceinte de l'école, sauf s'il y était contraint par le maître. Comme si c'était de ma faute ! s'écria-t-elle d'un coup.

Anita van West soupira, et sembla revenir à l'appartement où elle se trouvait avec Rosita. La détective l'examinait comme une psychologue étudie ses patients. Calme, à l'écoute, habituée. Anita reprit son récit.

— Petit à petit, comme on se croisait souvent dans le quartier, en faisant une course pour nos parents ou autre, on a fini par se parler, jusqu'à devenir amis, en secret. Une amitié d'enfants, quoi. On faisait des tours dans le bois, derrière le grand supermarché, tu vois ? À l'époque le supermarché n'existait pas, tout ça c'était un bois, avec beaucoup de champignons. Enfin bref, il se trouve qu'un jour où on se promenait, je lui ai lancé le défi d'escalader une sculpture. La sculpture est toujours là d'ailleurs, au même endroit, devant Praxis, le magasin de bricolage. Praxis non plus n'existait pas à l'époque. Derrière le canal, tu vois ? Évidemment, Rob n'a pas pu. Il m'a fait jurer de ne jamais répéter sa phobie à personne, il en avait vraiment honte. Même sa mère n'était pas au courant, je parie. Toute sa vie, Rob aura évité les situations qui auraient pu le placer à plus de cinquante centimètres du sol, je peux te le garantir.

— Tu étais donc une intime, une proche de longue date.

— Non, pas du tout, réfuta-t-elle. Nous avons très vite pris chacun des chemins différents. Nous n'avions pas du tout les mêmes amis, en plus. Mais je me souviens très bien de ce moment, de sa phobie. Elle était tellement intense, elle n'aurait jamais pu disparaître comme ça. J'en suis sûre.

— Depuis tout ce temps ? Cette balade dans les bois remonte à quoi, trente ans ? Comment peux-tu être sûre que le vertige ne lui soit pas passé entre temps ?

Anita croisa ses doigts délicats et affirma, avec une prestance retrouvée, typique de la famille van West :

— Tu peux me croire, Madame Marcadet. Je le sais. Tu n'as qu'à demander à sa femme si elle a déjà vu Rob monter sur un escabeau pour changer une ampoule. Demande-lui.

*

L'intérieur des Dolen était sobre, dans des tons beiges, taupe. La décoration plutôt traditionnelle, quelques cadres aux murs, un imposant buffet de famille, des bibelots, deux ou trois assiettes en porcelaine de Delft. Une maison cossue, sans originalité particulière, équipée de toutes sortes d'appareils connectés. Pas un gramme de poussière à l'horizon. Rien qui dépasse.

Thessa Dolen accueillit Rosita en ballerines molletonnées d'intérieur. La détective ne sut trop bien si elle était censée ôter ses chaussures ou pas. Elle se garda bien de demander, l'interrogatoire en chaussettes ne figurait pas franchement dans sa recette du succès. D'autant qu'elle était à peu près sûre d'avoir enfilé deux chaussettes différentes, dont l'une devait sans doute être trouée. Bonjour l'autorité. Ses Pataugas fermement lacées aux pieds, une tasse de café (évidemment) à la main, Rosita prit place dans un confortable canapé du salon. Avec une espèce de schizophrénie qui lui tombait dessus assez souvent, Rosita se laissa submerger par deux sentiments contradictoires. D'une part, une volonté d'empathie absolue pour cette femme aux yeux tristes et cernés ; et d'autre part, la certitude délicieuse d'avoir su, dès la seconde où Thessa lui avait ouvert la porte, comment elle allait retourner cette fine crêpe de veuve.

— Toutes mes condoléances, Madame Dolen.

Un mouchoir à la main, la veuve la remercia et, d'une voix tremblante, lui demanda très poliment ce qu'elle fichait dans son salon.

— J'ai tout raconté à la police, et tu n'es même pas vraiment de la police, non ? Tu viens de France, c'est ça ?

— Tout à fait. Le brigadier Frigge en effet a quasiment clos le dossier. Mais je ne peux m'empêcher d'y mettre mon grain de sel, avec la bénédiction du brigadier, je te rassure ! Tu connais l'arrogance française, toujours à se croire plus malin que tout le monde. Un petit Napoléon frétille en chacun de nous autres mangeurs de baguette ! ajouta Rosita, rieuse.

Thessa donnait l'air d'un lapin pris dans les phares d'une grosse berline au milieu d'une route de campagne.

— Je ne comprends pas, je… Tu sais, je suis complètement sous le choc, je ne comprends pas ce que tu fais chez moi. Tu n'as aucun droit de débouler comme ça, dans la vie privée des gens. Je vis un cauchemar, moi ! Si c'est pour t'amuser que tu viens me voir…

Rosita se redressa aussi sec.

— M'amuser ? De quoi donc ? C'est terrible ce qui est arrivé. Et la seule raison pour laquelle je fouine, comme tu dis, c'est que j'aimerais comprendre pourquoi tu n'as rien dit.

— Je te demande pardon ? murmura Thessa Dolen serrant son mouchoir.

La sonnerie du téléphone posé sur la table à manger derrière les deux femmes retentit.

— Ton amant, je présume ? Vas-y, réponds, je t'en prie.

Thessa, livide, attrapa son portable. Les pupilles dilatées, les narines tremblotantes, elle fixait l'appel entrant provenant de Tom. Il devait vouloir la prévenir que Rosita Marcadet allait à coup sûr venir lui poser des questions. Trop tard, Tom. Trop tard. Tout était toujours arrivé trop tard, dans la vie de Thessa Dolen. L'angoisse, le remord, la tristesse, la peur… L'amalgame gluant des émotions qui lui bloquaient la gorge depuis plusieurs semaines jaillit en un torrent de larmes silencieuses. Le téléphone ne sonnait plus, Thessa pressait son mouchoir si fort entre ses doigts qu'ils devinrent blancs. La veuve pouvait entendre son cœur cogner contre sa poitrine et elle était sûre que la détective pouvait l'entendre aussi.

— Lorsque Tom t'a extirpée de la terrasse et ramenée à l'intérieur, nous étions déjà tous dans la pièce. Premièrement, qu'il se soit précipité à ton secours suffisait à faire comprendre à n'importe qui l'attachement particulier qui vous lie. Secundo, la délicatesse amoureuse avec laquelle il t'a fait asseoir m'a presque fait saigner les yeux.

— Tom est pompier, évidemment qu'il se précipite au moindre cri ! Et je venais de découvrir le cadavre de mon mari, je…

— Écoute Thessa, la coupa Rosita avec douceur, en se rapprochant d'elle. Je me tamponne de tes histoires de cœur ou de lit. Ma question est toute autre. Quand tu es revenue à l'intérieur, après avoir découvert le corps de ton mari sur la terrasse, qu'était-il si urgent de faire disparaître ?

Son sang sembla se retirer d'un flot vers son cœur, son visage devint translucide, sa bouche pâteuse. Mentir n'avait jamais été son fort. Thessa Dolen avait toujours évité ça, préférant de loin l'omission, le silence. Ce qui était, de son point de vue, très différent. La femme qui la toisait à côté d'elle, en revanche, devait savoir mentir comme un arracheur de dent. Elle exultait la confiance, jusqu'à une forme de cruauté. De cruauté, oui. Cette étrangère avait le regard de son chat Blacky, lorsqu'allongé à plat ventre sur la pelouse, il observait la proie sur laquelle il s'apprêtait à bondir, en faisant durer son plaisir. Son bonheur tranquille de savoir sa proie déjà condamnée. Non que cette femme ait la beauté ou la grâce de son félin, loin de là. Trapue, le cheveu à peine brossé, cernée, pas maquillée. Aux antipodes de la Parisienne sans cesse encensée dans les magazines de mode que Thessa rangeait dans le tiroir de la table basse. Où était passé Blacky, d'ailleurs ?

— C'est drôle comme le cerveau nous fait parfois divaguer, penser à toute autre chose, dans certaines situations critiques, tu avais déjà remarqué ? fit Rosita d'une voix chaleureuse, amicale.

Puis, toute contente, comme si elle venait de retrouver une ancienne connaissance dans un café, Rosita s'adossa plus confortablement dans son siège, croisa les jambes et demanda :

— Commençons peut-être par le début, Thessa. Raconte-moi, quel genre de mari était Rob Dolen ?

## Chapitre 11 - Le Thuis

Après vingt minutes, les muscles chauds, le souffle plus régulier, la chimie opérait. Le cerveau enclenchait son tri. Classer, jeter, ranger. Les observations, les pensées, les questions, les hypothèses, chaque phrase prenait sa juste place, dans le bon dossier. Courir l'aidait à se concentrer. Encore plus sur la plage. Pas besoin de s'inquiéter pour ses genoux, sur le sable. Rosita pouvait se défouler tranquille, comme des années auparavant. L'époque où son corps ne se montrait pas encore capricieux. Pas encore susceptible. Les joues rouges, Rosita avançait. Face à elle, la plage à perte de vue, noyée au loin dans les traînées de nuages bleu gris. Dans son dos, les hauts fourneaux de l'aciérie du coin, la plus grande du pays, et leurs volutes cotonneuses. Le long des vagues plates venant lécher le sable se promenaient quelques maîtres et leurs chiens, cabrioles au vent. Y a-t-il plus émouvant qu'un chien heureux galopant sur une plage ? Un labrador noir dodu poursuivait des mouettes, langue pendante. Il faillit en attraper une et sembla éclater de rire. La gorge de Rosita se contracta. Elle lutta pour faire barrage aux larmes qui lui montaient aux yeux, malgré elle. Une larme se fraya un passage, roula le long de sa joue écarlate. Elle déglutit, intima à son corps une vitesse plus soutenue et se reprocha avec le plus de tendresse possible son sentimentalisme exacerbé. Elle avait toujours aimé courir au bord de l'eau.

Quelques joggeurs la croisaient de temps en temps, plus ou moins vieux. Rosita se demanda si les plus jeunes la classaient (tout le monde « classe », surtout pendant un jogging) dans la catégorie des « vieilles qui courent encore ». Arf, qu'espérait-elle. Bien sûr que oui. Elle n'avait plus vingt ans. Ni même quarante, d'ailleurs, ni même cinquante…

Depuis la fin de la vingtaine, période à laquelle elle avait compris qu'une certaine discipline était indispensable à son équilibre mental, Rosita s'efforçait de se régler comme un coucou suisse. Apparemment, elle n'était pas la seule. Depuis son arrivée à Beek aan Zee, la Française était sortie courir tous les deux jours, quelle que soit la météo, empruntant un parcours presque toujours identique, avec une variante plus courte en cas de fatigue. Si elle ne prêtait pas franche attention à ses propres manies, elle n'avait pas raté celles de la femme qui lui ressemblait sur ce point. À chaque jogging ou presque, Rosita Marcadet l'avait aperçue, courant aussi, un peu plus haut dans les dunes. Tenue gris souris, toujours la même. Blonde platine, elle lui rappelait Anita, la fragilité en moins.

Même de loin, on percevait toute la puissance qui émanait de cette sportive accomplie, rapide, efficace.

*

— Je t'offre un café ?

Rosita remontait la rue, rouge tomate, haletante, transpirant des effluves parfumés au vieux bouc des steppes. Elle le dévisagea, manqua se retourner pour vérifier qu'il ne s'adressait pas à quelqu'un derrière elle.

— Tu as peur de prendre froid ? Je peux t'attendre si tu préfères te changer !

Steven se tenait face à elle, les yeux pétillants, les cheveux en bataille. Le soleil tout juste apparu faisait ressortir davantage ses taches de rousseur.

— T'es pas fou de sortir de ta caverne en plein soleil, tu vas attraper un choc de vitamine D !

Pas vexé le moins du monde, Steven laissa échapper un rire heureux. *Beaucoup trop bon public*, pensa-t-elle.

Le jeune homme insista tellement pour lui payer un café, ou un thé, ou un jus, ou une bière, qu'elle accepta, lui suggérant de l'attendre en terrasse, puisqu'il y tenait tant que ça, le temps qu'elle monte se doucher. Elle ne serait pas longue. Que lui voulait-il si vite, alors qu'ils avaient passé deux heures ensemble la veille ?

Après une douche express, les cheveux mouillés, s'approchant du café « Thuis » (en français : *à la maison, chez-soi* ; à prononcer avec difficulté [tha-euwss]), Rosita repéra la table où Steven patientait, occupé à pianoter sur son téléphone portable. *Travail ou Instagram?* se demanda-t-elle. Steven marmonnait des syllabes inintelligibles entre ses dents. Travail. Si ça se trouve, il n'avait même pas de compte Instagram, cet oiseau-là.

Ruben, le patron du Thuis, fut bien surpris de trouver le fils de Karen et Peter à discuter si longtemps avec cette policière au cul grand comme la dune d'en face. Il se rappelait encore, des années plus tôt, Peter le suppliant d'engager son fils pour lui apprendre la vie, l'implorant de le garder malgré les dix-huit verres cassés en trois jours, et le remerciant d'avoir tenté le coup après la troisième assiette renversée sur les genoux d'un client.

— Ils ont l'air de bien s'entendre ces deux-là!

Ruben regretta amèrement, au moment où le dernier mot quittait sa bouche, d'avoir parlé tout haut. Pat et Frank, assis à leur table favorite, dans l'axe du comptoir et près de la vitre pour une visibilité maximale intérieur-extérieur sur leurs congénères, se retournèrent dans la seconde vers la terrasse. Les deux hommes, mariés respectivement à Beatrix et Anita van West, n'avaient pas besoin de Ruben pour pérorer. Ils auraient sans aucun doute fini par remarquer la Française et le gamin assis ensemble, mais peut-être pas si vite. Maintenant, Ruben était bon pour des kilomètres de commentaires.

— *Kijk nou!* [Kaïk naou!] Regarde-moi ça, comme elle rit gorge déployée! s'esclaffa Pat. Une vraie cougar, ma parole. Ah, la France… ajouta-t-il levant le nez et remuant les bras, mimant ce qu'il devait conceptualiser comme relevant de la gestuelle hexagonale.

— Indécent, franchement ! Rob est décédé depuis quoi ? Même pas vingt-quatre heures, souffla Frank.

— Elle veut jouer au shérif, renchérit Pat. Débarquer avec ses gros souliers, se mêler de ce qui ne la regarde pas et se taper les petits jeunots du coin en passant !

Comme on pouvait s'y attendre, la nouvelle n'avait pas tardé à circuler en ville : la touriste-détective Rosita Marcadet menait l'enquête sur le suicide de Rob Dolen. Pour « vérifier » (sans aucune légitimé, de l'avis général) la raison pour laquelle Rob avait sauté. Pour une fois, hormis Anita, tout Beek aan Zee s'accordait sur un point : Rob avait sauté. Point. Fin de l'histoire. Aucune envie de creuser le sinistre fumier autour de cette calamité. Un suicide a toujours le don de déranger le voisinage, viscéralement. D'agacer, presque. Soyons honnête : n'est-ce pas méprisable, après tout, que d'abandonner ? Aux yeux de tout le monde, en plus ! Un spectacle des plus dégoûtants. Beek aan Zee, comme une seule âme, se montrait catégorique. Rob Dolen aurait pu prendre des cachets ou aller se noyer plus loin, franchement. Partir dans un semblant de dignité. Quelle idée de gâcher une cérémonie funéraire… L'enterrement de Linda Dekker n'était pas exactement celui de Mère Theresa, mais tout de même.

Non, vraiment, le mieux à faire était de refermer au plus vite cette page sordide, envoyer une gerbe de fleurs à Thessa, l'éviter pendant quelque temps et vaquer de nouveau à ses affaires. N'en parlons plus. Ou plus beaucoup. Gloser sur les mille et une raisons pouvant pousser un homme à commettre l'irréparable, avec plaisir. Accepter la possibilité qu'il puisse s'être déroulé autre chose de plus mystérieux encore, de plus violent… Un meurtre ?

Qu'un meurtre, impuni qui plus est, ait pu être commis, ici... ça non, il ne fallait pas exagérer.

En fait, personne n'avait prononcé à voix haute ni encore moins en public ce mot incongru : meurtre. Il avait sans doute été chuchoté en privé, par un ou deux esprits anxieux ou créatifs, mais jamais l'idée n'avait osé s'aventurer au-delà d'un paillasson.

À la fin des années 1990, une femme avait été retrouvée étranglée dans les bois de Beek aan Zee, derrière le chemin de fer. Le village n'en avait plus dormi de l'année. L'affaire avait été rapidement abandonnée, personne ne connaissait cette femme. Une parfaite inconnue. Une « Jane Doe », comme on dit aux États-Unis. Aucun indice n'avait été retrouvé, aucune piste n'avait pu aboutir à des conclusions solides. Sale période.

Pat et Frank gloussaient sur les différents types de « jeunots » que Rosita devait pourchasser durant ses enquêtes quand le carillon de ses bracelets multicolores annonça l'esthéticienne du cabinet d'en face. Vêtue de sa blouse violette, cette dernière sortit de sa poche son paquet de cigarettes fines et s'attabla à l'extérieur en un bouquet final de métal et de plastique entrechoqués. Ruben sauta sur l'occasion de quelques minutes de répit. Il fit un geste à Melissa, sur le point de sortir pour prendre la commande de la nouvelle arrivante, et lui lança :

— Tut tut tut, je m'en occupe !

Et il se rua vers la terrasse.

À la table voisine de l'esthéticienne fumeuse, Steven Vernink suppliait sa récente camarade.

— Je serai ton Docteur Watson ! Allez, Rosita, sois sympa !

— Désolée, je n'embauche pas. D'autant que tu ne dois pas t'ennuyer au boulot, je m'étonne que tu aies le temps de me proposer tes services !

— C'est bien ça le problème…

Les yeux de Steven se drapèrent d'un manteau de nuit.

— En ce moment, ce n'est vraiment pas drôle. J'ai envie de me changer les idées.

— C'est vrai qu'un suicide, c'est vachement marrant ! Écoute, les duos, j'ai déjà fait, c'est pas ma tasse de thé. Si tu veux qu'on prenne un café de temps en temps pour me raconter tes misères, je dois avoir quelques minutes hebdomadaires à t'accorder mais primo : cette affaire sera vite réglée, par moi toute seule ; deuzio : il faudrait peut-être que tu te fasses des petits copains de ton âge !

Piqué au vif, Steven s'entendit, très surpris, rétorquer à Rosita Marcadet :

— Tu me prends pour qui ? Primo : c'est toi qui viendras me chercher la prochaine fois et deuzio : si ça se trouve j'ai plus de potes que toi !

Sur ce, le jeune homme se leva, adressa un salut de la main au patron du bar une table plus loin, laissa de quoi régler les cafés plus un généreux pourboire (quoi que pour les Français, tout pourboire était généreux en soi) et s'en alla.

Sans le savoir, Steven venait de réaliser une prouesse : en boucher un coin à Rosita.

*

Les lampadaires de la Zeestraat étaient allumés depuis un couple d'heures lorsque la détective se résolut à couper des légumes. Selon Rosita Marcadet, la solitude avait pour seul inconvénient de devoir, même en cas de flemme magistrale, se préparer malgré tout à manger. Puisqu'elle ne commandait quasiment jamais à emporter ni à livrer (Rosita avait ses principes), qu'elle avait bon appétit mais pas un compte en banque susceptible de l'inviter tous les soirs au restaurant, il lui fallait bien cuisiner. Alors que les bouts de céleri marinaient entre les poireaux et les oignons, Rosita prit conscience que Steven avait raison. Elle allait certainement avoir envie de le revoir.

*

Aimé par bibou8 et 25 autres personnes

**marcadet_fan_officiL** ⚠️ Vue samedi 23 février Gare du Nord, Rosita Marcadet embarque dans le Thalys ➡️ Amsterdam !
Vacances ou nouvelle enquête en pays batave ? Peut-on imaginer un instant à quoi ressemblerait des vacances pour Rosita Marcadet, si elle en a déjà prises ?
On peut être sûr d'une chose en tout cas, RM ne va jamais nulle part pour rien. Bon voyage...

Voir les 3 commentaires

**valerie-d.g** Marcadet, des vacances ? 😂 ❌

## Chapitre 12 - Toujours rien

**Mardi 12 mars**

Les naseaux fumants, le magnifique frison dansait dans les premières clartés du jour. Le fond de l'air était givré, le Pré quasi désert, hormis quelques moutons de l'autre côté de la clôture et ce spectaculaire cheval de cinéma, guidé par son cavalier, qui les emmenait tous les deux dans des mouvements d'une beauté étrange. Il y avait dans leur duo quelque chose de décalé, d'anachronique. À les contempler depuis de longues minutes, accoudée contre la barrière, Rosita leur trouvait une forme de maladresse qui confinait à la poésie. Le cavalier, absorbé tout entier dans son enchaînement de dressage, ne remarquait pas son public. Plus Rosita les contemplait, plus elle se mit une idée en tête. Ce cavalier ne lui était pas inconnu. Elle avait déjà vu ce visage. Mais où ? Un éclat de rire déchira l'atmosphère et figea la scène comme un coup de fusil. Après un instant suspendu, Rosita vit le cavalier descendre de sa monture, marcher rênes à la main, tête basse, en direction du rire. Trois cents mètres à l'opposé de la détective, une silhouette émergea de l'ombre d'une remorque à cheval. De ce qu'arrivait à en distinguer Rosita depuis son côté du Pré, une fille hilare se rapprochait de la barrière. Elle ne devait pas avoir encore vingt ans. Elle pénétra à l'intérieur du Pré, tapota l'épaule du jeune homme l'air de dire, « Allez va, c'était pas si mal ». Comment un tel rire pouvait rugir d'une si jeune personne ? La fille, aussi blonde qu'une Néerlandaise pouvait l'être, finit par grimper en un mouvement éclair sur le cheval avant de recommencer la chorégraphie avec une majesté technique et une grâce inouïe. Était-elle professionnelle ? Prof d'équitation ?

Les cahots des premiers vélos sur le pavé sortirent Rosita de ses interrogations. Elle jeta un coup d'œil à sa montre : 7h12. Alors que le jour dévoilait tout son nez, Rosita vit ébahie comment, en trente secondes, Beek aan Zee passait à l'heure de pointe. Dring-dring, sonnettes de vélos, cahots, « Hoi hoi » ([hoy hoy] : coucou !), « Doei doei » ([douille douille] : salut, à ce soir), salutations lancées aux uns et aux autres, écoliers qui se retrouvent à un coin de rue, l'attente fébrile ponctuée des « tic tic tic » aux feux rouges cyclistes, quelques freins mal graissés, embouteillages de vélos avant de passer au vert… Beek aan Zee démarrait la journée. Étourdie par cette ruche cycliste entrée en action comme par simple pression d'interrupteur, Rosita observa un moment ce ballet très organisé. Lorsqu'elle se retourna vers le Pré, le cheval, la fille et le garçon avaient tous les trois disparu.

*

— Comment ça, toujours rien ?

Margareta remuait sa cuillère si fort que René prit peur qu'elle ne brise la tasse. Il voulait bien sortir sa plus jolie vaisselle pour la van West, mais il n'était pas question qu'elle lui explose une tasse, tout de même !

— On passe au bac, Margareta ? lui proposa-t-il avec un grand sourire anxieux.

— Maman, ça ne fait même pas deux jours ! Elle vient à peine d'arriver, elle ne connaît personne. On n'a pas engagé Sherlock Holmes, non plus ! répondit Anita, un peu agacée.

— Même Sherlock Holmes aurait besoin d'une petite semaine, au minimum, renchérit Karen.

— D'ailleurs Steven ne t'a rien dit ? J'ai entendu qu'il a passé son après-midi avec elle, hier. Ce n'était pas un interrogatoire au moins ? Il n'est pas suspect ? Rassure-nous, Karen ! s'exclama Heleen en riant. Oh, je plaisante, je plaisante !

*Cette garce d'Heleen,* pensa Karen, *un jour je me la ferai. Je me la ferai salée, saignante.*

— Suspect... soupira Karen en déménageant ses pupilles au plafond. Non, Heleen, Steven ne m'a rien dit. Et il ne passe pas ses *après-midis* avec elle, ils ont bu un café, va savoir pourquoi. Elle voulait sûrement lui demander conseil. Des conseils de spécialiste en informatique, de professionnelle à professionnel, vois-tu, lui rétorqua-t-elle en articulant exagérément.

— Tu crois que la Française farfouille déjà dans les comptes bancaires de Rob, ses profils réseaux sociaux, toute sa vie en ligne ? gazouilla René, rêveur, en massant le crâne de Margareta.

— Peut-être qu'il était accro aux jeux d'argent ! Oui, c'est une idée, ça ! Il devait une somme colossale, il était coincé ! Je le vois bien accro aux jeux d'argent, non, Anita ? interrogea Margareta van West de sa voix au timbre de nicotine.

— Maman, je t'en prie ! Je n'imagine pas une seconde Rob accro aux jeux, tu racontes n'importe quoi !

Anita reposa sa tasse de café et rangea derrière son oreille une mèche dorée, tout juste brushinguée. Comme toujours, impeccable.

— Je vous laisse à votre imagination débridée, Mesdames, reprit Anita. Maman, à plus tard, je file au bureau. Merci René, à la prochaine !

— À la prochaine ! lui répondit en chœur le groupe, tandis que la porte en verre se refermait sur son traditionnel tintement.

Margareta van West réglait les factures de sa fille depuis si longtemps qu'on était en droit de se demander si cette dernière avait encore un vague souvenir de ce qu'était l'argent.

*

— Anita, je veux que tu me dises *exactement* ce que tu as raconté à cette femme et ce qu'elle a découvert pour le moment !

Beatrix avait rejoint sans sommation sa sœur pour le déjeuner, dont le bureau se situait à quelques minutes en vélo de son cabinet d'infirmière. Anita van West travaillait en tant que secrétaire d'une agence de travaux d'intérieur, bien qu'elle se prenne elle-même pour une architecte. Quand on voyait avec quelle minutie elle était capable de fracasser les situations les plus enviables, on pouvait doucement rigoler.

Dans les locaux désertés pour cause de réunion capitale avec de potentiels gros clients à Amsterdam, les deux sœurs pouvaient laisser libre cours à leur discussion animée : elles avaient tout l'espace à disposition. Et Anita, pas grand-chose à faire d'autre. Elle n'avait plus que les derniers préparatifs à terminer avant la visite des possibles futurs clients dans leurs bureaux le lendemain. Tout avait été prévu, comme toujours, dans les moindres détails. L'intérieur des locaux répondait d'ailleurs à des critères stricts de *feng shui*. Les matériaux des meubles, l'agencement, les couleurs, la luminosité... Tout l'ensemble avait été pensé pour une circulation optimale des énergies, pour favoriser le bien-être et l'épanouissement créatif. Visiblement, l'efficacité du procédé ne se montrait pas infaillible.

— Bea, tu ne vas pas me dire que tu ne veux pas savoir toi non plus ! rugit Anita en claquant la paume de sa main contre son bureau à énergies positives. Frigge n'aurait jamais levé le petit doigt pour Rob, tu le sais très bien !

— Tu es complètement folle, lâcha sa sœur dans un souffle désespéré.

— Si tu penses que Liesbeth a quelque chose à voir là-dedans, c'est toi qui es complètement folle !

Le prénom de Liesbeth eut l'effet d'une douche froide pour l'aînée. Elle reprit complètement ses esprits.

— Honnêtement je n'en sais rien, je ne crois pas non plus.

— Tu ne *crois* pas ? articula lentement Anita, comme si chaque syllabe lui provoquait des brûlures au troisième degré.

Elle était révulsée.

— Je t'en prie, ne prends pas cet air-là ! Bien sûr que Liesbeth n'a rien à voir là-dedans. Je le sais bien ! Je n'imagine même pas pourquoi ni comment elle aurait pu jouer un rôle dans cette horreur, mais quoi qu'il en soit, si tout le monde apprend que Liesbeth avait une liaison avec Rob, ça serait vraiment affreux. Et en dehors de Liesbeth, enfin, Anita… Tu sais bien qu'engager une détective sur Rob Dolen, c'est du grand n'importe quoi ! Je n'arrive pas à comprendre comment tu as pu embarquer Maman dans un truc pareil. Si cette détective se met à raconter des choses…

— Et je crois, moi, que c'est le cadet de nos soucis. Ce qui m'inquiète, c'est toi, Beatrix ! Regarde-toi, tétanisée à l'idée d'une possible rumeur scandaleuse alors qu'un meurtre a été commis chez nous ! Chez nous, Bea !

Cette dernière phrase, Anita la lui avait hurlée au visage.

# Chapitre 13 - L'enveloppe kraft

— L'avantage des villages, c'est que tout le monde se connaît.

Rosita avait convoqué, il n'y avait pas de terme plus adéquat, Anita. Beatrix n'avait pas laissé le choix à sa sœur : elle l'accompagnerait, un point c'est tout. Maintenant que Beatrix se tenait devant la détective, son cœur battait la chamade et sa détermination lui paraissait flancher. Quel comble de se sentir impressionnée, effrayée en réalité, par sa locataire, dans le salon de son propre grand-oncle ! Beatrix était chez elle et pourtant, elle avait l'impression de se tenir dans un tribunal. Un lieu étranger, froid, imposant, où sur un malentendu, votre vie peut basculer.

Rosita, lancée dans son exposé, spectacle qu'elle prenait toujours autant de plaisir à donner, n'avait pas remarqué l'inattention de Beatrix. Celle-ci se reconcentra sur la détective, au moment où cette dernière s'exclama, radieuse :

— Donc, Mesdames van West, je me suis naturellement posé une question ! À savoir : si l'on est un homme, que l'on habite Beek aan Zee et que l'on veut avoir son quart d'heure de gloire, se sentir utile ou boire des bières entre copains, où va-t-on ?

Les deux van West restèrent interloquées.

— On rejoint la brigade des pompiers volontaires, bien sûr !

Plutôt fière d'elle, Rosita poursuivit :

— Quelques missions ponctuelles pour se la ramener en soirée, deux ou trois chats à décrocher en haut d'un chêne tous les mois et pas mal de bon temps ! Rob se contente de la trésorerie, en bon contrôleur de gestion acrophobe, il n'allait pas s'amuser à grimper sur des échelles. Jim Frigge, lui, président honoraire, bien sûr. Il n'a rien d'autre à faire qu'à envoyer les cartes de bonne année et signer de la paperasse, ce qui doit lui convenir à la perfection.

— Tu serais surprise, Rosita, s'entendit réagir sèchement Beatrix, Jim Frigge peut être un homme très dévoué, d'une grande générosité.

Anita leva les yeux au ciel.

— Peu importe, ce qui m'intéressait surtout, reprit avec sérieux Rosita Marcadet, c'est de comprendre d'où Frigge tient cette légère aversion pour Rob.

— Comment le sais-tu ? s'étonna Anita.

— Dès qu'il entend ou qu'il prononce le prénom de ton ami d'enfance, le brigadier ne peut s'empêcher de tiquer légèrement de la bouche. C'est très léger, mais très amusant. Essayez, vous m'en direz des nouvelles.

Les deux sœurs échangèrent un regard perplexe.

— Bon, concentrons-nous je vous prie, ordonnait à présent Rosita, l'air grave.

Elle tira d'une enveloppe en papier kraft une copie agrandie d'une photographie.

— Comme je vous le disais, il m'était impératif de comprendre d'où vient cette aversion du brigadier Jim Frigge pour Rob. Je ne pouvais pas laisser ça de côté. J'ai pensé qu'ils devaient avoir un lien, tous les deux, une connexion… Une activité en commun, peut-être. D'où mes recherches sur le boy's club de Beek aan Zee, la brigade des pompiers volontaires. C'est quand même fou qu'on n'y trouve pas une seule bonne femme, soit dit en passant.

Rosita chaussa ses lunettes de vue et se pencha sur la feuille.

— Là ! Photo de la dernière réunion de Noël de la brigade des pompiers volontaires de Beek aan Zee. Nous avons donc, corrigez-moi si je me trompe : le brigadier Frigge en haut, de gauche à droite Tom le pompier professionnel, ton mari Pat (dit-elle en regardant Beatrix), ton mari Frank (Anita acquiesça), Tartempion, Peu M'importe, ici Thessa Dolen, Rob Dolen, toi-même Beatrix derrière le buffet et, là, ta-da ! Mark Frigge, le frère de Jim Frigge. Ils se ressemblent, vous ne trouvez pas ? Et avez-vous déjà vu la photo des deux frangins Frigge à la pêche ? Elle est encadrée sur le bureau du brigadier au commissariat. Adorable.

Les deux sœurs s'étaient redressées toutes les deux en même temps, dans un mouvement raide et parfaitement identique, comme deux ombres d'une seule personne.

— Vous connaissez bien Mark, puisqu'il est votre beau-frère. Le mari de votre petite sœur Liesbeth, qu'on voit ici (Rosita pointait un coin sombre de la photo). Liesbeth qui devait, en toute logique, s'envoyer en l'air avec Rob Dolen ! Je me trompe ?

Rosita, dans un triomphe relatif, croisa la jambe droite en angle droit sur la gauche.

— Il faut rendre au brigadier Frigge ce qui lui appartient, se sentit obligée de préciser Rosita dans un mouvement d'humilité. Il a laissé échapper qu'une certaine Liesbeth aurait du mal à faire ses nuits avec la mort de Rob Dolen. Je n'ai eu qu'à faire l'addition.

— Bon, et puis après ? Qu'est-ce que ça peut faire ? s'impatienta Beatrix qui se levait de sa chaise.

Rosita les avait invitées à prendre place sur les fauteuils, mais avec une marque de distance désapprobatrice, Beatrix avait décrété qu'elle et sa sœur utiliseraient les chaises de la cuisine. Célèbres broyeuses de fessiers.

— Exactement, Beatrix ! approuva Rosita, toute enjouée, en dressant un index inquisiteur. *Qu'est-ce que ça peut faire ?*

La détective se leva à son tour, but d'un trait son verre d'eau comme les gangsters de cinéma leur verre de whiskey, et reprit son exposé.

— Si je récapitule, votre petite sœur Liesbeth est la dernière, elle est un peu à part. Elle n'est même pas venue à l'enterrement de Linda Dekker et personne ne m'a parlé d'elle. Un peu à part, mais pas trop non plus. Elle vit dans l'une des maisons de l'autre côté des dunes, nous dirons que c'est la plus indépendante de la famille. Liesbeth se met à batifoler avec Rob Dolen, chacun ses goûts. Son mari Mark s'en rend compte, il se confie à son frère, lui fait promettre de garder le secret. Pas question de se ridiculiser auprès de tout le village. Là, on dit : bravo brigadier, parce que garder un secret ici me paraît plus compliqué que d'empêcher la pluie de tomber. Même si vous, toutes les deux, vous étiez au courant, je ne sais pas encore bien comment, car je vois mal Liesbeth se confier, le secret est préservé, connu seulement d'un nombre très limité de personnes. En revanche, Rob Dolen ne peut plus faire un pet de travers, se garer cinq minutes au mauvais endroit ni sa haie dépasser d'un centimètre réglementaire sans recevoir de contravention. J'en ai vu une pile invraisemblable chez les Dolen. Bien rangée, mais je l'ai trouvée. Jim Frigge fait ce qu'il peut pour emmerder celui qui rend son frère malheureux. Parce qu'au fond, il ne peut pas en vouloir à Liesbeth d'aller voir ailleurs. Jim connaît son frère Mark. Et Mark, il picole. Pas vrai ? Rien que sur cette photo, à l'horloge il est 15 heures et le Marko est déjà rond comme un coing, en public. Même pendant sa partie de pêche avec son frérot, sur la photo sur le bureau du brigadier, on voit qu'il est soûl, le pauvre. Or Mark Frigge ne m'a pas l'air de faire partie des alcooliques efficaces, si je puis m'exprimer ainsi. Je le vois mal en capacité physique et mentale de concocter un plan meurtrier contre Rob Dolen. Une bagarre à la sortie d'un bar, voilà tout ce qu'il aurait pu mener à bien.

— Liesbeth n'a rien à voir avec la mort de Rob, Madame Marcadet.

Anita, les larmes aux yeux, implorait la détective d'une voix tremblotante. Cette même inflexion lancinante avec laquelle elle faisait passer à sa mère la plupart de ses factures, ne put s'empêcher de remarquer Beatrix.

— Tu n'as pas besoin de me jouer un mélodrame, Anita, j'en suis persuadée. Liesbeth n'avait pas de mobile, aucune raison de souhaiter la mort de son nouvel amoureux.

Là-dessus, Rosita sortit de la même enveloppe kraft une nouvelle feuille A4, protégée par une pochette plastique.

— Vous savez, lorsqu'on fait appel à mes services et lorsque j'accepte de prendre une affaire, je bosse. Vous ne me payez pas à regarder les nuages passer. Donc, bien évidemment, je suis allée rendre une petite visite à votre sœur Liesbeth. Aussi charmante que vous, Mesdames. Un peu plus fatiguée. Effondrée, en fait, comme vous le savez sûrement. Saviez-vous que Rob et Liesbeth comptaient chacun divorcer de leur côté ?

— C'est impossible ! s'exclama Anita avec horreur.

Cette femme avait décidément raté sa vocation de tragédienne.

— Les hommes disent toujours qu'ils divorceront. Rob, en particulier, n'aurait jamais franchi le pas, affirma Beatrix, avec une mine de dégoût.

— C'est ce que Liesbeth a d'abord pensé aussi. Pour lui prouver sa détermination, Rob avait demandé à un avocat, à Haarlem, de lui préparer des papiers de divorce dont il a donné une copie à Liesbeth…

— Il aura donné des faux ! cria Anita.

— … Et une copie à sa femme, Thessa…

— Mais quel est le rapport de tout ça avec la mort de Rob… Je ne comprends rien, qu'est-ce qu'il s'est passé pour l'amour du ciel ?

Beatrix perdait patience, agrippant le dos de la chaise pour ne pas tordre le cou à ce coq du 14 juillet qui déterrait les détritus du patelin plus vite que toutes les taupes des Pays-Bas réunies.

— Mesdames, dit gravement Rosita, j'ai ici dans cette enveloppe (elle ne pouvait s'empêcher de préparer ses effets et sortit, pour la troisième fois, un élément clef qui consistait en un bout de papier tout chiffonné, taché de rouge) la *preuve* que Rob Dolen a été assassiné.

Anita et Beatrix, sans réfléchir, se rassirent l'une à côté de l'autre, en silence, et se prirent la main. Solennelles. Deux sœurs se préparant à l'appel pour entrer en classe de sixième. Deux premières de la classe sans cartables ni robes à imprimé, avec des taches de soleil sur les mains, des alliances polies par les années et des soucis marqués sur le front.

— Lorsque Tom a fait asseoir Thessa Dolen, juste après la découverte du cadavre, il est immédiatement allé lui chercher son manteau au vestiaire, dont la porte encore ouverte était accessible depuis la salle. Thessa en a ensuite sorti un paquet de mouchoirs, pour essuyer ses larmes et le sang de son mari qui lui maculait les mains. Personne n'y a fait grand cas. Pourtant, des mouchoirs, on en trouvait plein la salle. Bien plus à portée de main que ceux dans la poche du manteau accroché au vestiaire. Autre détail qui n'a pas échappé à votre serviteuse ici présente, du moment où Thessa est entrée, jusqu'à ce que Tom la couvre de son manteau, Thessa avait les poings serrés comme si sa vie en dépendait.

Anita et Beatrix firent une moue circonspecte. Rosita poursuivit.

— Vous me direz, pourquoi pas ? Elle est sous le choc, tendue comme une corde à linge. Sauf que rien n'échappe à Rosita Marcadet. J'ai VU qu'elle glissait quelque chose dans la poche de son manteau, l'échangeant contre un paquet de mouchoirs. Un bout de papier qu'elle avait subtilisé du cadavre de son mari et dissimulé aux yeux de tous, terrorisée qu'il puisse l'inculper. Ce papier, il est ici.

Sur quoi Rosita, qui n'en pouvait plus de joie à l'idée de captiver à ce point son maigre public, défroissa le papier ensanglanté sur lequel on pouvait lire, tapé à l'ordinateur :

*« Tu m'as brisé le cœur Thessa. »*

*

Anita et Beatrix, interdites, fixaient Rosita.

— Mais enfin Mesdames, c'est évident !

La détective leur faisait face, à deux doigts de les secouer par les épaules.

— Pourquoi Rob se serait suicidé en incriminant sa femme, alors que lui-même s'apprêtait à divorcer ? leur demanda-t-elle.

— Mais parce qu'il avait changé d'avis, parce qu'il ne trompait Thessa que parce qu'elle-même le rendait malheureux, parce qu'il était fou de tristesse, de culpabilité… Que sais-je ! Ce papier ne prouve rien du tout ! observa Beatrix, agitant les mains.

— Non, non, non…

Rosita remuait la tête, catégorique.

La détective avait troqué sa surexcitation pour une sérénité résolue. Concentrée, elle ne s'attachait plus à faire son numéro, désormais toute entière accaparée par ses déductions. Elle avait trouvé un premier élément significatif. Plus rien d'autre n'avait d'importance que d'aller au bout. Déterrer le lapin de son trou. Bien qu'elle soit elle-même végétarienne, Rosita avait la passion de la traque.

— À mon avis, la personne qui voulait supprimer Rob ne savait pas qu'il comptait divorcer. En revanche, cette personne était suffisamment informée pour connaître les infidélités de Thessa. Plus que ça même, le meurtrier connait Thessa. Son manque de confiance en elle, la culpabilité qui la dévore pour un rien. Ceci dit, n'importe qui peut deviner en cinq minutes quel genre de couple ils formaient. Je n'ai eu que deux ou trois questions à poser à cette femme pour confirmer mes soupçons.

— Quels soupçons ?

Beatrix croisa les bras, intriguée et irritée à la fois.

Anita restait muette. Pour une fois.

Rosita comprit qu'elle ne leur apprendrait rien sur ce sujet, mais puisque Beatrix le lui demandait, elle s'exécuta. Elle n'allait pas perdre une occasion de discourir sur ce qu'elle avait réussi à découvrir.

— Thessa était terrifiée par Rob. Elle l'aimait peut-être encore, mais elle en était terrifiée. Elle a fini par céder aux avances de Tom, qui est tout le contraire, une caricature presque, entre nous. Le pompier attentif, doux, à l'écoute. Le prince dans sa Seat blanche. Mais Thessa s'en voulait terriblement. Elle avait peur. Elle se doutait bien que Rob était au courant. Elle se sait transparente Thessa, elle n'arrive pas à mentir. Elle sait aussi que Rob est bien occupé de son côté avec une autre femme. Les Dolen vivent pour la première fois dans un drôle de calme tous les deux, chacun dans les bras d'un autre. Mais pour combien de temps? Combien de temps avant que Rob ne se fâche, combien de temps avant qu'il ne lui tombe dessus? Thessa ne sait plus comment s'en dépêtrer. Elle n'arrive pas à quitter Tom qui lui fait tant de bien. Elle ne veut pas, au fond. À la cérémonie, quand elle a entendu son mari crier, Thessa accourt. Qu'avait-il fait? Son mari, puisqu'il est encore son mari, dont elle se sent toujours responsable, ce mari dont elle connaît le tempérament de feu, dont elle a tant nettoyé les pots cassés. Ça y est, pense-t-elle. La tempête qui lui pend au nez va lui exploser en pleine figure. Elle accourt, donc, et elle découvre le massacre. Ce n'est pas le corps qui la fait hurler, non, un cadavre explosé par terre, en général, ça vous coupe la chique. Ça vous donne envie de vomir, de défaillir, de fuir, pas de hurler. Croyez-en mon expérience. Non, c'est le mot! (Rosita s'était saisie du papier et l'agitait sous le nez des van West, qui reculèrent en un réflexe horrifié.) Le terrible mot qui la rend coupable! Elle, la femme adultère, la pêcheresse, celle qui a tant fauté que son mari a voulu en finir. Elle l'a humilié en le trompant, alors lui se tue devant tout le monde en la désignant comme coupable. Ce qui est quand même surréaliste, acheva Rosita en retirant ses lunettes d'un air grave, vu que son cher mari se comportait avec elle en salaud accompli et la cocufiait depuis un bail. Mais enfin, la culpabilité, c'est un puits sans fond.

— Tu vas trop au cinéma, Madame Marcadet.

Anita faisait mine de décrocher, de s'ennuyer d'un discours fantasque et de mauvais goût.

Imperturbable, Rosita poursuivit.

— Elle ne réfléchit pas Thessa, elle panique. La police va découvrir le mot, tout le monde saura qu'elle est la responsable, qu'elle est une femme adultère. Et si elle était condamnée ? La pauvre bichette n'arrive plus à réfléchir correctement, elle n'a pas le temps. Tom arrive, veut l'éloigner de cette atroce dépouille, il voit le mot, il comprend. Lui, il sait. Il sait quel genre de mari, quel genre d'homme Rob pouvait être. Il est hors de question que sa Thessa subisse encore le joug de ce type infernal, même mort ! Alors, de concert, sans réfléchir, les deux ont le réflexe de cacher le mot.

— C'est n'importe quoi.

— Complètement ! (Rosita avait retrouvé sa joie plus ou moins communicative.) C'est n'importe quoi, je suis tout à fait d'accord ! Non seulement ce mot n'aurait jamais pu incriminer Thessa de quoi que ce soit, comme je le lui ai expliqué, mais surtout, vu les futurs projets de Rob et Liesbeth, ça ne colle pas du tout !

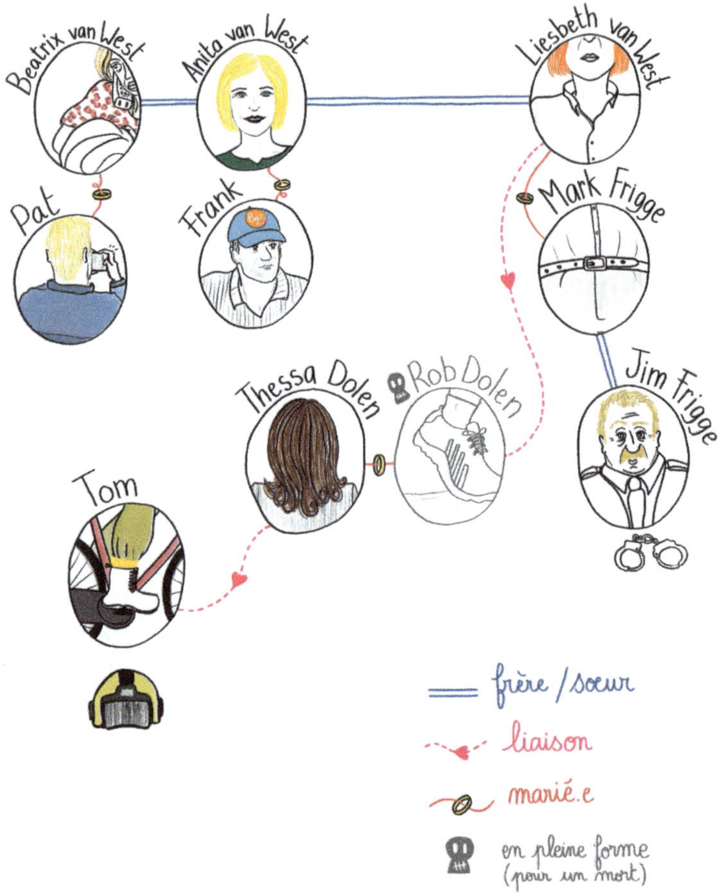

Beatrix van West
Anita van West
Liesbeth van West
Pat
Frank
Mark Frigge
Thessa Dolen
Rob Dolen
Jim Frigge
Tom
frère / soeur
liaison
marié.e
en pleine forme
(pour un mort)

# Chapitre 14 - Niet normaal

— Cette femme est dingue.

Anita et Beatrix marchaient côte à côte, frôlant les énormes bourgeons des magnolias qui bordaient la rue. La pluie était tombée à verse pendant leur échange avec Rosita dans l'appartement du grand-oncle, mais le vent s'était levé et le soleil était revenu à présent.

— N'empêche, Anita, je suis abasourdie. En moins de deux jours, découvrir tout ça... C'est... C'est pas normal ! s'exclama Beatrix.

Le *niet normaal* [nite norrmaal] était à peu près ce qu'il pouvait vous arriver de pire, aux Pays-Bas. Le royaume des goudas partage avec celui des scones un goût immodéré pour la décence. Or Rosita Marcadet et ses capacités d'analyse étaient d'une indécence peu commune.

— Tu ne vas pas accepter un seul mot du délire de cette folle ? glapit Anita, le feu aux joues.

— Je ne comprends pas, c'est bien toi qui voulais enquêter sur la mort de ton Rob vénéré, non ?

— Beatrix, je t'interdis !

Anita redevint subitement une gamine aux dents de lait, tapant du pied, les yeux mouillés, débordante de rage et de désespoir.

Sa grande sœur l'enveloppa d'un bras compatissant, la pressant toute entière contre elle. Sa petite sœur avait encore maigri, cette imbécile.

— Écoute ma chérie, lui murmura Beatrix, je te l'ai déjà dit : Rob avait un problème. Je pense qu'il était bipolaire, je ne vois pas d'autre explication à la vie épouvantable qu'il menait à Thessa. C'était soit un grand malade, soit un connard invétéré.

Et dans un murmure, elle ajouta :

— Sûrement les deux combinés.

Anita sanglotait contre l'épaule de sa sœur.

— Je ne devrais pas dire ça, Anny, mais la première réaction que j'ai eue à sa mort, c'est du soulagement.

Anita se dégagea violemment des bras qui l'enveloppaient. Beatrix se justifia en haussant le ton :

— Que Thessa accepte cette vie, c'est son problème. Mais imagine-toi : Liesbeth ! Si Liesbeth s'était mariée avec Rob, c'est elle qui aurait fini par se jeter d'un toit, Anita !

# Chapitre 15 - Rosita

Mrs Moss, lovée comme un chat dans son fauteuil à oreillettes en velours moutarde, prenait le thé. Molly Moss avait quitté son Angleterre chérie depuis plus de soixante ans mais n'aurait dérogé au traditionnel thé de seize heures trente pour rien au monde. Ses longs doigts osseux attrapèrent avec un soin délicat et heureux la tasse fumante, au parfum de jasmin et d'agrumes. Sur une desserte à portée de main trônait une assiette assortie, où l'attendait un morceau de brioche perdue grillée, sélectionnée selon le thé qu'elle accompagnait. Mrs Moss se souvenait encore avec une saisissante précision du personnel qui, dans le temps, préparait le thé et les scones, au manoir de Pockerley. Il y avait si longtemps qu'elle avait quitté le manoir, si longtemps.

Serait-ce l'arrivée de Rosita qui la rendait nostalgique ? Un souvenir en amenait souvent un autre. Une odeur, une silhouette, une madeleine… Ce n'était plus un après-midi qui se rappelle à nous mais toute une époque. Puis les images des époques qui ont suivi, ou de celles qui ont précédé.

*Comme c'est drôle que personne n'ait fait le rapprochement*, songea Molly Moss en se répétant à elle-même « Rosita Marcadet ».

C'est vrai que tant de choses ont changé, depuis. Et qui aurait pu faire le rapprochement, en vérité ? Qui reste-t-il de cette période dans la région, à part elle ? Si Molly Moss n'avait pas fréquenté la mère de Rosita, elle n'aurait jamais pu deviner. Rosita lui ressemble beaucoup. En dégustant sa brioche gorgée de jasmin brûlant, Mrs Moss se laissa aller à imaginer quel prénom elle aurait choisi, elle, si elle avait dû rebaptiser sa fille.

Rosita… C'était toujours mieux que Geertruida, ceci dit.

— Rosita, murmura la vieille Anglaise, en plissant les yeux, comme si elle l'appelait intérieurement.

*C'est assez joli, en fait,* pensa-t-elle en finissant sa tasse.

## Chapitre 16 - Un type dangereux

— Ah, ça ! Plein de gens auraient pu vouloir la mort de Rob !

— Pat, je t'en prie !

Le mari de Beatrix, goguenard, les deux pieds chaussés de pantoufles molletonnées croisés sur la table basse, tapota de la paume de sa main le canapé où il était installé, iPad sur les genoux.

— Arrête de tourner en rond Bea, on dirait une poule sans tête.

— Sérieusement, Pat, c'est grave, on parle d'un meurtre ! Au début j'étais obnubilée par (d'un ton plus bas, comme si on pouvait les entendre) Liesbeth, et tout ça quoi, mais là, maintenant, je prends vraiment conscience de la situation : on a tué Rob ! Pourquoi a-t-on tué Rob, Patrick ?! Et maquillé la scène en suicide, imagine-toi ! Ça signifie que tout était planifié ! C'est une histoire de fou ! Vraiment *niet normaal !*

Pat voulait bien admettre que le plongeon de Rob Dolen soit surprenant. Choquant, même. De là à parler de meurtre ! On n'était pas dans une série de la BBC. (Qu'est-ce qu'ils sont forts pour les séries ces Anglais, fallait bien reconnaître.) *Serieus*, sérieusement, Dieu sait que Rob savait se mettre les gens à dos, mais de là à manigancer un crime machiavélique en pleine cérémonie funéraire de la vieille Linda !

— Bea, tu te rends compte de ce que tu dis ?

— À part si Rob était en réalité un agent secret infiltré, un baron de la drogue ou mêlé à une histoire tout aussi improbable, je ne vois pas qui lui en voudrait au point de mettre un truc pareil sur pied… souffla Beatrix avec perplexité.

Pat commençait à s'impatienter. Si sa femme virait aussi parano que sa sœur Anita, on était mal barré. Heureusement pour lui, la sonnette interrompit leur discussion, la patiente de 18 heures était arrivée.

Beatrix avait fait installer une sonnette reliée à son cabinet d'infirmière, attenant à la maison familiale. Mrs Moss, diabétique de type 1 depuis une dizaine d'années, venait pour un contrôle de routine et une pédicure. Depuis qu'elle exerçait à domicile, Beatrix s'était au fil du temps adaptée à ses envies et à celles de sa patientèle, devenue plutôt une clientèle ; elle ne donnait quasiment plus que dans l'esthétique, dorénavant.

Mrs Moss, parée de son élégance discrète, jamais un pli ni un cheveu de travers qu'elle avait toujours en abondance malgré son âge avancé, déposa son châle à franges noir brodé de grosses roses rouges sanguines sur le porte-manteau. Ses gestes étaient plus lents que dans le temps, mais son œil restait vif, son sourire taquin et son esprit aussi acéré qu'une lame de rasoir.

— Je vois que toi aussi Beatrix, tu peux le sentir. Nous ne sommes pas au bout de nos surprises.

Beatrix, déconcertée, regarda la mamie Moss grimper sur son divan de consultation. L'infirmière aimait bien la vieille Moss, même si elle préférait ne pas la croiser trop souvent. En fait, Mrs Moss la mettait mal à l'aise. Beatrix ne l'aurait avoué à personne d'autre qu'à son mari Pat, mais depuis qu'elle avait appris les origines gitanes de Molly Moss, Beatrix pensait avoir mis le doigt sur ce qui la dérangeait. Mrs Moss, une gitane : tout s'explique ! Il émanait de cette vieille dame une aura de mystères, de sciences occultes, de danger… Une aura dont Beatrix van West aimait autant se tenir à distance. Ça n'avait rien de discriminant ou quoi que ce soit, se justifiait Beatrix auprès d'elle-même, c'était juste un sentiment, voilà tout. Molly Moss, qui avait naturellement bien compris les réserves tout à fait discriminantes de son infirmière, s'en amusait, à défaut de pouvoir la faire changer d'avis. L'Anglaise en faisait des caisses, ne ratant pas une occasion de prédire des orages et des éclaircies, d'invoquer les forces de l'univers, les pouvoirs des amulettes et diverses techniques pour dompter les ombres révélatrices. Elle arborait ses plus beaux châles à franges et marmonnait son patois maternel d'un air concentré à chacun de ses renouvellements d'ordonnances. Cette fois-ci, Molly avait même été jusqu'à tatouer ses doigts à la chlorophylle, comme sa grand-mère lui avait appris soixante-dix ans plus tôt. Dans une autre vie.

*

Sur le chemin du retour, Mrs Moss croisa Tom, qu'elle salua de la main. Celui-ci, à vélo, lui rendit son salut en bredouillant un bonsoir incompréhensible. Tom s'en mordit la lèvre. Son comportement de ces derniers jours l'effrayait. Il devenait de plus en plus nerveux, sans raison. Il avait l'impression que tout le monde le regardait, tout le temps. Que les voisins, les collègues, les amis, les employés du supermarché ou de la boulangerie savaient à quel point il était fou de Thessa Dolen. Et combien de fois il avait souhaité la disparition de son mari. Son mari affreux, cette boule de masculinité toxique. C'est à la Saint-Nicolas dernière, avec sa cousine Marieke, que le pompier avait découvert la formule. Marieke et Tom partageaient leur nom de famille, leur année de naissance et à peu près toute leur vie. La bouche pleine de speculaas, le biscuit traditionnel, Marieke avait raconté en détails à Tom ses récents déboires amoureux avec un mec rencontré à la salle de sport.

— Un vrai taré. Le type ne s'est jamais remis d'être né avec un truc entre les jambes, je te jure, Tom, c'est ridicule. À côté de *masculinité toxique* dans le dictionnaire, tu trouves sa photo.

Devant la mine circonspecte de son cousin, la quadra en quête d'un homme équilibré lui expliqua le concept. Plus sa cousine lui donnait des exemples, plus Tom voyait se dessiner les contours du mari de son amoureuse. Un type empêché, frustré, triste. Empêtré dans son agressivité, obsédé par le contrôle et la domination. Un type dangereux.

# Chapitre 17 - Jour 3

**Mercredi 13 mars**

— Steven ?

Ses genoux couinaient depuis ce matin aussi fort qu'une vieille Chevrolet cubaine, aussi Rosita s'était-elle résolue à enfiler ses Pataugas plutôt que ses baskets de jogging. Pas question de s'écloper maintenant, avec tout ce pain sur la planche.

Elle avait marché en direction des dunes, suivant machinalement le chemin de la sportive blonde aperçue plusieurs fois, qui n'était pas au rendez-vous aujourd'hui. Entre des herbes hautes et des buissons qui semblaient tout droit sortis d'une pampa fertile, Rosita avait failli ne pas remarquer la silhouette du jeune homme assis dos à elle, face à la mer, les cheveux flottant au vent, de même couleur que le sable.

— Dis-donc, tu exploses tes quotas de sortie en ce moment ! Qu'est-ce qui te prend, t'es malade ? lui lança-t-elle gaiement.

Le grand garçon ne tourna même pas la tête.

— Arf, les jeunes avec leurs trucs dans les oreilles en permanence, râla la détective.

Elle attendit un temps une réaction puis renonça. Quelque chose chez lui la décontenançait sans aucun doute. En sa présence, son sens de l'observation se déréglait. Non seulement Steven n'avait pas d'écouteurs, mais en plus, il pleurait. Rosita ne l'avait pas remarqué. Avec un haussement d'épaule un peu déçu, elle avait déjà poursuivi sa route.

*

— Anita, je t'assure, cela ne servira à rien, crois-moi !

— Mais ce papier, si tu penses qu'il a été rédigé par le meurtrier, il faut l'amener à la police ! Démarrer des recherches ADN, le passer au laser, faire quelque chose !

Frappée par une illumination en se réveillant, Anita avait aussitôt composé le numéro de la détective.

— Anita, souffla Rosita Marcadet d'une voix qui se voulait la plus pédagogue possible mais qui trahissait un agacement latent, tant que le Brigadier Frigge reste persuadé qu'il s'agit d'un suicide, je peux aller-venir où bon me semble. Si je dépose au commissariat un papier suggérant une affaire de meurtre, j'aurais interdiction absolue de m'approcher de près ou de loin des témoins clefs, des indices et donc de la résolution de l'enquête. De plus je suis prête à parier l'intégralité de mes organes sur un plateau d'argent qu'il n'y a absolument rien à découvrir de ce papier. Tapé à la machine, découpé dans un A4 lambda, imprimé au mieux dans un cyber-café quelconque sans caméra d'une ville éloignée par une personne portant des gants. Je peux te le garantir !

Anita van West soupira dans son smartphone dernier cri. Rosita Marcadet devait peut-être avoir raison. Mieux valait avancer sans Jim Frigge dans les pattes. Anita coupa court à la conversation, raccrocha. Elle aurait voulu se faire avaler par son canapé. En automate, elle ouvrit sa page Facebook, démarra un jeu de fruits à couper à la machette. Elle n'arriverait à rien faire d'autre de tout l'après-midi, c'était certain.

*

Rob Dolen était décédé depuis déjà trois jours. Rosita voyait l'heure tourner. Si la détective appréciait le travail en solitaire, il fallait bien admettre que cela nécessitait plus de temps que les romans policiers ou les séries du vendredi soir ne voulaient bien le faire croire au commun des mortels.

Chaque jour les personnalités de certains protagonistes de l'affaire se dessinaient avec plus de relief : le mari agressif (Rob, la victime), la femme tétanisée (Thessa), l'amant transi (Tom), la maîtresse amoureuse (Liesbeth), son mari à l'ouest (Mark), le brigadier inutile (Jim)… Et celle qui l'avait engagée, Anita, liée d'une manière ou d'une autre à la victime et suivie à la trace par sa grande sœur Beatrix. Les pièces du puzzle s'étalaient sur la table, il en manquait plusieurs.

Rosita ne distinguait même pas l'ombre du tableau final. Trop d'éléments demeuraient flous.

Ça sentait la mer. Le chemin dans les dunes emprunté par Rosita se rétrécissait de plus en plus, les branches des arbustes frottaient contre ses vêtements. La Française n'y prêtait aucune attention. Elle ne voyait que son puzzle à trous.

Comment le ou la meurtrier.e s'était débrouillé.e pour faire monter Rob Dolen sur le toit du bâtiment de son plein gré, malgré le terrible vertige de celui-ci, puisque rien n'avait été retrouvé ni dans son sang ni sur le corps ? Pourquoi lui glisser au passage ce bout de papier ridicule dans la poche ? Pourquoi tuer Rob Dolen ? À qui profite le crime ? Et puis ce choix étonnant de la cérémonie funéraire de la vieille Linda Dekker pour la mise à mort !

Quel avantage à choisir cet événement pour jeter Rob Dolen du toit ? Rob n'avait aucun lien avec la défunte, Rosita Marcadet avait vérifié. Plus que le moment, ce devait être la configuration qui intéressait l'assassin. Cet assassin serait-il débutant ou confirmé ? La détective avait pour le moment du mal à trancher.

Tuer Rob Dolen pendant la cérémonie, était-ce seulement malin (après tout, Jim Frigge et son équipe n'y avaient vu que du feu ; et qui aurait suivi Anita dans sa croisade pour la vérité sans l'arrivée de Rosita ?), ou était-ce pour faire passer un message, façon Cosa Nostra grande époque ?

Rosita Marcadet n'était pas encore retournée sur cet incongru lieu du crime, persuadée que les indices principaux ne s'y trouveraient pas. Le type s'était éclaté sur le bitume après une chute de dix mètres de haut, il n'y avait pas grand-chose d'autre à apprendre. Non, la grande question n'était pas le comment mais le pourquoi. La liste complète des invités et du personnel à avoir assisté ou travaillé à la cérémonie funéraire de Linda Dekker était soigneusement recopiée dans son calepin à spirales. Toute personne ayant mis un pied dans l'établissement le jour de l'événement devait normalement être répertoriée sur cette liste.

Son instinct lui grommelait que l'un de ces noms était celui de l'assassin. Beaucoup d'enquêteurs ne se fient pas à leur instinct. Rosita Marcadet ne prêchait pas pour la paroisse des tripes, mais le fait est que les siennes se trompaient rarement. Ne pas les écouter, elle l'avait appris au fil des ans, lui faisait perdre du temps. Elle parcourut une nouvelle fois la page de son carnet, relu les noms des invités, un par un. La méthode classique voudrait qu'elle interroge chaque personne de cette liste. Lui faire perdre des heures capitales à interroger une cinquantaine de personnes, dont quarante-neuf pour des prunes, voilà peut-être une des raisons majeures qui avait fait opter l'assassin pour cette configuration criminelle. Auquel cas, le crime était parfaitement réfléchi. Élaboré.

À notre grand-tante Linda
~ Reposez en paix ~

## Chapitre 18 - Willem Pawel Kowska

Steven n'était pas le seul à encore habiter chez ses parents, en pension complète et service pressing inclus. Ils étaient assez nombreux à jouer au Tanguy, à Beek aan Zee, pour le plus grand bonheur de Papa et Maman, la plupart du temps. Pourquoi envoyer son enfant payer un loyer ailleurs, alors que leur université ou leur premier emploi ne se trouve qu'à une demi-heure de train à tout casser ? Dans un pays dont les deux plus lointaines extrémités ne totalisent que 300 kilomètres de distance, on ne quitte pas son nid aussi facilement qu'on gobe un hareng.

Willem Pawel Kowska était né aux Pays-Bas de parents polonais. Lui ne risquait pas de quitter le cocon familial tout de suite car à seize ans, il portait encore son sac à dos cinq jours par semaine jusqu'au lycée. Depuis deux ans, les Kowska cherchaient à changer de logement. L'occasion leur en avait été donné il y a quelques mois. La tante de Willem, côté maternel, avait dû retourner en Pologne, il ne savait pas exactement pourquoi. Personne n'en parlait et il n'avait pas demandé. Quoi qu'il en soit, avant de partir, Katia leur avait laissé les clefs et son fils, le temps d'arranger ses affaires. Willem partageait donc une chambre avec sa sœur de huit ans et son cousin de dix ans. Le luxe tout particulièrement important à cet âge-là que représentait l'intimité, Willem ne pouvait pas y compter. Il occupait de fait pas mal de son temps dehors, peu importait la météo, en typique Néerlandais. Si on devait attendre le soleil pour sortir… À part deux ou trois voisins des immeubles semblables au sien, pour la majorité d'entre eux d'origine polonaise, brésilienne ou turque, Willem ne s'était pas encore fait beaucoup de copains à Beek aan Zee. Ses amis habitaient d'autres communes, plus proches du lycée de Uitgeest où il était toujours scolarisé.

Un soir où il n'y avait pas une pièce de l'appartement vide et où les hormones adolescentes le titillaient plus qu'il n'était supportable, Willem avait pris sa veste, ses clefs et était sorti. Il avait marché les mains dans les poches en direction du Pré. C'était ce soir-là qu'il avait vu Charlotte pour la première fois. Sensation de paralysie absolue. Son corps qui s'arrête de vivre, puis qui ressuscite. Face à lui, devant son visage tétanisé, ses longues jambes chancelantes et son abdomen écrabouillé, une silhouette mythologique qui dansait.

Charlotte sans bombe, Charlotte les cheveux au vent, sur son Frison couleur de nuit. Willem fut-il fasciné par le cheval ou par la fille en premier ? Happé tout entier, il enjamba la barrière en somnambule, s'assit dessus et les regarda, tous les deux, elle et son cheval. Les deux êtres les plus snobs et magnifiques qu'il ait jamais vus de sa vie.

# Chapitre 19 - God save Molly Moss

Ruben frottait ses verres, concentré. Il essayait de caler sa respiration sur les mouvements de ses larges mains enroulées dans le torchon. Il ferma les yeux un instant et enclencha dans sa tête la voix de son prof de yoga préféré : « Le soooouffle… ». Tout pour endiguer l'infusion des conversations entendues malgré lui depuis deux jours. En particulier les divagations en provenance de la Table Maudite, celle près de la fenêtre. La table des hommes à grandes bouches. Ils s'asseyaient toujours au même endroit. Aujourd'hui encore, depuis leur arrivée dans son bar, coudes posés sur la Table Maudite, Pat et Franck s'en donnaient à cœur joie. Les deux beaux-frères, chacun marié à une sœur van West comme on le sait, n'avaient que cette Rosita Marcadet à la bouche. Leurs commentaires finissaient par laisser une trace dans l'esprit du barman. Ruben s'en voulait d'être aussi poreux. Il avait ses idées à lui, mais parfois, il suffisait qu'on lui répète pendant vingt minutes le contraire de sa conviction profonde pour qu'il soit presque capable de changer d'avis. Se cramponner à ses opinions lui demandait un effort pas croyable. Ne pas s'adapter à son milieu, ne pas jouer les caméléons de comptoir. À force de ne vouloir entrer dans aucun débat, par conscience professionnelle et tranquillité de patron de bar, Ruben en venait presque à ne plus savoir du tout quoi penser. Et depuis douze verres à bière qu'il polissait bien au-delà du nécessaire, il se demandait si finalement, Rosita Marcadet ne serait pas, comme l'affirmait les deux bonhommes de la Table Maudite, un poil méprisante. Voire carrément gonflée.

Ruben prenait une grande inspiration par le nez au moment où Mrs Moss fit tinter la porte d'entrée. La vieille Anglaise lui arracha un sourire heureux. Ruben adorait cette femme. Sortie d'un moule différent que celui du village, vraiment marrante et une descente pas ordinaire avec ça. La seule de Beek aan Zee à lui commander des pintes. Ça ne se boit pas aux Pays-Bas, les pintes. Pourquoi laisser sa bière réchauffer dans un vase alors qu'on peut enchaîner les demis glacés ? Le pragmatisme hollandais, jusque dans le houblon. Mrs Moss avait bien voulu abandonner le cidre pour les bières locales, en revanche elle restait intransigeante sur le contenant du demi-litre. Ruben lui en avait commandé une boîte de six d'Angleterre. Avec elle, le barman ne cherchait jamais à éviter la conversation. Au contraire. Mrs Moss habitait ici depuis si longtemps, elle donnait l'air d'avoir cent ans, de connaître tout le monde, une infinité de dossiers, le tout sans aucun mauvais esprit. Mrs Moss, plutôt sur la réserve en société, se laissait aller en compagnie de Ruben. Elle s'était tout de suite sentie en confiance avec ce grand garçon tatoué. Pour lui faire plaisir, ce qu'elle avait du mal à lui refuser, elle acceptait d'ouvrir de temps à autres les portes de sa mémoire d'historienne de Beek aan Zee. Merci *Archiefkastje* (petite armoire à archives) lui ronronnait Ruben, en faisant frire des mini croquettes de viande pour la faire parler plus longtemps.

Aujourd'hui vêtue d'une longue tunique en lin qu'il ne lui avait jamais vue, Mrs Moss lui fit penser à une Sioux. Une belle Sioux des plaines, sage et espiègle. En grimpant sur son tabouret attitré, la dame ne commanda pas de calumet, mais un demi-litre de Texel.

— Alors Molly, quoi de neuf ce midi ?

*

Contrôleur de gestion, peut-être l'un des métiers les moins sexy du monde. Pour autant, Rob Dolen avait indéniablement du chien, de l'allure. Bien bâti, sportif, plus beaucoup de cheveux mais un regard perçant. Des yeux dont le bleu banquise pouvait faire penser à ceux d'Anita, tachetés de vert, comme une mise en garde. Pas du tout le type de Rosita, si tant est que n'importe quel homme fut son type.

Le quotidien confortable de Rob s'organisait entre les temps de travail, ceux dévolus à ses incompressibles activités physiques, les escapades avec Liesbeth dans un appartement situé deux bleds plus au nord (dont une amie hôtesse de l'air lui avait confié un double des clefs, sans imaginer l'usage qui en découlerait), la brigade des pompiers volontaires, des parties d'échec ou de tarot avec un cercle d'amis très restreint quelques fois par mois, et les temps « à la maison », avec Thessa. Hormis une ou deux semaines par an avec son épouse dans un hôtel tout inclus au soleil, Rob Dolen partait en vacances le plus souvent seul, un objectif vissé au milieu des deux sourcils, du type randonner dans le désert, remonter une rivière espagnole à vélo ou traverser le plus grand lac roumain à la nage (quarante kilomètres, pour les amateurs).

On n'aurait, ni au premier, ni au deuxième abord, pas décrit Rob Dolen comme un bon vivant hilarant. Il savait montrer néanmoins des côtés plus surprenants, et un humour fou, justement, lorsqu'il se levait avec la bonne jambe, comme on dit aux Pays-Bas. Son charme de fjord islandais avait fait chavirer plus d'un cœur. Liesbeth n'était pas la première à se presser en cachette contre le torse marié de M. Dolen. En revanche, elle était bien la seule à avoir su lui tenir tête. Beatrix, aveuglée par l'amour presque maternel qu'elle porte à ses sœurs, se trompait. Liesbeth ne se serait jamais jetée d'un toit à cause de Rob Dolen. Ni à cause de personne. Liesbeth restait une van West, après tout. Sous la fragilité, la délicatesse et l'éducation collet monté bouillait en elle une puissance qui fait hélas défaut à tant de femmes : l'estime de soi. Celle-ci avait poussé, par tradition familiale autant que par miracle, dans le cœur de toutes les sœurs van

West. Enrichie d'une détermination farouche dans celui de Liesbeth.

On ne malmenait pas Liesbeth. Elle avait parfaitement conscience de valoir mieux que ça. Oui, elle était mariée à un poivrot, mais c'était son choix. Les sautes d'humeur, les voix blanches et les remarques désobligeantes, très peu pour elle. On n'humiliait pas Liesbeth. On ne la menaçait pas. On ne la terrorisait pas. On ne la touchait que si elle le décidait, selon son plaisir et son désir du jour.

Liesbeth comprit très vite à quel type d'hommes Rob appartenait. Dès le début, elle ne laissa rien passer, jamais. La première fois que Rob se fit remettre en place, son cortex de mâle dominant chavira. Même sa mère n'avait jamais osé lui dire non. Jamais Rob n'avait envisagé qu'une femme, a fortiori une de « ses » femmes, puisse lui apparaître aussi puissante que lui. Autant capable de force, de détermination, de colère, voire, peut-être, de violence.

Il s'était, lors de leur premier rencard, mis en rogne comme il pouvait le faire, en une fraction de seconde. Liesbeth songea un instant à l'éventualité d'une maladie mentale. Avait-il un problème médical ? Elle balaya ses tentatives de justifications d'un comportement inadmissible la seconde suivante. Liesbeth observait Rob, absorbé par lui-même, en train de pester contre elle, tout en mâchant, pour avoir trop cuit les spaghettis (pourtant pas si compliqué, le nombre de minutes est écrit dessus) et de fait gâché leur soirée (si compliquée pour lui à caler dans son agenda). Il faisait claquer ses couverts avec hargne contre son assiette dans un bruit affreux. L'atmosphère s'était glacée, Liesbeth pouvait entendre la colère sourde exhaler à travers tous les pores de Rob. Il donnait l'air de pouvoir exploser, de retourner l'appartement de sa fureur à tout moment. Liesbeth inspira et soupira bruyamment, puis vida, sans ciller, en fixant son amant tout du long, son assiette de pâtes puis la sienne au sol. Alors que Rob manquait de s'étouffer avec sa bouchée de spaghettis pas encore avalée, Liesbeth lui confirma, le plus calmement et fermement du monde, que la soirée était en effet gâchée pour lui, car il nettoierait le tout, tandis qu'elle irait s'offrir seule un énorme plateau de sushis en centre-ville. S'il s'excusait dans les formes le lendemain, elle accepterait peut-être de le revoir. Qu'il se débrouille pour la convaincre.

Elle attrapa son manteau et ne lui laissa pas le temps de réagir. De toute façon, il était scotché. Au moment où elle avait refermé la porte d'entrée sur un Rob ahuri, mâchoire déboitée face aux assiettes vides, celui-ci tomba amoureux.

Il n'avait jamais rencontré une femme qui n'ait pas peur de lui. Rob Dolen ne savait fonctionner qu'à l'autorité.

# Chapitre 20 - Une disparition

Sans surprise, la visite dans les bureaux où travaillait la victime n'avait rien donné. Par acquis de conscience, Rosita avait fouillé le bureau de Rob Dolen, son ordinateur de travail, interrogé ses collègues l'un après l'autre, bref, elle avait cherché tout ce qui aurait pu la mettre sur la piste d'un mobile. Elle y avait quasiment passé la journée. Tout semblait en règle. L'ensemble des collaborateurs de Rob Dolen s'accordait à décrire leur contrôleur financier comme un type réglo, efficace, minutieux, pas toujours chaleureux, ça c'est sûr, mais démontrant en toute occasion une loyauté de soldat envers son entreprise. Rien de louche. Comme l'intérieur des Dolen, tout semblait carré, propre, rien à déclarer. Rosita n'était pas experte en trafic de croquettes pour cheval ou autres manigances de gestion comptable, mais elle savait analyser les gens. Ici, d'avance, elle était sûre de perdre son temps. Que voulez-vous, de la méthode, elle s'en serait voulue de ne pas être allée vérifier.

Rosita s'efforçait de reconstituer les dernières semaines de Rob Dolen. Qui avait-il rencontré, de quoi avait-il papoté ? Sans compter la journée qui lui fut fatale. La détective cherchait la bizarrerie, la poussière dans la machine, le truc qui enraye. Thessa Dolen n'avait rien remarqué, lui avait-elle assuré. Ni dans le comportement de son époux, ni en général, non. Les papiers du divorce avaient jeté un froid, bien sûr. Le couple avait convenu de les regarder ensemble à la fin du mois, et ils n'en avaient plus reparlé depuis le soir où Rob lui avait déposé l'enveloppe de l'avocat sur la table. Thessa débarrassait le dîner, elle chargeait le lave-vaisselle. Au moment de récupérer les derniers couverts sur la table, son mari l'attendait avec une enveloppe tout juste sortie d'un tiroir et une annonce, d'une voix détachée de hall de gare :

— Il est préférable que nous divorcions.

Oui, la situation était étrange, mais en fin de compte, pas beaucoup plus étrange que d'habitude. Thessa ne savait même pas si, au fond, Rob était sérieux. Cette envie de divorce pouvait très bien être l'une de ses toquades saisonnières, comme lorsqu'il n'avait plus voulu de télé allumée pendant trois mois, pour observer l'effet sur son sommeil, qu'il avait changé toutes les ampoules de la maison pour une teinte particulière supposée agir sur la circulation sanguine ou encore lorsqu'il avait interdit l'achat de café pendant des semaines (mauvais pour le cœur)… avant de ne plus boire que du café kenyan (et gare à sa femme si elle achetait le mauvais paquet). Thessa marchait sur des œufs depuis si longtemps qu'elle ne les remarquait plus.

— Pour être très honnête, j'espérais que Rob souhaite réellement divorcer, même si les discussions que nous aurions nécessairement me terrorisaient d'avance. J'ai simplement répondu que j'étais d'accord et on a rangé les papiers comme une formalité à remplir d'ici la fin du mois. La période était assez chargée au travail pour nous deux. Après, on vivait comme d'habitude.

Et le matin même de la cérémonie funéraire ? Oui, son mari était nerveux, impatient d'en finir, mais ça n'avait rien d'extraordinaire. Tout ce qui perturbait l'emploi du temps de Rob le rendait irritable. Les funérailles de Linda Dekker empiétaient sur son week-end, l'empêchaient d'aller à la salle de gym comme tous les dimanche après-midi, et ça l'agaçait, oui. Rien n'inhabituel là-dedans.

Rosita se massait le bas du visage lorsqu'elle butait sur des éléments contradictoires. Ce projet de divorce pouvait-il compter comme une anomalie ? Pouvait-il être relié au meurtre ?

Il lui fallait impérativement vérifier si le chat des Dolen avait réapparu.

* Miaou ?

*

La porte manqua de se refermer sur elle. Thessa Dolen sortait de sa séance hebdomadaire, épuisée. Des frissons lui parcouraient tout le corps, mais si elle s'asseyait maintenant elle n'était pas sûre de pouvoir se relever. Elle se reposerait une fois arrivée. Incapable de pédaler, elle décida de pousser son vélo jusqu'à chez elle. Heureusement que le cabinet de sa thérapeute ne se trouvait pas très loin. Cette dernière, si gentille, lui avait proposé de prendre tout son temps, de se reposer dans le petit salon qu'elle mettait à sa disposition, mais Thessa avait refusé poliment ; elle voulait simplement rentrer, retrouver son lit, son chat, et dormir.

Thessa descendait la rue Bosweg en pilote automatique. Elle ne savait plus que penser, elle ne savait plus que faire. Les quatre jours de congés accordés par l'hôpital après le décès de son mari touchaient à leur fin. Comment pourrait-elle y retourner dans cet état ? Elle arrivait à peine à venir à bout d'une journée, comment pourrait-elle recevoir ses petits patients ? La pédiatre voulait dormir. Dormir. Au moins, après cette séance d'EMDR, elle était sûre de s'écrouler sans cauchemar, pour changer.

Lorsqu'elle releva le nez de son sac d'où elle avait extirpé ses clefs, la silhouette de Rosita dans la nuit lui apparut d'un coup et la fit sursauter.

— Mon Dieu, tu m'as fait peur ! Désolée ! s'écria Thessa Dolen.

(*Cette manie de s'excuser en permanence,* se dit Rosita.)

— C'est moi qui m'excuse platement ! Pardon pour cette irruption, mais je devais te parler. J'ai quelque chose de très important à te demander.

Thessa Dolen n'avait pas la force de faire semblant. Elle expira un soupir long comme un jour sans café et lui offrit d'entrer en prendre un, ou un thé.

— Non, penses-tu, je ne t'embête pas longtemps, cette question ne prendra qu'une seconde ! As-tu retrouvé ton chat ?

— Je te demande pardon ?

Les bras ballants, Thessa se demanda si elle avait déjà mentionné à quiconque que Blacky n'était pas rentré depuis plusieurs jours.

— J'ai remarqué sa gamelle la dernière fois. Or de tout le temps où j'ai abusé de ton hospitalité, je n'ai ni vu, ni entendu un chat. Est-il revenu à la maison depuis ?

Thessa Dolen secoua doucement la tête pour confirmer l'absence du félin, déconfite.

— J'espérais le retrouver ce soir, pour être honnête. Il arrive parfois que Blacky disparaisse quelques jours, pour chasser ou se balader… Il va bientôt revenir.

Rosita Marcadet était sincèrement embêtée. Les pieds dans la purée, comme on dit ici. D'un côté, elle ne voulait pas accabler davantage Thessa dont les traits de momie antique trahissaient déjà une détresse significative, d'un autre côté, celle-ci allait bien finir par comprendre tôt ou tard. Après quelques secondes de réflexion, Rosita décida d'en rester là.

— Je vois. N'hésite surtout pas à me dire si Blacky revient, d'accord ? Bon courage et bonne soirée.

Thessa Dolen, hébétée devant sa porte d'entrée, les clefs dans les mains et la bouche ouverte, regarda la détective française s'éloigner d'un pas résolu, les mains dans les poches, les cheveux en bataille.

## Chapitre 21 - Interrogatoires en hors-piste

— Mais il est déjà tard, Madame, vous comprenez bien que je ne peux pas demander à mes employés en dehors du service de…

— Taratata ! l'interrompit Rosita.

La détective utilisait à dessein un vouvoiement formel pour assoir son autorité, comme si elle était une émissaire du Roi, qui n'hésiterait pas une seconde à emprisonner sur le champ les sombres fous à oser entraver sa mission.

— Vous n'ignorez pas qu'à Beek aan Zee, les gens parlent de meurtre, n'est-ce pas ? C'est le bruit qui court.

— De quoi ? De *meurtre* ? s'indigna le Directeur du Centre funéraire Valkenbos.

Rosita pouvait l'entendre transpirer à l'autre bout du (sans) fil.

— Ne vaudrait-il pas mieux pour votre établissement que l'on éclaire cette tragédie au plus vite ? Cela a assez duré, qu'en pensez-vous ? Je n'ose imaginer les répercussions pour votre trésorerie si un de vos employés était impliqué.

— Madame, je vous en prie, comment pouvez-vous une seule seconde insinuer…

— Coopérez dans ce cas ! J'attends tout le monde, j'ai bien dit TOUT–LE–MONDE, articula lentement et avec force la détective, sur place, au plus vite ! J'y serai moi-même dans une demi-heure. Trente minutes, ça laisse même le temps à ceux qui habiteraient en Allemagne de venir, non ? Allez, à tout de suite Monsieur Le Directeur. N'oubliez pas : je veux les voir TOUS, vous m'entendez ! Sans exception. Et croyez-moi, si quelqu'un manque à l'appel, je le saurai.

Ses manières d'envoyée spéciale de la couronne firent leur effet. Rosita omit de lui préciser qu'en aucun cas le Directeur n'était dans l'obligation légale d'obtempérer.

Après une quinzaine de minutes de trajet, la Twingo blanche de location dépassa la grille d'entrée du domaine Valkenbos, grande ouverte. Rosita se gara à la même place où quelques jours auparavant, une cinquantaine de personnes pensaient honorer la mémoire d'une vieille dame, puis repartir une heure plus tard vaquer à leurs banales occupations.

La nuit était fraîche, l'herbe trempée. Personne n'était encore arrivé, elle était la première. Rosita en profita pour faire le tour du propriétaire. Une chouette hulula du côté de la ferme. Lampe torche à la main, la détective marchait autour du bâtiment, au rythme spongieux de ses pas dans la pelouse. L'endroit semblait désert. Endormi. Rejoignant la terrasse, nettoyée depuis l'incident, Rosita s'employa à chercher toutes les issues de secours.

Bien entendu, aucun employé ne résidait en Allemagne. En revanche beaucoup habitaient des bourgs plus ou moins éloignés. En catastrophe, ils avaient été sommés par leur directeur, M. de Vries, de prendre leur véhicule ou le premier train, de confier leurs enfants à une voisine, ou à la grand-mère, bref, de se débrouiller mais de se grouiller. Surtout ne pas exciter le zèle de cette inspectrice Marcadet. Si des policiers se mettaient à farfouiller dans la gestion de son centre… De Vries préférait ne pas y penser. Il fallait l'éviter à tout prix. Obéir à cette femme, prier pour qu'elle ne trouve rien et qu'elle fiche le camp.

— Venez au plus vite ! Au plus vite, c'est compris ?! Ceux qui mettront plus de trente minutes auront personnellement affaire à moi ! avait-il rugi au téléphone à son adjointe, le front perlé de sueur.

Farouk Milejni, un des vigiles possédant une voiture, s'était proposé pour récupérer ceux qui auraient le plus de mal à arriver à temps.

Au bout de quarante minutes, alors que la montre de Rosita marquait vingt et une heure trente, le père Jacob, les yeux endormis, les quatorze personnes employées du Centre funéraire Valkenbos et leur directeur étaient réunis dans la Chapelle du souvenir. Après avoir demandé à l'assemblée s'il manquait un employé, et sur le signe de tête négatif du directeur, Rosita commença son office.

— D'abord, je voudrais vous remercier chaleureusement d'être venus. Je me doute que vous avez toutes et tous mieux à faire ce soir. J'espère que les petits gâteaux que je vous ai apportés adouciront un peu le désagrément. N'hésitez pas à vider la boîte, je la passerai en note de frais, plaisanta-t-elle avec un clin d'œil, qui ne rencontra aucun effet.

L'atmosphère était tendue. Les femmes et les hommes qui travaillaient au centre le jour du drame avaient déjà été entendus par le brigadier Frigge ou par son adjoint. Que leur voulait-on encore ? Marcadet laissa de côté les sucreries et enchaîna. Avec un aplomb éhonté, elle leur mentit en annonçant que cet interrogatoire se tenait en étroite coopération avec la police locale et que leur obligation à la confidentialité quant aux échanges de ce soir n'était pas à prendre à la légère.

— Tout commentaire qui sortira de cette pièce sera considéré comme une entrave à l'enquête et passible de lourdes sanctions.

Avant d'ajouter, un léger sourire intransigeant aux lèvres :

— Comme une sorte de secret de la confession.

L'homme d'Église opina, se voulant bon élève.

Si Jim Frigge voyait ça ! Le brigadier, au courant de rien, croyait Rosita toujours occupée à consoler Liesbeth, si elle n'avait pas déjà terminé.

— On va débuter. Celles et ceux qui ont travaillé le jour du décès, asseyez-vous du côté droit de la salle je vous prie, les autres du côté gauche. Je vous demanderai de respecter un silence absolu pendant que je m'entretiendrai avec chacun d'entre vous, à tour de rôle, au fond, derrière. On commence par vous, Sonia Powalski. Veuillez me suivre, s'il vous plaît.

Le groupe laissa échapper un murmure d'angoisse aussitôt coupé net par la détective Marcadet :

— Je vous le répète, j'ai besoin du silence absolu. Le moindre son, le plus léger chuchotement sera aussitôt interprété comme un aveu de non-coopération, voire de potentielle culpabilité.

Le directeur De Vries n'eut pas le courage d'exiger un papier officiel. Dans les séries télévisées, les perquisitionnés demandaient toujours à voir un mandat… Mais un interrogatoire sur le lieu du crime est-il considéré comme une perquisition ? Comment aurait-il pu savoir ! Qu'est-ce que les séries américaines avaient à voir avec les enquêtes aux Pays-Bas ? Si ça se trouve cette policière n'avait aucun justificatif à lui montrer et il risquait plus de l'énerver qu'autre chose à essayer de lui mettre des bâtons dans les roues. De Vries voulait juste en finir au plus vite. Qu'on le laisse tranquille.

*

On aurait pu s'attendre à une jeune femme inquiète, voire traumatisée, le teint livide, jurant ne rien savoir, ne rien comprendre, promettant qu'elle avait déjà raconté tout ce qu'elle savait à la police et qui finirait par sangloter, à bout de nerfs. Ce n'était pas le style de Sonia Powalski. Sonia Powalski en avait vu d'autres et, de plus, elle n'avait rien à se reprocher. Le regard perçant de la détective lui fit penser à celui d'un faucon pèlerin. L'animal le plus rapide du monde, avait-elle vu dans un documentaire, Sonia s'en souvenait bien.

— Sonia Powalski, parle-moi de toi.

La requête de l'enquêtrice la déstabilisa néanmoins. Sonia ne s'attendait pas à cette demande.

— Parler de moi ?

— S'il te plaît, oui.

C'était l'une des entrées en matière favorites de Rosita Marcadet. Une manière de détourner l'attention, d'inviter par surprise la personnalité de l'interlocuteur à la table. À sa façon d'aborder la réponse, Rosita put constater que Sonia ne lui raconterait pas de salades. La jeune femme à la mâchoire carrée et aux longs cheveux tirés avec rigueur en une interminable queue de cheval n'en avait pas le temps, ni l'habitude. Elle lui parut être une personne humble, franche, bosseuse et droite. En somme, Sonia lui plut tout de suite.

Peu à peu, Rosita redirigea la conversation sur le jour fatal. Elle fit reprendre à Sonia le déroulé des événements. Puis lui demanda si elle pensait qu'une personne extérieure au personnel ou à la cérémonie aurait pu s'introduire dans le centre funéraire.

— Franchement, je ne vois pas comment. À chaque cérémonie, tous les accès extérieurs sont verrouillés, sauf l'entrée principale pendant l'arrivée des invités. Ils sont tous pointés à l'arrivée, on vérifie toujours qu'il y a bien le nombre exact d'invités. Je ne vois pas qui aurait pu entrer. Et puis Floor avait fermé toutes les portes restées ouvertes tout de suite après l'incident, comme le voulait Margareta van West, donc je ne vois pas qui aurait pu sortir. Parce que même si on a les clefs, encore faut-il passer devant tout le monde, on aurait remarqué…

— Je vois. Vous vous connaissez tous, entre collègues ?

— Oh ben oui, on est une petite équipe. Enfin, à part le ménage intensif. Là ça tourne un peu plus, j'avoue qu'on se croise à peine, parfois.

— Le ménage intensif ?

— On a des normes assez strictes côté hygiène. Parce que bon, on a un gros turnover, c'est plein de petits vieux par ici. Alors les cadavres, au bout d'un moment, même s'ils sont super bien embaumés, bah faut faire gaffe quoi. Et puis les gens, ils pleurent, ils se mouchent, on dirait pas, mais y a un paquet de microbes qui circule. Faut que ça soit nickel chrome en permanence. Y'a des inspections surprises chaque trimestre. Donc nous, on fait le ménage, mais y a une équipe de ménage intensif qui passe derrière, en gros. Ils font pas partie de l'équipe, ils viennent de temps en temps. Deux fois par semaine, je dirais.

— Je vois.

Rosita esquissa un sourire crispé avant de demander :

— Y avait-il quelqu'un du ménage intensif le jour de la cérémonie ?

— Je crois avoir vu quelqu'un, ouais.

— Je vois. (Le sourire s'évanouit.) Et tu l'avais déjà vu ce quelqu'un, un homme, une femme ? Un prénom ?

— Bah, comme je dis, ils sous-traitent, donc c'est rarement les mêmes personnes. Souvent, ce sont des femmes d'un certain âge, turques ou marocaines. Elles se font pas remarquer.

— Je vois.

L'humeur de Rosita s'était sensiblement assombrie. La tempête n'allait pas tarder à gronder.

— Et enfin, Sonia, dernière question : comment décrirais-tu votre directeur ?

La jeune femme soupira, s'étira et répondit, dans un craquement d'articulation :

— C'est un directeur quoi.

*

## Chapitre 22 - De l'électricité dans l'air

### Jeudi 14 mars

Bien que personne n'ait entendu parler des interrogatoires menés la veille au soir par Rosita au centre funéraire, le fond de l'air à Beek aan Zee avait changé. Le village s'agitait, certains viraient nerveux. Des regards en coin, des agacements, une forme d'impatience gagnait du terrain. L'apprenti boulanger s'était fait chahuter par la bouchère ce matin, il avait éclaté en sanglots. Margareta van West avait reçu le courrier de sa voisine, qui avait reçu celui de René, qui attendait toujours le sien, et le postier n'avait même pas encore terminé sa tournée. Pat faillit être renversé à vélo par une berline qui lui avait grillé la priorité. Fiep, le chien d'Heleen, fut pris d'un accès de diarrhée pile devant chez Karen et Pieter... À grand renfort de sa bouteille d'eau et de pelletées maladroites avec un bout de bois, Heleen avait réussi à tout nettoyer en douce, mais ne put éviter d'arriver en retard au boulot… où une panne avait fait planter les ordinateurs. Même au centre hospitalier, l'anesthésiste de service, John, s'était cassé la figure dans le couloir, emportant dans sa chute un vieux monsieur en route vers son échographie. Résultat, l'échographie programmée de Monsieur Capocchi confirma l'absence de lésion du tendon, en revanche une radio d'urgence donnait à voir une fracture nette de la clavicule. L'attachée de direction de l'hôpital maudissait sa journée, même pas dix heures et déjà au téléphone avec l'assureur. Pour couronner le tout, le supermarché Albert Hijn de la rue principale était au bord de l'émeute. Des rayons demeuraient mystérieusement vides depuis l'ouverture. Les habitués du matin (moyenne d'âge : 72 ans), paniqués, tentaient tant bien que mal d'expliquer l'incompréhensible. Est-ce que la grève des agriculteurs avait repris ? N'importe quoi, la grève n'impacte jamais l'approvisionnement ! Pourquoi diable n'a-t-on pas de pommes aujourd'hui ? On n'a quand même pas mangé toutes celles d'hier ? Et au rayon yaourts, vous avez vu ? Et ce gars-là qui prend cinq paquets de gâteaux pour lui tout seul, eh oh toi, tu veux nous laisser mourir de faim ?

Bref, Beek aan Zee s'était levé avec la mauvaise jambe.

Le patron de bar n'aimait pas ça. Mais alors, pas du tout. Pour Ruben, le monde se divisait en plusieurs catégories. Il se plaçait lui-même dans la catégorie des coiffeurs (quoi que René fût vraiment un cas à part), ou encore des psychologues. Celle du bureau des plaintes et des anticipations, en quelque sorte. À travailler avec de l'humain toute la journée, forcément, il finissait par vous pousser des antennes. Le mot tabou (meurtre) n'avait pas encore été prononcé, mais les discussions revenaient toujours à l'événement tragique. Quand aurait lieu l'enterrement de Rob, pourquoi cette étrangère mettait son nez dans des plats qui ne la concernaient pas, est-ce que quelqu'un avait vu Thessa et qu'est-ce qui avait bien pu pousser cette soupe au lait de Dolen à se jeter du toit ? Pourquoi faire un truc pareil devant tout le monde ?!... On tournait en rond et ça n'annonçait rien de bon, Ruben en mettait son gros bras tatoué à couper.

Derrière son comptoir de style industriel, Ruben essuyait des verres à bières. L'odeur encore forte du détergeant naturel à la lavande qu'il utilisait environ 48 fois par jour (chacun ses manies), d'habitude chez lui source d'apaisement et de joie, ne lui était d'aucun secours. Ses inspirations et expirations sur quatre temps non plus. Assis à leur table habituelle, les perroquets n'en finissaient plus depuis tout à l'heure, Ruben allait craquer.

Frank venait de recommander deux grands cafés crème quand Pat fit signe à son beau-frère de se rapprocher. L'air gêné, du genre faussement au-dessus de tout ça.

— Écoute, Bea m'a fait jurer de rien dire. Ceci dit, entre nous, c'est tellement du délire, son histoire, que ça ne compte pas vraiment...

— Ha ha ha, nos femmes, je te jure ! Vas-y, raconte ! railla Frank.

— Bea est convaincue qu'il ne s'agit pas d'un suicide.

Pat avait baissé la voix, mais pas suffisamment pour l'assourdir aux oreilles situées derrière le comptoir. Le grand Ruben claqua sa langue contre son palais. Ça y est, il le savait. La psychose allait prendre, d'ici demain matin on allait crier au meurtre dans tout Beek aan Zee. *Godverdomme !*

Le duo infernal des beaux-frères n'avait pas remarqué l'irritation volcanique du patron de leur bar préféré.

— Tu sais, je pense que pour Anita c'est pareil, confia son mari Frank. C'est bizarre, on se dit tout d'habitude avec Anny, mais là, elle est fermée comme une huître, je crois que cette histoire lui fout vraiment les chocottes ! Elle ose à peine aller chercher le courrier toute seule.

Frank remuait la cuillère dans sa tasse depuis plus de cinq minutes. Il se sentait tristounet. Il voyait bien que sa femme était profondément bouleversée par la mort de Rob Dolen. Pour la première fois en trente ans de mariage, il avait l'impression qu'Anita ne voulait pas lui parler. Qu'il ne l'intéressait pas. Qu'il ne pouvait pas l'atteindre. Sa femme était dans son monde et elle avait verrouillé l'accès.

Pat ne l'aurait jamais avoué, mais il commençait à pétocher. S'il était vraiment question d'un meurtre, qui et où était le meurtrier ? Avait-il eu sa dose ou y aurait-il une prochaine victime ?

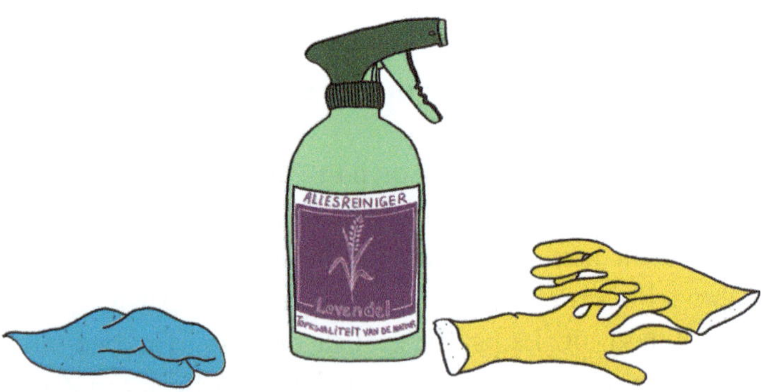

## Chapitre 23 - Une altercation

La grande capacité de Peter Vernink à s'accommoder des difficultés du quotidien s'était au fil des années transformée en une forme de doux déni. De l'adaptation, il était passé à l'imagination. De l'acceptation, à la réécriture. Son fils Steven, par exemple. Steven allait avoir trente ans mais préférait le confort de chez ses parents, parce qu'au fond, comme plein de jeunes ici, Steven restait encore un peu bébé. Ce garçon leur avait donné du fil à retordre, d'accord, mais pas plus qu'un autre enfant. Quoi de plus naturel pour un adolescent ? Les garçons se montrent toujours un poil plus long à la détente que les filles, c'est bien connu. Son Steeve avait eu du mal à trouver sa voie parce que l'adolescence est une période difficile. Lui aussi a été ado, Peter, il sait bien qu'on se cherche, qu'on tâtonne, qu'on emmerde ses parents. Si cela prouve une chose, c'est la « normalité » de son fiston. Ambitionner à quatorze ans de devenir notaire, avocat ou député et travailler avec sérieux jusqu'à obtention du diplôme et du CDI, voilà qui aurait été inquiétant ! Et maintenant, quelle fierté ! Son gamin au Ministère de la Défense, si c'était pas de la réussite, ça ! Si ça n'était pas la marque d'un gars équilibré élevé avec amour !

Lorsque Steven, les yeux rougis, rentra hier de sa balade au cours de laquelle Rosita avait tenté de lui parler, Peter a donc, fidèle à son habitude, choisi de sélectionner certains éléments du réel. Le regard lourd de son fils, par exemple, Peter ne l'a pas intégré. Ni son pas las. Tellement las. Le père de famille a vu son fils rentrer des dunes, un peu de sable aux baskets, et il s'est réjoui. À la bonne heure, son fils prend l'air ! Ça lui fait du bien. Ses derniers temps, son fiston a l'air un peu fatigué, c'est vrai, mais il travaille trop celui-là. Son père n'arrête pas de le lui répéter : vous les jeunes, vous n'osez pas dire non ! Mais une force de travail, pour qu'elle soit optimale, il faut la respecter ! Faire trimer les jeunes avec des horaires pas possibles, ce n'est pas normal, ça ! Vraiment *niet normaal !*

Certes, on ne pouvait pas nier que le métier de Steven le mettait à l'épreuve. Pas autant, néanmoins, que les crises de sa mère. Voilà ce qui usait Steven jusqu'à la moelle. Mais pour que Peter puisse admettre cela, il lui aurait d'abord fallu reconnaître que sa femme, Karen, l'amour de sa vie, avait un grave problème. Cela demeurait au-dessus de ses forces.

*

René s'immobilisa, les ciseaux à la main. La porte tinta, Rosita Marcadet fit son entrée.

— Bonjour !

Les rideaux de peau flapie du visage de Margareta van West s'ouvrirent en un sourire immense. Elle était aux anges.

— Madame Marcadet, quelle surprise !

— Eh oui, les détectives aussi doivent se couper les cheveux. Soumis aux lois de la décrépitude capillaire, comme tout le monde ! J'aurais bien besoin d'un rafraîchissement, s'il y a de la place, bien entendu, Monsieur René.

René balbutia que pas vraiment, si Madame voulait revenir un peu plus tard, il pourrait… La matriarche van West interrompit la soudaine timidité de son coiffeur adoré.

— Sottises, René, sottises ! Je laisse volontiers ma place à Madame la Détective. Allons René, donne-lui un peignoir. Voilà, parfait. Beatrix ma chérie, décale-toi tu veux bien, assieds-toi à côté d'Heleen et Madame Marcadet prendra cette place.

*Une vraie cheffe d'orchestre. Il ne lui manque plus que des baguettes,* pensa Rosita.

Beatrix mourrait d'envie de savoir, comme n'importe qui, où en était l'enquête. Hors de question en revanche de montrer le moindre signe d'intérêt en présence de sa mère. Beatrix s'était mise dans une telle colère contre elle et sa sœur, quand les deux avaient démarché Rosita Marcadet… Elle ne pouvait décemment pas ce matin essayer de tirer les vers du nez de la Française, pleine d'entrain. Non, Beatrix ravalerait toutes ses questions. Plutôt attraper le hoquet que donner raison à sa mère en public. La seule bonne nouvelle dans tout ça, c'était la fin de cette affreuse liaison entre Rob et Liesbeth.

— Aloooors ? susurra, toute frétillante, la petite fille de quatre-vingt-deux ans à la voix rouillée par des décennies de cigarettes.

— Eh bien, je n'ai pas l'habitude mais pourquoi ne pas essayer un soin, non ? Qu'en penses-tu René ? répondit Rosita, amusée, feignant de n'avoir pas saisi le sens la question.

— Une couleur ne ferait pas de mal, lança malgré elle Beatrix, sèche comme une traversée du désert le 15 août.

— Oh, s'il te plaît, Madame Marcadet, implora Margareta van West avec un engouement inversement proportionné à celui feint par sa fille. Dis-nous un petit peu où tu en es ! Techniquement je suis ton employeur, ne suis-je pas en droit de recevoir un premier rapport ?

— Oh là, ne vous emballez pas ! Vous vous arrangez entre vous pour régler la note, à votre convenance. En ce qui me concerne, je n'ai été engagée que pour une seule mission : découvrir la vérité. Tant que je n'aurai pas tous les éléments réunis et bien rangés nécessaires à la déterrer… conclut-elle d'un geste du doigt scellant sa bouche.

— Tu as raison, approuva Heleen, avec un sérieux qui détonna. Mieux vaut patienter jusqu'à une quinte flush royale avant de montrer ses cartes.

René s'affairait sur la tête de Rosita, sans oser parler (voilà bien une première), tandis que Margareta se régalait de pouvoir enfin poser à l'intéressée toutes les questions qui lui démangeaient la mâchoire depuis le début de cette sombre affaire.

— Tu as récupéré son téléphone portable, ses relevés bancaires ?

— Non.

— Comment ça, non ?!

— Non, peut-être plus tard, pour le moment ça n'est pas utile.

— Comment ça, PAS UTILE ?

— Margareta, il vous faut être plus fine psychologue que ça ! la taquina Rosita. Vous imaginez Rob Dolen recevoir des messages compromettants, effectuant des transactions irrégulières et laisser le tout dans un smartphone, un ordinateur portable ? Sur lequel n'importe qui pourrait venir mettre son nez ?

La reine du quartier fronça tous les plis de son front, qu'elle avait nombreux.

— Non, pas vrai ? renchérit Rosita. Si jamais Rob Dolen avait quelque chose à cacher, vous êtes d'avis, comme moi, que M. Dolen aurait pris toutes ses précautions afin que personne ne puisse jamais le mettre dans l'embarras.

— J'imagine, oui. Il était fier ce petit Dolen… Oui, c'est sûr… en convint de mauvaise grâce Madame van West, parvenant à des sommets rarement atteints en matière de haussement de sourcils.

— Je m'intéresse à la psychologie, continuait Rosita. Les sentiments, les comportements, les manies… Un ticket de caisse ou un texto extraits de leur contexte, ça ne veut rien dire. Ça ne prouve rien. La psychologie, il n'a que ça de vrai !

Là, dessus, Margareta était bien d'accord. Elle-même avait d'ailleurs passé un certain temps à échafauder plusieurs théories quant au pourquoi du suicide de Rob. Elle se ferait un plaisir de les lui exposer !

— J'ai cru comprendre que Rob avait, comment dire, un sale caractère ? s'enquit Marcadet, coupant court aux hypothèses de Margareta van West.

La détective manquait sensiblement de patience quant aux théories de ses autoproclamé.e.s collègues, bien souvent irrémédiablement, insupportablement trop nombreuses.

— L'une de vous aurait-elle eu vent d'un conflit récent ? Ou l'auriez-vous vu par exemple s'emporter contre quelqu'un ? ajouta l'enquêtrice.

— S'emporter contre quelqu'un ? siffla sans réfléchir René d'un ton sarcastique.

Un silence flotta dans l'air parfumé de cosmétiques. Le coiffeur, penaud, se sentit obligé de préciser sa pensée.

— C'est-à-dire que Rob Dolen était assez éruptif, si tu vois ce que je veux dire. Je crois que tout le monde l'a déjà entendu au moins une fois rembarrer un serveur, doubler tout le monde à la caisse et injurier quiconque osant protester, passer un savon au postier qui se trompe d'adresse ou ce genre d'intolérance. Tu vois le genre ?

Rosita voyait très bien.

— Récemment, insista-t-elle sans prendre de gants inutiles, l'un d'entre vous aurait-il assisté à une altercation ?

René et sa fidèle clientèle se regardèrent les uns les autres, les yeux ronds.

— Non… Toi ? Non, moi non plus… Quand même il n'était pas non plus hystérique… Voilà, on ne l'entendait pas non plus râler tous les quatre matins. Tout le monde s'emporte parfois. Moi la première ! Il avait aussi des côtés super sympas ! Oh tu te rappelles le jour où il s'est déguisé pour la tombola de l'hôpital ? Mon Dieu, c'est vrai ! Il était excellent.

Rosita soupira. Elle finirait bien par trouver.

— Ah… conclut Margareta, Rob n'était pas un mauvais bougre dans le fond, mais triste. Sa mère était insupportable avec lui, pire qu'une louve. Elle ne lui lâchait jamais la grappe. Un garçon triste, ça donne soit un homme très gentil, soit un homme impossible. Rob a ricoché du mauvais côté.

— Impossible au point qu'on veuille l'assassiner ?

Un ange passa, exécuta une pirouette fouettée parfaite, un grand jeté, suivi d'une arabesque et repartit. On n'avait jamais osé exposer à voix haute cette idée en présence de la reine mère.

— Un meurtre ! Franchement, quel intérêt ? objecta-t-elle.

— C'est bien ce qui me triture les méninges depuis quelques jours. Oh ! René, ce massage est divin. Pour un peu, on s'endormirait. Il était grand temps que je m'occupe de ma tignasse, je crois !

Rosita, qui avait fermé les yeux un instant, ne vit pas Beatrix confirmer d'un hochement de tête évocateur. La détective demanda, sans transition, à l'assemblée plus ou moins pétrifiée :

— Votre amie Karen n'est pas avec vous ?

Une ombre voila le visage parfaitement maquillé de Beatrix, qui rétorqua, un peu brusque :

— On ne se retrouve pas nécessairement toutes ici à chaque fois, pourquoi ?

— Il me semblait vous avoir aperçues la dernière fois toutes ensemble, je me demandais si peut-être Karen vous avait fait faux bond aujourd'hui.

— Oui, elle devait venir. Elle nous a écrit sur notre groupe WhatsApp qu'elle se sentait patraque.

— Pourquoi cette question ? demanda Heleen, croisant et décroisant les jambes.

— Pure curiosité, je vous assure, soupira Rosita, de nouveau les yeux fermés, la tête renversée dans le bac en céramique immaculée.

Personne ne fut dupe. Toute forme de curiosité restait professionnelle, chez Rosita Marcadet.

*

Les tarifs étaient sans doute (il y avait si longtemps qu'elle n'y avait pas mis les pieds) loin d'être ceux pratiqués à Paris, mais enfin, comment ces femmes pouvaient-elles se payer une visite chez le coiffeur tous les deux jours ? Rosita avait quitté le salon, le cheveu lavé, coupé, soigné, et brushingué pour la première fois depuis les années 2000 et délestée de trente-cinq euros. Laisser un pourboire ne lui était pas venu à l'idée.

— La plupart du temps, on ne fait qu'y boire un café, tu sais !

Heleen, essoufflée, l'avait rejointe en courant, et possédait visiblement le don de lire dans les pensées. Ou Rosita avait-elle parlé tout haut ?

— Moi aussi, continuait-elle, les joues rosies, je me demandais, quand j'ai emménagé ici, comment le salon de René pouvait être à toujours plein à craquer. En fait, c'est plus un café qu'un salon de coiffure. Hormis pour les van West, bien sûr, pour qui le salon représente une extension de leur salle de bain.

Heleen souriait, ses longs cheveux châtain parsemés de mèches grises lâchés. Elle devait être la seule du canton à ne pas se teindre les cheveux. Sa mâchoire carrée et ses épaules de nageuse lui donnaient une allure de princesse viking aux cheveux cendrés.

— Elle te va très bien, cette coupe, Rosita !

— Dis-moi, Heleen. Tu as quelque chose dont tu voulais me parler ? lui demanda cette dernière avec douceur.

Sans se démonter, bien que très précautionneuse quant au choix de ses mots, Heleen finit par lui souffler :

— À propos de Karen, je... Je voulais vérifier que... Enfin c'est drôle que tu aies demandé après elle. Je me demandais pourquoi.

— Tu t'inquiètes pour ton amie ?

— M'inquiéter ? M'inquiéter de quoi ? Non, Karen n'a absolument rien à se reprocher, elle est exemplaire. Je me demande ce que tu lui veux, c'est tout. Une enquêtrice ne pose pas de question au hasard. Je ne crois pas une seconde à une soudaine curiosité, pas plus qu'à une envie de nouvelle coupe. Même si elle est réussie.

Heleen avait débité sa tirade à toute vitesse. Rosita pouvait distinguer toutes les pensées qui fusaient sous la peau du visage viking : *zut, ai-je dit une bêtise, j'ai parlé trop vite, maintenant elle va soupçonner quelque chose, quelle idiote, qu'ai-je dit exactement, ai-je été trop loin, quels mots ai-je employés, déjà ?*

— Pas besoin de se faire du souci, Heleen. Tu m'as l'air de lui être une amie très chère. C'est important les amitiés solides.

Les deux femmes marchèrent ensemble quelques minutes sans rien dire, dans un silence qui finit par embarrasser Heleen Kaars. Celle-ci se mordit la lèvre inférieure et lança à la volée :

— Je ne sais pas si on peut parler d'altercation. Non en fait ça n'en était pas une, mais je me disais…

— Oui ? l'encouragea Rosita en s'immobilisant, sur le qui-vive.

— Il me semble juste avoir aperçu un soir Rob râler contre quelqu'un qui écoutait de la musique avec son portable, un ado sûrement. Enfin, ce n'était sûrement rien. Il faisait nuit en plus, je n'ai pas bien vu. Rob a dû simplement dire plus ou moins sympathiquement à l'ado qu'il était irrespectueux d'écouter son truc en haut-parleur. On ne peut pas parler d'altercation.

— Tu as entendu quelque chose ?

— Non… Mince, je n'aurais sûrement rien dû dire, c'est idiot. C'était rien du tout à y repenser.

— Au contraire Heleen, c'est capital, la contredit Rosita d'une voix ferme, plus autoritaire qu'elle n'aurait voulu.

— Capital ? Oh non, je ne dirais vraiment pas ça… Mais comme tu as posé la question chez René… Enfin ça m'est revenu ensuite ; je me suis revue sortir mon chien, voir Rob dans un halo de lampadaire, le visage crispé, parler à un jeune de sa musique.

— Te souviendrais-tu de la date, Heleen ? demanda Rosita, retrouvant le ton de la confidence.

Heleen Kaars lança des œillades à droite et à gauche, fouilla dans sa tête où plusieurs craintes s'entrechoquaient. Et si elle se trompait ? Et si ce tout petit souvenir de rien de tout, confié à une détective, finissait par devenir un élément qui aboutisse à une fausse piste ? Elle pouvait lui faire perdre un temps considérable, ou impliquer des innocents, créer des problèmes…

— Heleen, lui murmura Rosita en lui prenant le bras, tout va bien. Je t'assure. Il n'y a aucune information que je ne vais pas vérifier, croiser avec d'autres, re-vérifier à nouveau. Ton aide est capitale, chaque information est capitale, comme chaque brique est essentielle pour construire une maison. Mais si on retire une brique, le bâtiment ne s'effondre pas. Autrement dit, si ton souvenir ne s'avère être qu'un événement insignifiant, ce n'est pas grave. Ça fait partie du processus.

Parler à la police – et du point de vue d'Heleen Kaars, Rosita Marcadet était la police – pouvait être terrifiant. Rosita le savait bien. On a la plupart du temps pas grand-chose à y gagner, à part des emmerdements. Elle détacha sa main du bras d'Heleen et la regarda dans les yeux avec toute la mise en confiance dont elle savait faire preuve, puis ajouta :

— Bien entendu, tu n'as aucune obligation. Simplement une conscience qui te dit : ce souvenir pourrait potentiellement aider à attraper un meurtrier.

Heleen frissonna à l'idée d'un véritable assassin en cavale. Était-ce seulement possible ? Elle ferma les yeux et réfléchit.

— Ça remonte au minimum à une semaine. Il me semble que je sortais Fiep, mon chien, avant un dîner, donc ça pouvait être un vendredi... ou un lundi, si c'était avant la chorale...

Puis, rouvrant les yeux elle ajouta, inquiète :

— Honnêtement, je ne me souviens plus.

*

Sarah ouvrait son camion à frites quand elle aperçut la femme du moment. De l'autre côté de la place, à discuter avec... Heleen Kaars. Tiens... Pourquoi Heleen Kaars ? La Française lui arrivait à peine à l'épaule, c'était drôle. Sarah se pinça les lèvres. Et si elle offrait à la flic un cornet de ses frites ? La bonne femme ne peut pas en trouver des frites comme les siennes, en France. Les meilleures du comté, peut-être bien du pays entier : larges, épaisses, croquantes dehors, fondantes dedans, dorées, fumantes, salées. Pas d'industriel, les patates du coin. Elle lui mettrait deux sauces, une mayo', une saté. De quoi donner envie à la détective de papoter un peu avec elle, dotée d'un cornet pareil, non ? Sarah hésitait à lui faire signe. Les vélos cahotaient sur les pavés, ponctuaient leur trajet de brefs coups de sonnette impatients. La conversation d'Heleen et de la policière semblait vachement sérieuse. La patronne du camion jaune « Sarah's Friet » n'eut pas le temps de se décider, le ciel s'en chargea pour elle. Un coup de tonnerre fit sursauter tous ceux qui n'avaient pas consulté l'application de météo en temps réel. Les cyclistes redoublèrent d'effort sur les pédales ou s'arrêtèrent pour extirper de leur sac et enfiler au plus vite une combinaison de pluie. Heleen avait filé, la détective aussi. En deux minutes, des trombes d'eau s'effondraient sur Beek aan Zee. Sarah soupira et alluma une cigarette. Le fracas de la pluie contre le toit de son camion lui aurait d'ordinaire donné envie de dormir. C'était sans compter sur le courant d'air électrique levé sur la ville. Aucune pluie torrentielle ne pourrait en débarrasser le village. Ce serait bien exotique si une Lilliputienne en jean trop petit pouvait y parvenir.

*

marcadet_fan_officiL

♡ 💬 ➢ Aimé par 27 personnes

**marcadet_fan_officiL** #souvenir #80s Le voyage de Rosita en Hollande 🇳🇱 nous rappelle l'une de ses premières enquêtes à avoir fait les gros titres de la presse… à Amsterdam ! En 1984. Un voleur de bijoux et escroc professionnel, mêlé à des 🕴 très haut placés. Rosita Marcadet, en charge du dossier sensible, avait pour mission de le boucler, rapidement et discrètement. Tant pis pour la discrétion ! 😂 Enfin, un petit doigt nous dit que son actuelle escapade aux Pays-Bas n'a ni à voir avec l'histoire de la gifle du journaliste, ni avec des souvenirs amstellodamois. Non, entre nous, après une enquête difficile en novembre dernier, Rosita a eu un coup de mou. Il y a toujours une affaire qui blesse plus que d'autres, c'est ainsi. ➕ on sait que Rosita se réserve toujours des périodes de privé. Surtout depuis le départ de Brassac. Elle aime jouer à la détective en solo. Un côté Hercule Poirot ? L'appât du gain ? La satisfaction d'y arriver seule ? Ou la tranquillité. De l'espace pour sa sensibilité. Le groupe peut être sans pitié… La hiérarchie encourage la compétition, qui entraîne les mesquineries… Tant pis pour le groupe !

## Chapitre 24 - Touché

Karen, Peter et Steven Vernink n'habitaient pas très loin du salon de coiffure de René. En vérité qui habitait loin de quoi, ici ? Entre la demeure des Vernink, le Pré et René Coiffure, se dessinait une espèce de périmètre triangulaire, dans lequel se trouvait également la maison des Dolen. Après son entrevue avec Heleen, Rosita avait couru dans le premier commerce pour éviter la douche. Un magasin de noix et d'huiles, dont elle n'eut pas l'occasion de découvrir toutes les subtilités car l'orage se dissipa en moins de cinq minutes. Dès le temps redevenu sec, Rosita arpenta ce triangle d'intérêt. Elle marchait avec méthode. Partie du centre, elle évoluait avec minutie, agrandissant progressivement sa zone d'observation, jusqu'à dépasser la limite du triangle. En direction des limites du village, deux ou trois rues semblaient avoir été catapultées ici par erreur. Plus question de maisons cossues, ni de douillets bâtiments fleuris et charmants comme dans les autres rues de Beek aan Zee. Là, pas même de dalles, la route était goudronnée. Pas de palissade bordant des jardinets potagers. Rien que des rues quelconques, aux immeubles gris, pragmatiques, sans aucun effort esthétique. En bon état ceci dit. Rien de délabré ni de déprimant à proprement parler, d'ailleurs une musique acoustique entrainante s'échappait d'une fenêtre entrouverte. Mais on sentait dans ces rues un autre monde, comparé à celles situées dix mètres plus loin. Un monde mis à l'écart des agréments. Auquel on avait consenti le seul strict minimum.

On ne trouvait pas de banc, pas de rebord de fenêtre, rien où l'on pouvait s'asseoir, dans cette rue. Pas même d'escaliers. Ni de porche. Rosita s'adossa à un panneau de circulation (sens unique, sauf vélos) et elle réfléchit.

*

La veille, avec le directeur du centre funéraire, Rosita avait dû jouer la carte de la flic pleine de hargne et de courroux. Le type avait viré de couleur. C'est moche, mais certaines personnes ne comprennent que ça. La peur. Il fallait les mettre devant la peur panique de se retrouver au moindre faux pas pris dans le cyclone infernal de la machine à broyer judiciaire. Ce vortex où l'on fait passer votre vie entière à travers un miroir déformant, horrifiant. En un clin d'œil, chaque erreur, chaque défaut, chaque vice prouve que vous n'êtes qu'un monstre. Alors pour s'éviter ça, la seule solution que présentait Rosita c'était de parler. En arriver là n'était pas souvent nécessaire. Mais lorsqu'elle n'avait pas le choix, Rosita bousculait un témoin pour des informations. Elle chahutait, intimidait, injuriait ou faisait du chantage. La détective se sentait ensuite affreusement sale. Triste et vidée. Il lui fallait du temps pour s'en remettre. Rosita Marcadet était sensible. Les mantras du type « c'est pour la bonne cause » ou « ça fait partie du taf » récités par ses collègues (ceux qui en avaient besoin) ne lui étaient d'aucun effet. Cette fois-ci en revanche, secouer Monsieur de Vries, le directeur du Centre funéraire Valkenbos, ne provoqua chez elle aucune culpabilité. De Vries lui donnait l'air d'être un pourri du trognon. Rosita ne feignait pas sa colère. Elle était, pour une fois, réellement énervée. Sa demande n'était pourtant pas compliquée, elle voulait parler à tous les employés du centre funéraire. Pas à la moitié, pas aux deux tiers, ni aux trois quarts : à toutes les personnes humaines à avoir pénétré un demi-orteil dans son bâtiment. Or Monsieur le Directeur s'était senti la liberté d'omettre le groupe entier du nettoyage intensif. Et d'invoquer ensuite pour sa défense le motif ridicule que, faisant appel à une entreprise qui sous-traite, « leurs employés ne font pas vraiment partie de l'équipe ». Tu parles, Charles. Rosita ne supportait pas les gens qui traitaient une partie de l'humanité comme des sous-humains du fait de leur profession, de leur classe sociale, de leur origine ethnique, religieuse ou cosmique. « Benetton » on l'appelait, à ses débuts, à la PJ. Assez vite, les collègues retournèrent à « Marcadet ». Vu ses résultats, on n'osait plus la taquiner. Lorsque Rosita avait dévisagé Monsieur de

Vries, son visage rond et blanc qui exhalait le parfum onéreux et la suffisance, Rosita en aurait mis sa main à couper. Pour de Vries, l'équipe du ménage intensif ne faisait pas partie de l'équipe, au même titre que la femme de ménage ne faisait pas partie du séjour à l'hôtel, le gars de la plonge du dîner au restaurant ou l'éboueur de la rue : ils n'existaient pas. Pas besoin de penser à eux, tant qu'ils faisaient le travail. De Vries n'avait pas la moindre idée de qui étaient ses femmes ou ses hommes de ménage. Et Marcadet était prête à parier qu'il ne les déclarait pas tous.

— Je ne vois pas pourquoi je vous l'aurais dit en plus, puisqu'aucun ménage particulier n'était prévu ce jour-là à ma connaissance, avait-il rétorqué, d'un air hautain.

Monsieur de Vries avait très vite regretté son accès d'humeur. Le Bras n'aurait pas mieux fait que Rosita, dans le genre passage de savon. La détective, comme n'importe qui, surtout dans la police, n'aimait pas particulièrement qu'on lui fasse perdre son temps. Certains policiers évoquaient une question pratique, une question de principe, voire d'honneur, pour les plus grandiloquents. Rosita pouvait se montrer plus conciliante. Recevoir les bobards et les imprécisions des témoins faisait partie de l'enquête. Mais l'attitude de Vries ne lui était vraiment pas revenue. Rosita s'efforçait toujours de voir le meilleur en chaque personne (le comble pour une détective), mais là, c'était épidermique. Elle détestait le bonhomme.

Dès l'heure d'ouverture le lendemain matin, Rosita Marcadet avait contacté l'entreprise de sous-traitance du ménage intensif en question, sollicitant de toute urgence un rendez-vous téléphonique avec une ou un responsable, au plus tard dans l'après-midi. Même si la détective avait déjà une idée de ce à quoi ressemblerait l'entretien : elle ne tirerait pas plus d'informations que la confirmation des soupçons qui poussaient en elle tels des champignons sous la pluie.

Toujours adossée au panneau de circulation, Rosita n'avait pas bougé d'un cil, perdue dans ses pensées. Ses jambes lui sonnèrent les cloches, engourdies, pleines de fourmis, douloureuses. Ses bras croisés contre sa poitrine avaient endormi ses mains prisonnières. Elle peinait à articuler les doigts. Elle se secouait comme un chien après la pluie, tandis qu'à l'autre bout de la rue, cent-cinquante ou deux cents mètres plus loin, elle vit une femme se faire bousculer par un gamin. Le jeune garçon avançait vite, dans le sens opposé. Sans aucune réaction, la femme fit mine de n'avoir rien remarqué. Elle ne le regarda même pas et poursuivit son chemin. Rosita n'y voyait plus aussi clair que sur ces premières enquêtes, certes, mais elle en aurait mis sa jambe à couper : Karen Vernink venait de se faire bousculer.

*

— J'en ai marre, c'est la dernière fois ! s'emporta Willem Kowska, avant de raccrocher, le cœur battant et fissuré.

Il rangea d'une main rageuse son téléphone dans la poche de son survêtement. Il marchait à grand pas, le regard fixe et droit devant lui. L'adolescent dépassa le Thuis sans remarquer Rosita, qui elle, ne l'avait pas raté. Encore mieux, Rosita l'avait replacé. Ce blond garçon fâché était le même à avoir bousculé Karen Vernink deux rues plus loin, et le même qui prenait des cours d'équitation aux premières lueurs du jour.

Peu après, une voix à la joie hésitante s'éleva dans son dos :

— Je te l'avais dit.

Steven Vernink était arrivé par derrière. Il surprit (décidément, ça devenait pathologique avec ce garçon) Rosita qui pourtant l'attendait.

— Oui, j'avoue, ta mine de Casper le fantôme m'avait un peu manquée.

— Ça existe « Casper le fantôme » en France ?

— *Alsjeblieft, man,* (s'il te plaît, mec) qu'est-ce qui n'existe pas en France ? On est le centre du monde, tu sais bien.

— Bon alors, Louise XIV, qu'est-ce que tu me veux ?

— Monsieur est de bonne humeur ma parole. Droit au but, c'est pas l'Olympique de Marseille, c'est la devise nationale des Pays-Bas. Assieds-toi, lui dit-elle en tirant la chaise et en faisant signe à Ruben derrière le comptoir de lui apporter la même chose qu'à son acolyte.

— Je vais être franche avec toi, Steven. Je t'ai demandé de venir pour deux raisons. Primo, parce qu'effectivement, touchée, j'apprécie ta compagnie et si tu es toujours intéressé pour essayer de démêler l'affaire avec moi, je ne dis pas non.

Un demi-sourire émergeait sur le visage de Steven, qui s'évanouirait bientôt pour rejoindre les limbes des joies déchues. Rosita baissa d'un ton sa voix, qu'elle voulut la plus douce, la plus amie possible et se rapprocha.

— Secondo, parce que j'ai besoin, Steven, j'ai besoin de savoir depuis quand ta mère se drogue et par quel moyen.

# Chapitre 25 - Karen Vernink

Steven sut à la seconde suivante que les dés étaient joués. Une honte à lui dissoudre les entrailles se disputait à un soulagement triste, celui de ne pas avoir à faire semblant. Chez lui, tout le monde faisait semblant depuis si longtemps. La douleur de la vérité n'est rien, mesurée à celle engendrée par le déni.

— Je ne saurais même pas par où commencer.

Il ne perdait pas de temps, ce garçon. Comment Rosita avait compris, qui d'autre pouvait être au courant, tout ça ne l'intéressait pas. Il répondrait aux questions de la détective, c'est tout.

— Qu'est-ce qu'elle prend, depuis combien de temps et à quel point elle a sa tête dedans ? lui demanda la détective avec douceur et détermination, les yeux rivés sur son jeune ami.

Un gros soupir de bébé monta du fond de son ventre et vint s'écraser entre ses lèvres.

— Pffff...

Steven réfléchissait. Vivre avec un drogué (une droguée en l'occurrence), vous enchaîne au quotidien, à l'instant présent. Au futur, aussi, à la rigueur. Toujours sur le qui-vive, concentré sur ce qu'il se passe là, maintenant, tout de suite, ou ce qu'il peut potentiellement arriver. Steven n'avait pas l'habitude de se retourner sur le passé.

— Je ne saurais pas trop te dire quand ça a commencé, je ne me souviens pas de grand-chose de mon enfance. Ma mère, elle a souvent fait des trucs de son côté, elle bossait beaucoup. Elle est dans le conseil stratégique en entreprise. Elle partait en mission, tout ça… Mon père me répétait tout le temps, ça je m'en souviens : *Elle t'aime beaucoup ta mère, tu sais.* À l'époque je ne comprenais pas ce qu'il voulait dire par là. J'avais intégré de ne pas avoir accès à ma mère en libre-service. Ça ne m'interrogeait pas. Après, elle n'a plus travaillé, je ne sais pas pourquoi. Si elle s'est faite virer, ou pas, j'sais pas. En tout cas, ça l'a mise KO.

Steven parut d'un coup plus âgé, deux rides zébraient son front blanc. Il poursuivit.

— Elle zonait dans le salon toute la journée en pyjama, à regarder des trucs de merde à la télé… Elle qui ne jurait que par la littérature, les films d'auteur, je la voyais s'enfiler des séries pour ados et des téléfilms américains que même moi, je trouvais débiles. Donc bon, j'étais pas mal de mon côté. J'avais pas envie d'assister à ça.

Rosita ne savait pas si elle pouvait lui prendre la main, ou lui témoigner un quelconque geste de tendresse. *Les gens ne sont pas très tactiles, ici*, songeat-elle. Et ce n'aurait pas été très professionnel. Elle s'abstint.

— On a changé de maison par la suite ; on a déménagé là où on vit maintenant. Ma mère a commencé à rebosser depuis chez nous, ça allait un peu mieux. Je la voyais prendre ses « vitamines » le matin. Mais je ne sais pas si c'était déjà des cachetons obtenus je ne sais comment ou un vrai traitement, prescrit par un docteur. Mon père a toujours fait comme si de rien et ma mère est hyper forte pour vivre tranquille dans son délire. Faut avouer, ils ne sont pas mauvais comédiens, honnêtement, je pense que personne n'est au courant. Enfin, presque.

Rosita inclina la tête, attentive.

— Une fois, lui précisa Steven, notre voisine, Heleen, a retrouvé ma mère à moitié dans les vapes, éclatée par terre, la tête dans son rosier.

— Heleen Kaars, très grande, cheveux mi-marron mi-gris ? Qui fait partie de la bande du salon de coiffure ?

— Yes, confirma Steven. Aucune idée de ce qu'avait pu fabriquer ma mère, il devait être 6 heures du mat... Mais bref, du coup Heleen l'a ramenée à la maison, carrément en la portant, limite. Heureusement que personne n'a rien vu, cette honte...

— Et même à ce moment-là, vous n'avez pas eu de vraie conversation avec tes parents, tous les trois ? souffla Rosita.

— C'était ridicule. Mon père a ouvert la porte, il a proposé du café à Heleen comme si elle lui ramenait le journal, alors qu'elle tenait dans ses bras sa femme, bouche ouverte, les cheveux pleins de terre. Il a dit que ma mère avait eu un coup de fatigue, qu'elle travaillait trop. Ma mère a émergé, balbutié qu'elle devait aller se recoucher. Et elle est partie en titubant, elle nous a laissés en plan tous les trois. On a bu un café en silence, Heleen, mon père et moi, dans la cuisine. Mon père l'a remerciée pour son aide et ciao, fin de l'histoire. Depuis, ma mère ne peut pas saquer Heleen. Elle lui en veut de l'avoir vue comme ça.

Steven secoua la tête, les yeux dans le vide, avant d'ajouter :

— Je pense que ma mère ne l'a même jamais remerciée. Et cette voisine, Heleen, elle n'a rien raconté à personne, en plus, j'en suis sûr. Voilà ma mère.

— Pardonne mon ignorance, mais il me semblait que les drogues étaient légales aux Pays-Bas, non ? demanda soudainement Rosita, farfouillant dans sa mémoire. Ta mère pourrait-elle s'en procurer légalement ?

— Non, c'est plus compliqué que ça. La drogue est illégale aux Pays-Bas, mais il y a une tolérance pour l'herbe. Et dans certaines villes, tu peux trouver des ecstas ou de la MD à la vente, pour ceux qui en prennent en club, mais ça reste très rare. C'est pas le genre de ma mère. Ni de Beek aan Zee d'ailleurs. On n'a même pas de *coffeeshop* ici.

— Qu'est-ce qu'elle prend, ta mère ?

— J'ai pas la composition dans le détail, c'est pas comme si elle avalait sa dose devant nous en récitant la liste des ingrédients, ironisa-t-il. De ce que je sais, des cachets ou des pilules. Ça a l'air de la cadrer, de lui donner une énergie attentive, si tu vois ce que je veux dire. Plus focus.

Rosita acquiesça.

— Le problème c'est la redescente. Les périodes où elle a du mal à s'en procurer autant qu'elle voudrait.

— Tu sais où elle range ses doses ?

— Elle change souvent de cachette. Dès que je mets la main dessus, je les balance, par principe. Elle ne me dit jamais rien, normalement, pour éviter une discussion. Sauf qu'hier, pour la première fois, elle a pété les plombs. Elle m'a hurlé qu'elle n'avait plus son « traitement » à cause de moi, qu'elle ne pouvait pas en avoir, que par ma faute elle allait être malade, qu'il fallait absolument qu'elle en trouve, que c'était la catastrophe… Alors j'ai suivi son mode opératoire : je n'ai pas réagi et je suis parti.

## Chapitre 26 - Anita van West

Anita perdait patience, vitesse éclair. Cette détective avançait beaucoup trop lentement. Rosita Marcadet avait mis le doigt sur plusieurs dossiers sensibles, d'accord, mais elle restait quand même à la ramasse sur l'essentiel. Qui avait tué Rob, bordel de merde ?

Anita n'arrivait pas à en parler à son mari, Frank. Elle était trop secouée. Ce drame ramenait tellement de souffrances du passé… Sans compter qu'elle n'avait même pas commencé le processus de deuil. Non, elle n'en était qu'au *hors d'œuvre*, comme ils disent chez Malgré Tout. Tant qu'elle ne saurait pas qui avait tué Rob et pourquoi, c'est comme s'il n'était pas encore mort. Il ne pouvait pas être mort d'ailleurs, l'idée paraissait absurde. Rob était encore là, un peu distant, un peu lointain. Il n'avait pas encore réellement disparu. En fait, qu'est-ce qui avait changé depuis le jour de la cérémonie pour Linda Dekker ? Bien sûr, Anita n'avait pas revu Rob depuis, puisqu'il était mort, mais d'habitude elle ne le voyait pas beaucoup plus. Quasiment pas du tout. Surtout depuis Liesbeth. Ça avait été terrible pour elle, cette liaison. De toutes les femmes, Rob avait choisi une de ses sœurs… Celle avec qui Anita s'entendait le moins bien, en plus ! C'était… dégoûtant. Elle n'avait jamais pu en parler à Frank. Pourtant ils se disaient tout, tous les deux. Un couple modèle, beaux comme une pub pour un chalet au ski. Un couple solide, suscitant jalousie et étonnement. Comment faisaient-ils pour être toujours amoureux depuis tant d'années ? Des enfants, des petits-enfants, déjà. Des accidents aussi. Ils s'étaient relevés de tout. Mais parler de Rob à Frank ? Non, trop difficile. Anita ne voulait en parler à personne. Comment l'aurait-elle fait, d'ailleurs ? Depuis toujours, elle vivait dans la censure la plus absolue à ce sujet. Anita n'avait pas le droit de prononcer quoi que ce soit qui ait pu avoir un rapport de près ou de loin à son demi-frère. Pourquoi aurait-elle soudainement brisé le silence maintenant ? Son demi-frère… Voilà des années qu'elle ne s'était pas autorisée à formuler cette réalité. Même pas en pensée. *Rob Dolen, mon demi-frère.*

Il ne fallait pas qu'elle flanche, non, Anita devait se concentrer sur le principal : débusquer le meurtrier de Rob. En faisant les cent pas, toute seule, dans son bureau, elle reprenait ses hypothèses une à une. Ni Liesbeth ni Thessa n'avaient quoi que ce soit à voir là-dedans, c'était une certitude. Tom non plus, cet imbécile heureux ne voudrait même pas écraser une araignée. Et puis ils étaient tous assis devant le cercueil de Linda quand Rob était tombé du toit, ils n'auraient matériellement pas pu l'avoir poussé. Non, ce crime n'avait rien à voir avec une affaire de cœur. Des mauvaises fréquentations, des magouilles qui auraient mal tournées ? Rigoureusement inconcevable. Rob, un homme difficile, parfois irascible, violent, oui, mais il n'aurait jamais – à part avec sa femme – franchi certaines limites. Sur le plan professionnel, financier, son intransigeance était en béton armé. Il ne dépassait pas du cadre. Tremper dans des affaires louches lui aurait été anatomiquement impossible. Anita le lui avait bien dit, à Rosita : Rob, c'est un impérialiste. Il fonctionne à l'autorité. Lorsqu'il possède l'autorité, comme avec Thessa, c'est un dictateur, lorsqu'il est sous l'autorité de quelqu'un, c'est un fantassin. Il ne dérogerait aux règles pour rien au monde. Il aime beaucoup trop l'ordre.

De fil en aiguille, sans le savoir, Anita se forgeait la même intime conviction que Rosita.

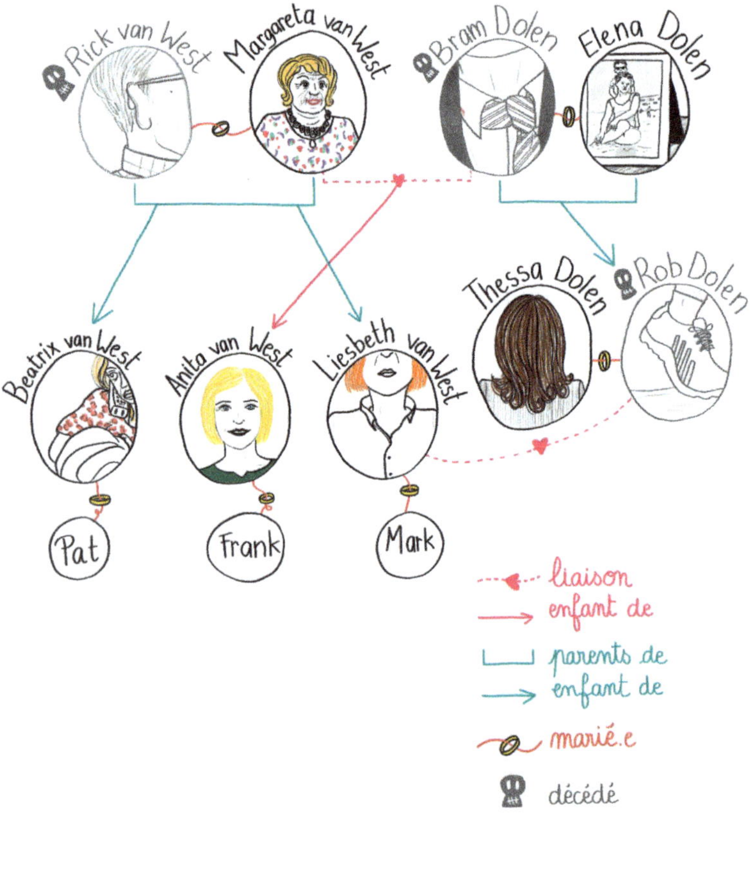
Rick van West
Margareta van West
Bram Dolen
Elena Dolen
Thessa Dolen
Rob Dolen
Beatrix van West
Anita van West
Liesbeth van West
Pat
Frank
Mark
liaison
enfant de
parents de
enfant de
marié.e
décédé

## Chapitre 27 - Pause dej’

Après avoir quitté ce grand garçon aux doux yeux de veau malheureux, Rosita décida, une fois n’est pas coutume, de flâner. Il lui apparut enfin ce qui aurait dû la surprendre depuis le début : chaque promeneur se transformait ici en potentiel voyeur ! Toutes ces fenêtres ! Parfois aussi larges que le mur complet ! Une maison était même entièrement vitrée, à l’exception du toit. Des rideaux ou des fenêtres teintées floutaient de-ci de-là les intimités, mais l’on voyait la plupart du temps les gens vivre, chez eux. Parler au téléphone, regarder la télé, rire, passer l’aspirateur, se disputer, télétravailler, lire, jouer à la console, nourrir leur chat ou leur enfant… Incroyable. C’était comme si personne n’avait rien à cacher. Et pourtant !

Rosita bifurqua dans la *Zwaanstraat*, la rue du cygne. Son estomac lui hurlait de se jeter sur le premier menu gras, salé et sucré venu, son cerveau lui rappelait que ses jeans rétrécissaient de plus en plus dangereusement, ces temps-ci. Depuis son arrivée aux Pays-Bas, Rosita avait pu mesurer à quel point les habitudes culinaires des Néerlandais différaient de celles des Français. À son grand désarroi, ils étaient très rares en dehors des restaurants branchés d'Amsterdam à manger chaud à midi. Ici, on avalait un déjeuner dans la seule optique de pouvoir continuer à travailler sans tomber d'inanition. Prendre une « pause dej' » digne de ce nom, hésiter entre des pâtes ou une part de quiche, ne serait jamais venu à l'idée de personne. Il n'y avait d'ailleurs pas tellement de quiche aux Pays-Bas. Hélas ! Rosita finit par se décider pour un café coquet en bas de la rue, *Het Dorpje* (Le petit village). Elle s'installa à l'intérieur, très douillet, comme tous les intérieurs hollandais. Après une revue minutieuse de la carte, elle commanda un *broodje geitenkaas*, une sorte de tartine campagnarde avec du fromage de chèvre, des morceaux de pomme, des figues et du miel, une portion de frites (avec ketchup, sans mayonnaise, précision indispensable) et un bol de soupe à la tomate. De quoi nourrir trois Néerlandais. Au serveur interloqué qui lui demanda s'il devait attendre ses amis avant de lancer la commande, Rosita lança dans un grand sourire qu'elle avait très faim et qu'elle souhaitait si possible tout en même temps, merci infiniment.

En sauçant le fond de son bol de soupe avec sa dernière frite, Rosita soupira d'aise. Elle adorait manger. Résisterait-elle à une part de tarte aux pommes ? Absolument pas. Les Pays-Bas offrant la meilleure tarte aux pommes du monde, elle n'allait certainement pas s'en priver. La mince tarte aux pommes française pouvait aller se rhabiller. Sa cousine néerlandaise se rangeait presque dans la catégorie des tourtes. Hilare, Ben, son serveur attitré, vint apporter à sa cliente réjouie et les joues rosies, une part *d'appeltaart*, haute de huit centimètres, pâte sablée, énormes morceaux de pommes marinés dans la cannelle, raisins secs et double dose de chantilly de chaque côté de l'assiette.

Après un café et l'addition réglée, Rosita marcha vers la mer, le nez dans les embruns, le ventre gonflé.

Une droguée, un garçon contrarié aficionado des chevaux, une voisine serviable, un mari monomaniaque balancé d'un toit, un enterrement, des histoires de famille, d'amour, des sœurs caractérielles et un chat qui disparaissait. Enfin ! On commençait à y voir un peu plus clair.

*

Plus jeune, lorsqu'elle avait débarqué à la police judiciaire de Paris, Rosita Marcadet faisait rire. Petite, timide, des pulls bariolés, une tronche à rester assise sur un banc et à regarder les autres danser pendant une boum de colo. En moins de deux ans, c'était plié. Rosita avait explosé les statistiques. Les affaires prennent leur temps. Elles durent des semaines, des mois, des années. Rosita enchaînait à une vitesse inédite. Avant Noël de la première année, elle avait même repris et clos deux cas classés. Comme ça, entre ses dossiers assignés. En heures sup'. Parce qu'elle devenait dingue à imaginer tous ces gens en suspens, désespérés de connaître la vérité. Les classées, les cold case comme on dit, c'est terrible, ça vous mange le cerveau. Le pire? Les disparitions. Pas de corps, aucun élément, aucune info. Une évaporation. Là, les proches, les policiers, tout le monde imagine des choses au-delà du concevable. Pour les familles, il n'y a rien de plus atroce que de ne pas savoir. Alors Rosita enchaînait. Pour consoler. Par simple attrait aussi. Rosita Marcadet avait trouvé son métier. Au début de sa troisième année à la PJ, Rosita jouissait d'un bureau privé et d'une place de stationnement devant l'entrée.

## Chapitre 28 - La marée

L'Anglaise octogénaire à la descente de supporter du Manchester City tourna la clef de son appartement. Un trois-pièces douillet coloré au sein d'une résidence habitée par des personnes âgées. Mrs Moss eut préféré une injection ou une corde à pendaison à une seule journée dans l'un de ces instituts macabres qu'on avait le culot d'appeler « maison de retraite ».

La perspective de vivre ailleurs que chez elle la dernière partie de sa vie lui avait longtemps semblé irréelle. Mais lorsque les cendres de sa colocataire, foudroyée par un infarctus, qui partageait sa vie et une maisonnette depuis plus de quarante ans, furent dispersées, Molly n'eut d'autre choix que de déménager. Pour aller où ? Le décès de son amie avait épuisé Molly Moss, sa retraite modeste ne lui permettrait pas de louer seule et rien qu'à l'idée de devoir faire ses cartons, elle voulait pleurer. Ce fut chez René que Margareta van West, l'air de rien, évoqua le « formidable complexe sur *Abrikoosstraat* » (la rue des abricots). Des appartements autonomes dans une résidence conçue pour les vieux, avec une personne de confiance sur les lieux, une aide au ménage, des repas en commun plusieurs fois par semaine… Entre deux poses de bigoudis, Beatrix approuva à grand renfort d'adjectifs ce concept formidable, pratique, prudent, etc. Molly, recroquevillée sur la banquette, une tasse de café à la main, souriait timidement à l'idée.

Au rendez-vous suivant de Mrs Moss à son cabinet, Beatrix poursuivit le lobbying de sa mère. Le bruit courait que Mrs Moss devait quitter la maisonnette avant la fin du mois ; cette femme n'allait quand même pas finir à la rue ! Recherches sur internet et coups de fils insistants obtinrent en quelques jours à sa patiente une aide gouvernementale. Beatrix savait faire preuve, en parallèle de ses préjugés, d'une sincère propension à aider. Grâce à son intervention, une enveloppe mensuelle versée directement sur le compte du propriétaire des « Villas Glaïeul » fut allouée à Molly Moss. Le complexe ne comptait pas plus de villas que de glaïeuls mais son architecture années 1970 et ses couleurs primaires lui donnaient une allure joyeuse de centre de vacances pour enfants très âgés. Les pensionnaires avaient chacun accès à une large pièce, au rez-de-chaussée, conçue pour favoriser les activités en commun. Les soirées karaokés du jeudi devinrent une tradition, autant que les histoires de cœur et de fesses ridées durant l'été.

Se délestant de son manteau de mi-saison, Molly Moss revit le jour de son emménagement. Une émotion indescriptible l'avait submergée à l'idée de pénétrer dans cet appartement. Le premier logement qu'elle occuperait seule de sa vie. Était-ce possible ? En serait-elle capable ? Les voix contrariées de Beatrix et Anita, toutes les deux contorsionnées entre les cartons dans l'ascenseur deux étages plus bas, résonnaient dans la cage d'escalier jusque sur le palier. Après des heures d'aide bienvenue bien que non sollicitée, Molly Moss avait remercié les deux sœurs van West, fermé sa porte d'entrée et découvert avec extase le bonheur d'habiter chez soi, seule. Si elle avait eu de l'herbe à portée de main, elle se serait roulé un joint.

Il n'était pas encore l'heure du thé, et Molly, aujourd'hui, avait envie de fumer. Heureusement qu'on était jeudi, elle tirerait les cartes tout à l'heure, ça lui changerait les idées. Elle sentait son esprit embourbé dans une marée désagréable. Elle n'éprouvait ni anxiété, ni contrariété… En revanche elle se sentait perturbée. Voilà. L'arrivée de Rosita Marcadet l'avait perturbée. Molly Moss avait envie de la prendre entre deux yeux et de lui demander : « Qu'est-ce que tu fais-là, après tout ce temps ? ». Rosita ne pourrait pas lui mentir. Mrs Moss n'est pas quelqu'un à qui on a envie de mentir. Elle ressemblait à un chat.

## Chapitre 29 - Les argousiers

— Comment ça va ?

Rosita Marcadet, qui semblait n'avoir qu'une seule tenue en magasin, se tenait sur le palier, un sourire gauche mais très sincère sur ses lèvres sèches et les mains rentrées difficilement jusqu'aux phalanges dans les poches de son jean gris anthracite désespérément inadapté. Coiffée d'un brushing inattendu.

Thessa haussa les épaules, elle aimait mieux ne pas répondre. D'un geste qui semblait peser des tonnes, elle invita sa visiteuse à entrer. La veuve se doutait bien que la détective n'était pas venue pour prendre de ses nouvelles. En quoi elle se trompait en partie, d'ailleurs, car la détresse de Thessa Dolen touchait Rosita plus que sa fonction ne l'autorisait. Cette pauvre femme avait dû tellement de fois souhaiter une disparition soudaine et sans retour de son despotique mari… et maintenant que son vœu s'était accompli, elle s'en voudrait toute sa vie. Comment un être pouvait-il vous empoisonner jusqu'à votre bon sens? Cette malédiction de la culpabilité mal placée...

«La culpabilité n'arrange que celui qui la porte», avait entendu une fois Rosita. Elle avait tâché de se le graver dans chacun de ses os.

Ceci dit, Thessa n'avait pas fondamentalement tort non plus, Rosita était bien venue lui demander quelque chose.

— Je sais qu'on en a déjà parlé, mais j'ai besoin de savoir, j'ai besoin de savoir, répéta-t-elle plus lentement, quels étaient TOUS les chemins possibles que Rob aurait pu emprunter pendant la semaine.

Puis, sans aucune gêne, la détective ajouta:

— Liesbeth m'a déjà transmis les itinéraires de Rob pour la rejoindre, mais ça ne colle pas, rien d'intéressant là-dedans.

Tom, dans la cuisine, remplissait la théière d'eau bouillante. Les deux femmes pouvaient entendre l'angoisse de cet homme qui ne savait que faire entre: ne pas les interrompre, leur apporter du thé, prendre la main de Thessa, la laisser tranquille, quitter la maison Dolen, ne pas laisser Thessa seule. Ces deux poulets stressés (selon l'expression consacrée aux Pays-Bas, *stresskip*) étaient faits l'un pour l'autre, pensa Rosita Marcadet.

— Mais qu'est-ce que je suis conne!

Thessa se leva d'un bon, Tom laissa tomber une tasse dont le bruit indiqua son nouvel état fragmentaire et les pupilles de Rosita se dilatèrent de délectation.

Thessa fila en trombe à l'étage, abandonnant l'enquêtrice sur son canapé et son amoureux nerveux dans sa cuisine. Thessa avait déjà donné à Rosita tout ce qu'elle avait pu, les trajets de son mari jusqu'à son travail, à vélo, en voiture, ses trajets jusqu'à la salle de sport, au supermarché, à la pharmacie si jamais, à la brigade des pompiers, au magasin de matériel sportif (le seul qu'il fréquentait, à part les produits de première nécessité), jusque chez sa mère (au cas improbable où il lui rendrait visite), ou encore chez ses amis du tarot, des échecs, la piscine municipale, le tour pour se dégourdir les jambes avant de manger… Que pouvait-elle lui apprendre de plus ? Ses sorties jogging et vélo ? Alors là… comment aurait-elle pu connaître chaque tracé avec précision ? Il y avait bien longtemps qu'elle ne se forçait plus à lui demander son chemin du jour et lui ne perdait pas de temps à lui expliquer des choses auxquelles elle ne comprenait rien, ses distances versus fréquence cardiaque maximale ou ses astuces pour pallier le manque de dénivelé.

Essoufflée, Thessa réapparut dans le salon.

— C'est vraiment insensé, j'avais complètement oublié… Je… Je n'ai plus toute ma tête depuis…

La veuve tendit à Rosita une montre orange fluo que la détective jugea hideuse, d'un matériau étrange et rugueux et dont le cadran tactile acheva de la répugner complètement. Après un bref instant durant lequel Rosita fixa la montre de la même façon qu'une Gauloise du Ier siècle aurait observé une alarme incendie, la détective secoua la tête en rouspétant pour elle-même : *évidemment. Évidemment que Rob Dolen possédait un gadget de ce genre.*

— Je pense que tout est là-dessus, parce qu'il étudiait tout, absolument tout, expira Thessa. En revanche, admit-elle, je ne sais pas trop comment ça fonctionne, je n'en utilise pas. S'évaluer en permanence, contrôler sa performance à chaque mètre… Je n'ai jamais trop compris l'idée.

Alors que Rosita demeurait silencieuse, Tom obtint enfin ce qu'il désirait de tout son cœur depuis des jours : l'occasion d'aider. Arrivant avec son plateau de thé, il se permit de dire, au cas où, si jamais c'était d'une quelconque utilité, qu'il utilisait une montre similaire, pour rester en forme, par rapport à son métier et que si Thessa voulait bien lui donner l'ordinateur de Rob, si elle était d'accord, si ça n'était pas intrusif, il essaierait de trouver les performances et donc les itinéraires des dernières sorties de Rob Dolen.

— Tu es formidable, Tom, lui répondit doctement Rosita.

Un compliment qui réjouit l'intéressé.

La question du mot de passe prit du temps, et ne fut pas sans un certain embarras non plus, lorsque Thessa dû essayer des combinaisons avec « Liesbeth ». Heureusement, les essais étaient quasiment en accès illimité. Après cinq tentatives infructueuses, l'ordinateur se bloquait, envoyait un code de sécurité au téléphone portable de Rob, dans la main de Tom, dont l'écran d'accueil affichait les messages, sans avoir besoin d'être déverrouillé. On rentrait alors le code dans l'ordinateur, qui se déverrouillait, puis on repartait pour un tour.

Rosita était sur le point de s'ennuyer lorsque, sortie de nulle part, Thessa, accumulant décidément les éclairs de génie, cria subitement :

— Eiger1992 !

Une icône de roue moulina, le bureau virtuel apparut. Rosita et Tom eurent tous deux la délicatesse de ne pas en demander plus. Le contenu de l'ordinateur était accessible, la mission continuait.

Tom eut la surprise de découvrir qu'il partageait avec le mari de son amoureuse un même sens pratique. Il aurait pu pianoter sur son ordinateur à lui, tant tout était rangé pareil. Sans aucun mal (c'était presque frustrant), Tom retrouva l'historique des dernières sorties jogging, la durée, le tracé, le tempo.

Après quelques minutes de vérification minutieuse, Tom fut formel.

— Vu l'historique et vu… comment dire, le type de sportif qu'était Rob, vu son caractère… Enfin, pour moi, il y a quelque chose qui saute aux yeux.

*

Dans les rues pavées, à travers les jardins, les branches des magnolias surplombaient les passants. Leurs bourgeons énormes, indécents, enroulés sur eux-mêmes dans un drapé rose pâle semblaient éclore de partout, comme autant d'invitations à aller découvrir le premier pétale en formation, à demi-caché dans son interstice enjôleur. La saison de la floraison s'annonçait magique, suspendue aux humeurs de la météo.

Rosita avait dépassé les magnolias du village depuis un moment, elle s'avançait maintenant à travers dunes, enjambant les herbes folles, plongeant une Pataugas après l'autre dans le sable doré. On n'entendait rien d'autre que le bruissement des plantes, le délicat crissement des grains de sable et le souffle haletant de la quinquagénaire. Elle avait beau être sportive, grimper un mini Pilat néerlandais, ça se méritait. Surtout après deux kilos et demi de tarte aux pommes. Elle n'avait jamais vu ça, ce type de dunes-forêts, à la fois sable et végétation, des trous, des buttes, des chemins sinueux, jusqu'à la mer, bien cachée derrière. *Un vrai décor de film à créatures surnaturelles, elfiques, ou ce genre de trolls*, pensa-t-elle. Alors qu'elle allait se réprimander de n'avoir pas pensé à prendre de l'eau, elle les vit sur sa droite. Des buissons qui ressemblaient à des ronces, aussi épaisses que des tuyaux d'arrosage, dont les épines ne donnaient vraiment pas envie de s'y frotter. Rosita faisait face à une muraille de *duindoorn*, de l'argousier.

Tom avait été formel : Rob passait à travers. Et il devait bien être le seul du pays à le faire.

Rosita fit la grimace et s'avança d'un pas d'ours. Par où pouvait-il bien se faufiler ? Quel siphonné voudrait aller courir à travers des épines pareilles !

La détective, ne trouvant aucune entrée, perdit patience et se jeta dans le tas. Se protégeant du mieux qu'elle pouvait, elle avança en jurant, sentant les petits poignards végétaux lui griffer le pantalon, les pieds à travers ses chaussures, les bras. Puis les branches laissèrent place à un chemin de terre étriqué, sorti de nulle part, qui sinuait entre les feuillages et les dunes. La détective, silencieuse, concentrée à l'extrême, s'avança sur le chemin à petits pas d'inspecteur. Elle se retourna vers les buissons d'argousier et découvrit un passage, visible de ce côté mais pas de l'autre. Certainement celui par lequel Rob venait se glisser pour continuer sa course ici. Sur ce chemin qui, d'une manière ou d'une autre, lui avait été fatal. Rosita sortit de sa poche crayon et calepin. Elle gribouilla un plan et poursuivit sa route, tous les sens en alerte.

Un gros quart d'heure plus tard, elle surplombait le village. Rosita comprenait maintenant pourquoi Rob passait par là. Le sentier était fabuleux, dissimulé dans la végétation de plus en plus luxuriante à mesure que s'installait le printemps, avec une vue magnifique sur le village en contrebas. Il donnait l'impression d'une cachette, à l'abri des regards et offrant un œil sur tout le monde. Une forteresse naturelle, aux remparts de sable, imprenable. On y voyait loin sans aucune sensation de hauteur. Le sentier n'était pas très haut d'ailleurs, puisque Rosita pouvait distinguer sans peine les habitants des premières maisons en contrebas. Rosita regarda ses pieds. Elle devait s'y trouver. À l'endroit indiqué par Tom. Elle fit craquer son cou et nota dans son calepin, l'une après l'autre, dans l'ordre, les maisons qu'elle voyait le plus distinctement, accompagna la liste d'un plan sommaire numéroté, pour s'y retrouver plus tard. Ensuite elle observa le tout, comme un tableau. Un tableau de la vie ordinaire. Après un bon moment, Rosita Marcadet se remit en chemin.

## Chapitre 30 - L'étoile

Heleen Kaars était la seule de Beek aan Zee à aller se faire tirer les cartes chez la vieille Mrs Moss. Lorsque cette dernière s'était cassé la hanche, il y a une demi-dizaine d'années de ça, Heleen, comme tous les voisins de la dame anglaise, s'était relayée pour lui apporter un repas, passer un coup d'aspirateur et lui tenir compagnie le temps de son immobilisation. Selon le planning établi («proposé») par Beatrix van West, Heleen visitait sa voisine éclopée une demi-heure le mardi et le jeudi. Les deux femmes qui d'ordinaire n'échangeaient pas beaucoup s'étaient rapprochées au fil des visites, qui se firent plus nombreuses et plus longues que prévues. Mrs Moss n'avait jamais, de sa vie, rien demandé à personne. Devenir dépendante de ses voisins lui fut bien plus douloureux que sa chute dans sa salle de bain. Heleen, sans le savoir, avait été la seule à lui apporter de l'aide sans aucune espèce de commisération, ni de fausse modestie, sans jouer à l'infirmière ni à l'auxiliaire de vie. Elle ne paraissait pas aider, en vérité, mais simplement prendre le café, l'air de rien. Mrs Moss lui en fut si reconnaissante qu'elle proposa à sa voisine une séance de cartomancie. Heleen se laissa tenter, d'abord par politesse, puis par goût. Les séances devinrent très vite régulières.

— Est-ce que les cartes t'ont déjà menti, Heleen ?

Mrs Moss levait un sourcil contrarié.

— Menti, non, concéda Heleen, mais l'erreur est possible, pas vrai ? Même l'univers peut se tromper parfois.

— L'erreur est humaine, Heleen. L'univers, lui, ne se trompe jamais.

Perplexe, Heleen regarda la carte qui lui annonçait un nouvel amour. Il valait mieux ne pas contrarier sa vieille amie. La seule fois où Heleen avait osé se moquer des cartes en pleine séance, elle l'avait amèrement regretté. Depuis, elle ne s'était plus jamais moquée, et même si elle n'y croyait pas toujours, elle revenait se faire bercer par les séances de Mrs Moss. Elle retombait en enfance, comme lorsqu'elle somnolait, heureuse, en écoutant sa grand-mère raconter des souvenirs auxquels elle ne comprenait rien, caressant sa vieille main zébrée de veines bleues.

Mrs Moss était catégorique : cette carte de l'étoile, représentant une femme nue au bord d'un lac, qui répand de l'eau sur la Terre, signifiait deux choses pour Heleen : l'arrivée d'un amour, d'une période de découverte, celle d'un autre et d'elle-même, ainsi que l'annonce d'une étape nouvelle, une stabilité après la tempête.

— Je ne vois vraiment pas qui je pourrais rencontrer en ce moment, soupira Heleen.

Mrs Moss et Heleen Kaars savaient pourtant l'une comme l'autre que la rencontre avait déjà eu lieu.

# Chapitre 31 - Coulé

Il était plus de dix-sept heures et Rosita venait de se faire passer un savon téléphonique par le brigadier Jim Frigge. Ce dernier avait autorisé la détective, par amitié professionnelle, à rassurer Liesbeth sur les raisons qui avaient poussé Rob à se suicider, pas à affoler tout le village avec une histoire abracadabrante de meurtre! Qu'est-ce que c'était que ces manières! Semer la panique dans une bourgade tout ce qu'il y a de respectable! La cause de la mort avait déjà été confirmée par le médecin légiste, bon sang de choléra! Décès suite à la chute du toit, impact au sol fatal, sans trace de blessure préalable, d'empoisonnement, rien: terminé! Un meurtre… Du délire psychiatrique, oui!

S'en suivit un échange animé et des pourparlers intenses. Toute la diplomatie et la patience dont Rosita savait user ne purent pas grand-chose face à la résolution furieuse du brigadier: la détective était priée sur le champ de cesser toute activité de fouine illégale, sous peine d'être inculpée pour trouble à l'ordre public. Si elle avait une preuve tangible, à la limite, des empreintes suspectes, un mobile, un suspect… Mais là, rien ! En quatre jours d'enquête ! Bravo la France ! Si le but était de déstabiliser tout le village en tout cas, mission accomplie.

— Une empreinte, une preuve… se murmura à elle-même Rosita, après avoir raccroché, secouant la tête de consternation. Il se croit dans un épisode des *Experts à Miami* celui-là.

Rosita était sur le point de démêler un imbroglio pas possible, et on venait lui prendre le chou avec des histoires d'empreintes. Comme si personne n'avait appris à mettre de gants ou à déposer les empreintes de son voisin !

— Il est temps de passer à la vitesse supérieure, déclara-t-elle tout haut, en marchant d'un pas ferme vers le centre-ville.

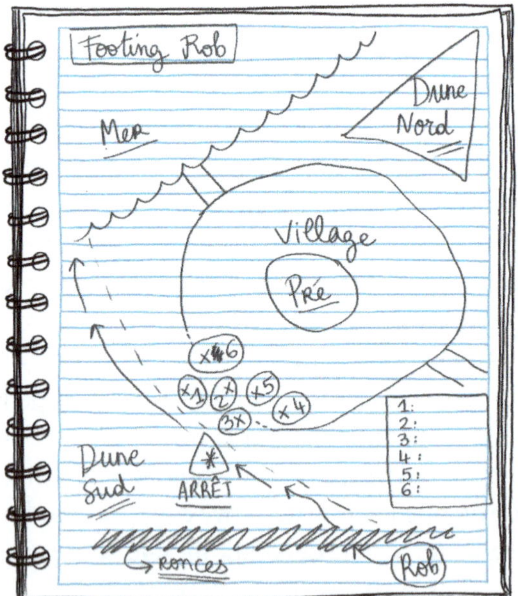

*

— Qu'est-ce que tu peux me dire sur ceux-là ?

Steven était assis sur un banc, face au Pré. Il avait reçu le texto de Rosita alors qu'il finissait de coder un programme de défense auquel pas plus d'une dizaine de personnes au monde n'auraient accès. Le temps de terminer, il avait rejoint la détective, comme elle le lui avait demandé.

— Comment ça ?

— Ces maisons, là, indiqua-t-elle de son index et, surtout, les gens qui y habitent, qu'est-ce que tu pourrais m'en dire ?

Steven froissa son visage trop pâle dans une moue interloquée. Il prit un instant pour réfléchir. Il ne les connaissait pas particulièrement bien, même si n'importe quel habitant du coin savait qui était qui, et qui faisait quoi. Le jeune homme lui déroula la liste des résidents qui intéressaient la Française, en partant des villas du fond.

— Il y en a quelques-uns que je croise à des fêtes de village, des barbecues ou ce genre de trucs, comme Otto le propriétaire du magasin de légumes et John, son mari anesthésiste. Il travaille dans le même hôpital où exerce Thessa. La villa là-bas appartient au patron de l'agence immobilière et sa femme au foyer ; celle que tu vois, là, avec les briques blanches.

Suivait ensuite la maison d'une ingénieure de la plus grosse aciérie du pays, « l'usine qu'on voit de la plage », et de son mari prof de lettres. Celle derrière était occupée par un couple d'octogénaires, puis une était vide, à vendre depuis un mois ou deux. L'ancien propriétaire, un restaurateur, avait rencontré en ligne une Norvégienne ou une Danoise et largué toutes les amarres pour rejoindre sa scandinave.

— Et celle située un peu plus haut, là, montra Steven du bout de son nez, c'est celle d'un banquier d'affaire et de sa femme médecin.

Il tourna la tête vers la place centrale :

— La meuf qui monte son frison, là, c'est leur fille. Charlotte.

Dans l'enceinte du Pré, une silhouette gracieuse et fière évoluait sur un étalon digne de Zorro, dont Rosita avait déjà eu l'occasion d'observer l'allure. Charlotte, la prof d'équitation du petit jour, montait cette fois-ci à la place de l'adolescent fâché que Rosita avait croisé tout à l'heure. Il n'était pas loin, puisqu'il se tenait derrière la barrière.

— Tu la connais ?

— Je lui ai donné des cours de maths, il y a longtemps.

— Précise longtemps.

— J'sais pas deux ans, genre.

— C'est bien ce que je pensais. On n'a pas vraiment la même définition de longtemps à ton âge et au mien.

— On n'est pas si éloigné l'un de l'autre que ça, je trouve.

Rosita rit avec bonne humeur. Depuis combien de temps n'avait-elle pas ressenti une telle tendresse envers un homme, si jeune soit-il ?

— Elle est comment, Charlotte ? C'est son poney qui lui donne cet air pimbêche ou c'est de naissance ?

Steven rit à son tour.

— Ah, elle a un sacré caractère, ça c'est sûr ! Mais est-ce qu'on lui en aurait fait le reproche si elle avait été un garçon ? Je veux dire, « l'air pimbêche », n'est rien de moins d'autre que de la confiance en soi, non ? C'est important d'être bien dans ses pompes.

— Tu as tout à fait raison, mon ami.

Sacré Steven.

— Quel âge a-t-elle ? demanda Rosita.

Steven hésita, se frotta la joue du plat de la main.

— Dix-sept, je pense. Oui, elle doit être en dernière année de VWO maintenant.

Devant la mine circonspecte de Rosita, Steven précisa :

— Juste avant les grandes études, en gros.

—Tu sais où elle est scolarisée ?

— Dans un lycée ultra chic de Haarlem, un des meilleurs du pays. À l'époque où je lui donnais des cours, elle était dans la classe de certains membres de la famille royale.

— Et le blond qui joue au palefrenier, c'est son copain ?

— Là, tu m'en demandes trop, Rosita, comment veux-tu que je le sache, je passe ma vie dans ma chambre derrière mon écran, tu te souviens ? lui rétorqua Steven, d'un œil goguenard.

*

Le bruit de verre brisé fit se retourner toute la salle. Ruben leva la main et inclina la tête.

— Tout va bien, seulement les risques du métier !

Ruben n'avait pas cassé un verre depuis Noël dernier. Il ressassait les histoires de Molly depuis qu'elle avait quitté son bar, plus tôt dans la journée. Vers quinze heures, à peine au quart de sa pinte, alors que Ruben n'avait même pas encore lancé la friteuse, Molly avait elle-même commandé des *bitterballen* et d'une voix qu'il ne lui connaissait pas avait ajouté :

— Ruben, je suis très embarrassée. J'ai un service à te demander.

— Bien sûr, Molly, dites-moi tout ! lui avait lancé Ruben, un peu inquiet.

En une fraction de seconde il s'était imaginé une maladie, un transport à l'hôpital, peut-être un proche à aller visiter, un voisin emmerdeur, une dette, pas un problème de jeux d'argent quand même ; la mafia ?

— Je voudrais que tu ailles à la mairie, pour moi, s'il te plaît.

*

— Vous n'avez jamais eu d'animaux chez toi ?

— Non, répondit Steven, sans comprendre. Sauf un phasme, quand j'avais huit ans.

— Drôle d'idée. Enfin, un chien, pour ta gouverne, quand tu es malade, malheureux ou en colère, il se barre. Dans son coin, sous la table, peu importe. C'est comme ça, on ne peut pas lui en vouloir, c'est un chien, il préfère les énergies positives. En revanche, un chat ! Tu peux être sûr que le jour où tu développes une dépression ou une saloperie, il le saura avant toi et viendra fissa te ronronner sur le ventre jusqu'à ce que tu pètes la forme. Ils sont comme ça les chats, ils font la photosynthèse de la tristesse.

— Excuse-moi, Rosita, mais je ne vois pas le rapport.

— Le rapport, patate, c'est que les Dolen ont un chat. Et que ce chat a disparu. Or, s'il n'était rien arrivé à ce chat, le matou serait en train de coller aux basques de sa maîtresse du matin au soir, vu son état. Alors tu me diras, il est parti chasser pour le week-end, il se fait une rando, il s'est perdu, il est coincé dans un garage, il a rencontré une copine…

— Ou il s'est fait renverser par une voiture…

— Voilà. Sauf que les coïncidences, dans une affaire de meurtre, la plupart du temps, ça n'existe pas.

— Qu'est-ce qu'il s'est passé à ton avis ?

La détective Marcadet avait cédé aux insistances de son autoproclamé Watson, et embarqué le jeune prodige des internets à participer à ses déductions. Tous les deux assis sur le banc face au Pré, ils ressemblaient à deux ados, de loin. De près, le faciès buriné de Rosita Marcadet ne laissait aucun doute sur la bosse qu'elle avait déjà roulée. Le jour qui descendait emportait avec lui la douceur de la journée, mais leur conversation les réchauffait suffisamment pour qu'ils ne s'en rendent pas compte.

— Voilà ce que je pense. Tu sais qu'on a épluché la montre de Rob Dolen. Eh bien, notre victime, une quinzaine de jours avant son vol plané, a marqué plusieurs arrêts inhabituels dans son parcours de jogging. À chaque fois au même endroit. La première fois, la montre enregistre une activité physique pendant l'arrêt. Rob doit sautiller sur place, faire des squats ou des rondades, peu importe. Lors du jogging suivant, même endroit, il s'arrête ; sauf que cette fois, la montre dit qu'il ne bouge pas. Que fait-il ?

— Pipi ?

— Je ne pense pas. D'autant que Rob Dolen n'a jamais l'habitude de s'arrêter pendant un jogging. Même pas pour sautiller, j'ai vérifié. Faire pipi, sur un parcours de 10 km ? Il préfère de loin une cystite, j'en suis sûre. Et pas de numéro deux non plus, j'ai poussé la déontologie jusqu'à aller vérifier dans les fourrés, figure-toi.

Steven fit la grimace et tenta une autre hypothèse.

— Alors il s'arrête pour boire ?

— Les têtes de mules comme Rob Dolen n'interrompent pas leur effort physique pour boire, tu penses. Ils s'équipent d'un tuyau à eau. Toujours pareil : hors de question d'altérer leur performance d'athlète. Je continue, poursuivit Rosita, l'air calme et déterminé. Jogging suivant, le troisième, deux jours plus tard. Même endroit, à nouveau, arrêt total des efforts. Cette fois, l'arrêt est plus long, quatre ou cinq minutes.

— Autant dire une performance de ratée, pour une tête de mule comme Rob Dolen, sourit Steven.

— Exactement ! s'exclama Rosita, enthousiasmée par son comparse et son esprit vif. Et encore pareil pour le jogging d'après ! C'est le quatrième jogging où Rob s'arrête au même endroit, pour ne rien faire.

— Donc pas de rencontre amoureuse secrète ou un truc du genre ? supposa Steven. Auquel cas la montre aurait signalé un effort physique, un battement de cœur particulier ou autre, non ?

— Je suis d'accord, approuva Rosita. Cette montre assure qu'il ne bouge pas d'un iota.

Steven se massait les tempes, plongé dans ses réflexions. Il lança :

— De toute façon, c'est pas comme si Rob rencontrait quelqu'un là-bas. A cet endroit-là, précisément… Ce chemin, personne ne l'emprunte à part lui, c'est sûr. Vu que tu perds la moitié de ta peau ou de ton manteau pour y accéder, fit-il remarquer en pointant son index vers les bras égratignés de Rosita.

— Je te confirme. D'autant que les habitants du coin ne me paraissent pas trop du type « aventureux-nature et sentiers de traverse », je me trompe ? gloussa Rosita.

Steven surjoua une mimique outrée puis pouffa.

— Si un chemin n'offre pas la possibilité de boire un café tous les cinq cents mètres, il est catalogué comme radioactif.

Rosita hocha la tête.

— Dans une enquête, en général, l'hypothèse la plus vraisemblable est toujours la plus vraisemblable. À savoir : vu l'heure et l'endroit, il n'y avait ici que Rob, sa montre et sa frontale.

Achevant de retracer le planning de la victime, elle ajouta :

— Enfin, cinquième jogging, Rob Dolen sautille sur place, cette fois, il n'arrête pas son exercice. Il reste en place à peine une minute, puis il reprend son parcours.

— Pas besoin de s'arrêter ?

— Pas besoin de s'arrêter.

— Hum... mais qu'est-ce que tout cela nous apprend, au juste ?

Steven haussait les sourcils, tentait en vain de déduire ce qui semblait être une évidence pour sa nouvelle amie. Celle-ci lui développa son raisonnement.

— Mon idée, c'est qu'au premier arrêt, Rob Dolen remarque quelque chose. Quelque chose qui le dérange. Au début il n'est pas sûr, il sautille, se dit qu'il doit se tromper, ou peut-être qu'il ne voit pas bien. Bref, il poursuit son chemin. Jogging suivant, ça recommence ! Cette fois, il s'arrête car il est interloqué, surpris. Peut-être inquiet. Ce qui se passe dans sa tête, nous ne le saurons jamais, mais ce qu'il voit le turlupine suffisamment pour qu'il arrête de courir. Et qu'il arrête de sautiller. Il ne fait rien d'autre que d'observer.

— Pareil au jogging suivant, puis à celui d'après, enchaîna Steven, déroulant le fil tiré par Rosita. Rob remarque quelque chose, il s'arrête pour regarder, plus longtemps encore.

— Rob doit être furax : voilà déjà quatre joggings qu'on lui bousille ! Pas question qu'il y en ait un de plus ! Comme il ne modifie pas son parcours – pourquoi serait-ce à lui de s'adapter – il fait en sorte que ce qui le dérange cesse. Entre le quatrième et le cinquième jogging, il a dû tenter quelque chose, afin que la turbulence disparaisse séance tenante.

— Et c'est pourquoi, au dernier jogging, il n'arrête pas son effort, il sautille simplement sur place pour vérifier qu'il n'y a plus rien à voir. Que c'est fini, en conclut le jeune homme.

— C'est mon idée.

Steven se fourra les mains dans les poches et remarqua, assez dubitatif :

— Je ne vois pas ce que le chat vient voir là-dedans.

Rosita se leva, se rapprocha du Pré pour observer le Frison au loin et, se retournant vers Steven, lui affirma :

— Je pense que la personne dérangée dans ses petites affaires s'est vengée sur le chat Dolen. Comme cela n'a pas suffi, elle s'est vengée sur Dolen directement. Définitivement.

Pendant un instant qui parut très long à Steven, ils ne dirent plus rien. Le fantôme de l'homme réputé invivable et néanmoins assassiné flottait au-dessus de leur tête.

— Qui est-ce que Rob Dolen a pu énerver, à ce point-là ? chuchota le jeune homme d'une voix blanche.

— Et surtout : qu'a vu Dolen ?

## Chapitre 32 - L'asperge et la pomme de terre

Molly Moss se réveilla en sursaut. Elle flotta un instant, la bouche pâteuse. Elle cligna ses yeux secs et peina pour rassembler ses esprits. Du bout de ses doigts fins, elle gratta l'accoudoir de son fauteuil moutarde. Retrouver la sensation familière des minuscules stries de velours. Molly prit une grande inspiration, soupira. Depuis quelque temps, elle s'endormait sans s'en rendre compte en journée ; avant de se réveiller brusquement, déboussolée. Ces moments d'absence ne duraient pas longtemps, heureusement, mais suffisamment pour qu'elle se sente vieillir un peu plus à chaque fois. Était-ce pour cette raison qu'elle s'était confiée à Ruben ? Parce qu'elle se sentait vieille ? Une urgence d'être écoutée avant de disparaître ? Mrs Moss se cramponna à son fauteuil pour se hisser sur ses deux frêles bâtonnets de jambes. Il fallait qu'elle sorte. Qu'elle prenne l'air. *Uitwaaien*, comme on dit ici, que le vent emporte ses soucis. Que ses pensées s'envolent et la laissent tranquille. Enfin debout, le sol sembla se dérober sous ses chaussons. Mrs Moss se hâta d'atteindre la table à manger, à petits pas nerveux et les mains tendues. De quoi s'agripper. Se casser de nouveau la figure était hors de question, *bloody hell.* S'épancher ainsi lui avait fait tourner la tête. Elle ne se sentait plus la même depuis l'arrivée de Rosita à Beek aan Zee. Le jour où son œil attentif avait aperçu une nouvelle cliente attablée chez Ruben. *Elle ne vient pas du coin, elle*, avait songé Molly. Trop courte sur pattes. Des habits trop sombres. Des cheveux trop secs, aussi. Un air trop détaché. *Cette femme se fiche royalement du regard des autres,* avait pensé Molly. De fait, elle ne pouvait pas être du coin. Voire, pas même des Pays-Bas. À bien y réfléchir, depuis son arrivée en terre batave, Molly Moss n'avait observé cet air nonchalant que chez une seule autre personne. Dora van Nutten. La seule évocation de ce nom si longtemps mis de côté suffit à ressusciter de vicieux fantômes.

*

La nuit était tombée. Elle était plus sombre ici qu'ailleurs. L'obscurité rendait les intérieurs éclairés des habitations d'autant plus visibles depuis la rue, à travers leurs immenses fenêtres. La vie ordinaire des uns et des autres se jouait derrière elles. La plupart des villageois étaient lovés dans leur canapé, devant leur télé. D'autres sur leur ordinateur ou leur téléphone portable, certains sur les trois en même temps. Le repas était déjà terminé, les Néerlandais dînant aux alentours de dix-huit heures. Les lampadaires de Beek aan Zee rappelaient à Rosita ceux des films de Woody Allen. Ces chandeliers de fer forgé à la lueur orangée, au halo doux et romantique. Pas de quoi reconnaître sa voisine à plus d'un mètre, mais d'un charme inégalable. À l'intérieur des foyers, en revanche, les appliques, les lampes et autres luminaires fonctionnaient à plein régime. Les Néerlandais, à l'instar des scandinaves, attachaient un soin tout particulier à rendre leur cocon le plus chaleureux et le plus lumineux possible. Vu la météo locale, ils étaient en effet susceptibles d'y passer pas mal de temps.

Une fois les dernières villas dépassées, Rosita s'enfonça dans les dunes, où il n'y avait plus de lampadaires du tout. À la lampe torche de son téléphone portable, elle atteignit le chemin de Rob Dolen, sans trop de difficulté. Elle savait désormais où mettre ses Pataugas. Arrivée au point stratégique, là où Rob avait vu quelque chose, elle revint sur ses pas, sur une trentaine de mètres. Ce passage marquait la dernière étape du parcours de jogging, la dernière boucle avant que Dolen ne rentre chez lui, via la plage. Cette dernière boucle avait aussi signé son arrêt de mort, d'une façon ou d'une autre. Rosita en était convaincue. La détective appuya son téléphone en plein milieu de son front, comme si elle portait une frontale, et se lança à l'allure qu'elle estimait être celle de feu Rob Dolen. Le faisceau lumineux balayait de gauche à droite, Marcadet fixait le chemin droit devant elle. Elle pouvait voir du coin de l'œil les villas en contrebas, mais les lumières du village n'attiraient pas son attention. Or on pouvait estimer que Dolen n'aurait pas dévié son regard du chemin pour rien. Pas question d'admirer le paysage, au risque de se tordre une cheville. Il n'était plus tout jeune. Comme Rosita, Rob aussi devait penser à son corps vieillissant, aux accidents bêtes, aux immobilisations insupportables. La détective arrêta sa course. Elle retourna à l'endroit où Dolen s'était immobilisé. L'écran de son téléphone portable affichait dix-neuf heures vingt-neuf, une heure plus tard par rapport à celle à laquelle Dolen venait courir. Zut, elle aurait dû se dépêcher, venir exactement à la même heure que lui. *La méthode, Marcadet, la méthode!* Soudain, un flash la tira de ses pensées et lui fit aussitôt tourner la tête vers la provenance lumineuse. Par réflexe. Le cœur battant la chamade, Rosita eut à peine le temps de comprendre.

À travers la fenêtre d'une des villas en contrebas, une énorme horloge murale avait émis une sorte d'appel de phare violet. Rosita avait machinalement tourné le regard dans cette direction. L'horloge marquait la demi-heure! Elle était aussi grosse qu'une horloge de gare, assez ridicule avec ses chiffres phosphorescents et ses aiguilles en néon. Un de ces trucs néo-industriel-tendance qu'on voyait dans les cafés branchés. Rosita n'aurait pas cru un jour jubiler autant grâce à un gadget aussi laid. Dolen courait ici toujours à la même heure, et bien qu'il en ait probablement l'habitude, il devait à chaque fois, mécaniquement, tourner la tête vers l'horloge. C'était aussi bête que ça. Ça l'était toujours.

— Rosita?

La voix étouffée de Steven lui parvint à travers les sombres arbustes.

— Qu'est-ce que tu fabriques ?

— Je n'allais pas t'abandonner en si bon chemin !

*Quelle tête de mule lui aussi.*

S'égratignant au passage, le jeune homme se fraya jusqu'à la détective, qui lui fit part de sa découverte. Steven n'en crut pas ses oreilles. Toute cette histoire aurait pour origine la grosse horloge du primeur Otto et de son mari John, gagnée à la tombola de l'hôpital l'année dernière !

— Mais du coup, qu'est-ce qu'il a vu, en tournant la tête, Rob ?

— J'allais m'y pencher juste avant qu'une grande asperge ne m'interrompe !

La grande asperge néerlandaise et la petite pomme de terre française se placèrent côte à côte et, dans un silence d'église que le bruissement des feuillages rendait plus grave encore, ils se mirent à observer les villas. Sans aucun doute, ce qui attirait le regard tout de suite, en dehors de l'horloge, c'était la villa contemporaine, en contrebas de la dune. Une demeure de plusieurs centaines de mètres carrés qui détonnait encore plus vue de haut. Du niveau de la rue, la villa était déjà très impressionnante, avec ses lignes d'architecte, ses verrières et sa taille peu commune. Vue depuis la dune, on remarquait de plus qu'elle était construite autour d'une ancienne maisonnette en pierre et d'une tourelle. La partie contemporaine n'était qu'une extension au bâtiment d'origine.

— C'est fou qu'on puisse aussi bien voir chez les gens, même la nuit. Je n'y avais jamais vraiment prêté attention, chuchota le jeune homme, comme si quelqu'un aurait pu les entendre.

— Pour un fouineur 3.0, c'est un comble.

La villa jouissait d'un éclairage important. Un hôtel de luxe n'aurait pas été plus illuminé. Même les différentes parties du jardin entretenu à l'anglaise était soulignées avec élégance par des spots et des boules lumineuses de plusieurs tailles. De l'autre côté, après une cour de sable délimitée par un muret de style provençal, une écurie miniature, pour deux ou trois chevaux.

— Qu'est-ce qui te frappe, Steven ? interrogea Rosita.

Son disciple prit le temps de la réflexion et répondit, lentement :

— C'est sûrement dans cette villa que Dolen a vu quelque chose.

— Mais encore ? poursuivit-elle, socratique.

Steven jouait le jeu avec autant de sérieux qu'un enfant. D'ailleurs, il ne jouait pas au détective, en cet instant, il en était un.

— Je vais suivre le tracé du regard, annonça-t-il. Rob Dolen regarde le chemin, puis tourne la tête vers l'horloge et enfin retourne la tête vers le chemin, droit devant. Si on suit ce tracé, le champ de vision balaie :

- le jardin d'Otto et John qui n'a pas de lumière
- deux pièces de la grande villa
- le jardin éclairé de la grande villa
- et la dune de nouveau.

Les deux pièces qu'on balaie du regard sont le salon sous la verrière et le bureau qui ressemble à une bibliothèque dans la tour. Rob a dû apercevoir quelque chose dans l'une ou l'autre de ces pièces, ou dans le jardin. À moins que le jardin d'Otto et John ne soit allumé d'habitude, auquel cas il aurait pu y voir quelque chose là-aussi.

— Tu m'as bien dit que la villa appartient à un banquier et à une femme médecin, c'est ça ?

Steven confirma :

— Les parents de Charlotte, oui, la fille des cours de maths.

— C'est quoi comme médecin, elle consulte sur place ?

— Elle est cardiologue. Elle bosse à l'hôpital, ça c'est sûr, mais il me semble qu'elle reçoit aussi chez elle sur rendez-vous, oui, répondit d'un timbre peu assuré le jeune homme.

Avant d'ajouter :

— Il me semble avoir déjà croisé un ou deux patients dans la villa quand je donnais des cours à Charlotte.

Rosita, de la main qui ne tenait pas le téléphone-lampe torche, s'était mise à se brosser les cheveux nerveusement. Ses doigts potelés venaient et viraient à travers les mèches emmêlées bien que soyeuses grâce à René. Ses mouvements frénétiques ressemblaient à ceux provoqués par un toc. Steven fut soudain ramené à la réalité. Sortir de son petit jeu de rôle lui provoqua un léger malaise. Il se trouvait en pleine nuit avec une femme qu'il ne connaissait pas la semaine dernière, à enquêter illégalement sur le meurtre d'un de ses voisins. Pourvu que Rosita ne lui propose pas d'entrer par effraction dans la villa ou chez Otto.

De leur perchoir, Steven et Rosita aperçurent dans la bâtisse une silhouette entrer comme une furie dans le salon, suivie d'une autre.

— Charlotte et sa mère ! On dirait qu'il y a de l'eau dans le gaz !

Steven et Rosita ne pouvaient rien entendre, mais il était clair que la dispute entre la mère et la fille s'avérait épique. Charlotte lançait les bras en l'air, pointait sa mère du doigt, s'essuyait le nez, les yeux. On aurait dit qu'elle était sur le point de se rouler par terre. Sa mâchoire semblait disloquée à force de hurlements a priori dépourvus de mot d'amour. Rosita reconnut face à l'adolescente la silhouette rapide et sportive de la joggeuse blonde aperçue plusieurs fois. La soudaine et redoutable gifle que celle-ci asséna à sa fille confirma la première idée que s'en était faite la détective. Cette femme possédait une excellente forme physique. Charlotte avait volé par terre sous le coup de sa mère, complètement hébétée.

— Putain ! souffla Steven, portant la main à sa propre joue.

— Je croyais les parents ici très branchés éducation positive, railla Rosita.

Steven ne répondit rien, les yeux ronds et rivés sur Charlotte, qui se relevait déjà. Elle alla récupérer son téléphone deux mètres plus loin et quitta la pièce sans un regard pour sa mère.

— Si tu es ado et que tu veux rencontrer quelqu'un en secret ici, tu vas où ? débita à toute vitesse Rosita.

Steven balbutia des syllabes indécises.

— Par pitié, Steven, réfléchis ! Un square ? La plage ? Un bunker abandonné ? Mais oui ! se répondit-elle à elle-même : Le bunker !

Sans demander son reste, Rosita se mit à courir vers la mer, poursuivant le chemin de Rob Dolen. Le temps de comprendre, Steven s'élança à sa poursuite en lui criant :

— Attends-moooi !

*

— Je ne comprends pas pourquoi on n'est pas allé leur parler, grommela-t-il en enfournant cinq frites dans sa bouche déjà bien remplie.

Quoi que pouvait en penser Sarah, les frites de Ruben étaient sans conteste les meilleures de tout le pays. Le délice de sa mayonnaise, inégalable. Ruben avait en outre gardé de sa formation de barman à Madrid la tradition de fermer sa cuisine à vingt-deux heures, ce qui en faisait donc le seul bar-restaurant du coin à servir encore à manger lorsque Rosita et Steven s'y attablèrent.

— Tu le sais très bien, Steven, lui répondit Rosita entre deux bouchées de croquette végétarienne. Ne surtout pas dévoiler son jeu avant l'heure, au risque de tout saboter !

— En attendant, on ne sait toujours pas ce que Rob a vu ! souffla Steven, aussi vexé que déçu.

Il prenait garde cependant de pas trop élever la voix, le bar était assez rempli. La Française et son jeune ami ne manquaient pas d'attirer les regards et les commentaires.

La détective faillit s'étrangler de rire. Elle but une gorgée de Spa rood (l'eau gazeuse au bouchon rouge, *rood*, vendue aux Pays-Bas) pour faire passer et fixa Steven de ses yeux moqueurs.

— Évidemment, qu'on SAIT !

Steven déglutit. À la moue que lui lança Rosita avant de retourner à sa croquette, l'amateur de frites comprit qu'insister serait sans effet. Il n'apprendrait rien de plus pour l'instant. Comme c'était rageant ! Pourquoi n'arrivait-il pas à déduire ce qui était clair comme de l'eau de dune pour Rosita ?

Puisque la détective semblait à présent totalement absorbée par sa croquette à la moutarde sur pain brun, Steven en profita pour retracer dans sa tête le cours de la soirée. Traquer cette évidence qui n'avait pas échappé à la femme assise face à lui.

Ce matin, la détective l'avait confronté à la vérité à propos de sa mère. Ce matin… Leur discussion lui paraissait déjà loin. Il s'aperçut soudain combien parler à Rosita l'avait soulagé. Le reste de la journée lui avait moins pesé qu'à l'accoutumée. Pendant toute la soirée, il n'avait pas pensé une seule seconde ni à sa mère ni à son métier, ses deux plus importantes sources d'angoisse.

Rosita ne lui prêtait toujours aucune attention, ce qui aurait pu être blessant mais lui permettait de poursuivre le fil de sa pensée.

La policière lui avait demandé des informations sur les habitants des villas situées en contrebas de la dune sud. Logique, puisqu'elle cherchait qui Rob avait pu observer depuis son perchoir. Elle lui avait demandé des détails sur Charlotte et son éventuel copain, elle se doutait donc déjà de quelque chose… Depuis la dune, ils avaient tenté de comprendre ce que Rob avait pu découvrir. Par hasard, ils avaient assisté à la gifle mère-fille la plus spectaculaire de l'année, pour ensuite courir au bunker sur la plage. Où ils discernèrent à grand'peine Charlotte et son copain, le blond qu'ils avaient déjà vu tout à l'heure au Pré, quand Charlotte montait à cheval. Les deux adolescents s'étaient pris la tête dans le bunker. Mais ni Steven ni Rosita n'avaient pu comprendre un traître mot de leur discussion animée.

Rosita lança sans préavis :

— Oui, franchement, c'est la seule explication logique. La seule explication qui vaille, donc c'est la bonne.

Steven abandonna. Il n'avait pas la moindre piste d'explication possible. Heureusement qu'il restait les frites de Ruben.

De l'autre côté de la vitre, le patron du bar les observait. Honteux de les avoir servis comme si de rien n'était, sachant qu'il avait accepté quelques heures plus tôt sur demande de Molly Moss une visite à la mairie de Beek aan Zee. Pour rechercher l'acte de naissance de Rosita Marcadet.

*

Après leur dîner, Steven et Rosita marchèrent côte à côte. Ils se dirigèrent d'un commun accord silencieux en direction de la mer. Le ciel d'encre était irradié par une lune presque pleine, dont le reflet dansait entre les clapotis de l'eau. La plage était déserte. Steven n'avait pas envie de rentrer. Il se demanda si Charlotte était de retour chez elle ou si elle se terrait encore avec son copain dans le bunker.

— Tu as donc résolu tout le mystère ? demanda-t-il doucement à Rosita qui fixait l'horizon.

— Quasiment… Oui, quasiment. Mais pas complètement. Allez, il est temps d'aller se coucher, conclut-elle en prenant le bras de son jeune acolyte, les guidant tous deux vers le centre-ville.

Steven ressentit un frisson malgré lui. Depuis combien de temps n'avait-il pas eu de contact physique avec quelqu'un ? Ses parents n'étaient pas du type câlin, une tape dans le dos à l'occasion. Avec ses potes, c'était pareil. Depuis combien de temps n'avait-il pas vu ses potes ? Cette dernière mission pour le boulot l'avait mis par terre. Il commençait à peine à mesurer à quel point elle l'avait abîmé. On lui avait promis qu'il n'aurait plus à s'occuper des dossiers de traite d'enfants et de pédopornographie avant au moins deux ans. Il avait refusé l'assistance psychologique pour digérer les images qu'il aurait gravées en mémoire toute sa vie. Il appellerait le psy plus tard. Quand il serait prêt à mettre des mots dessus.

— J'y pense, d'un coup… dit-il soudain alors qu'ils approchaient de sa rue, en fait c'est peut-être tout con, cette histoire. Le truc classique.

Rosita sourit, lâcha le bras de Steven pour croiser les siens et s'adossant contre une grille, le mit au défi de la surprendre.

— Je t'écoute, Watson.

— Alors voilà. En fait, Rob Dolen a vu un truc à la con, du type Charlotte en pleine action avec son Roméo sur le canapé à trois briques de ses parents. Rob Dolen se rince l'œil les joggings suivants, avant que les amoureux ne décident de changer de lieu de rendez-vous. Manque de bol pour Rob, qui ne peut plus les observer, mais dans le fond pas grave, puisqu'il est amoureux de Liesbeth. C'est ce que tu m'as dit, non ?

— C'est ce que je t'ai dit, confirma Rosita, amusée.

— Ce soir, Charlotte se prend une mandale parce que sa mère psychorigide a compris qu'à l'endroit où elle s'installe tous les soirs avec son verre de blanc devant la télé, c'est l'endroit où le mec de sa fille pose ses fesses toutes nues pour la câliner. La mère trouve ça dégueu, son beau canapé souillé, elle perd la boule. D'autant que le père, lui, est amoureux de sa banque. Comme il préfère passer ses soirées au siège d'ING plutôt qu'avec sa femme, ça la rend encore plus à cran, la maman. Après ça, Charlotte se réfugie auprès de son amoureux dans le bunker pour lui dire de trouver un autre nid d'amour, elle ne veut plus se prendre de tarte.

— Et la mort de Rob alors, qu'est-ce que tu en déduis ? Un banal suicide ?

— Non… En fait, c'est Thessa… Thessa qui veut s'enfuir avec son amant, partir avec le pactole de son mari despotique, une assurance-vie par exemple. Loin de moi l'idée de la juger, après tout, elle se l'est tapé pendant vingt piges, elle a droit au bonheur.

— Mais comment a-t-elle fait? renchérit la détective, très amusée.

— Déjà, elle a dû faire option théâtre au lycée, parce que niveau acting, elle mérite un Oscar. Elle pousse même la minutie jusqu'à laisser ce papier ridicule, « Tu m'as brisé le cœur Thessa », afin de brouiller les pistes, si jamais.

— Tu te trompes, mon ami. Ce papier, elle ne l'a jamais montré. Je t'en ai parlé en confidence, je te le rappelle. Elle l'a gardé avec elle, personne d'autre ne l'a vu.

— Oui, enfin, tu vois ce que je veux dire. Elle joue toute une mascarade pour incarner l'épouse éplorée et terrifiée. Alors qu'en fait, elle est libérée d'un tyran et devient seule détentrice d'un compte en banque très intéressant. Je te parie que Rob Dolen était le pire radin et qu'il faisait fructifier ses sous comme si son capital santé en dépendait.

— Admettons, concéda la détective qui se remit progressivement en route.

Elle se retourna vers Steven et lui demanda :

— Dernier problème : comment Thessa parvient à le faire se jeter du toit ? Tu l'as bien vue dans la salle comme nous ! C'était même la première à se précipiter dehors et à hurler (jouer, selon toi) sa terreur ! Même si elle possédait le don d'invisibilité, elle n'aurait pas pu faire l'aller-retour du toit jusqu'à la salle, l'intervalle de temps était bien trop réduit.

— Elle aurait pu acheter sur le darknet une drogue superpuissante, ou payer quelqu'un pour porter son mari jusqu'en haut et le balancer... Y a plusieurs possibilités, non ?

— Peut-être, sourit Rosita. En attendant, te voici arrivé.

Les bras ballants, Steven sembla découvrir seulement maintenant qu'ils se tenaient effectivement devant la grille de chez ses parents. *Encore ce regard de veau perdu*, songea la détective.

— Allez va, je t'appellerai demain matin, lui dit-elle en lui donnant une tape amicale sur l'épaule.

— Tu peux m'appeler avant, si tu veux, glissa-t-il, avant de s'éclipser vers la porte d'entrée.

*

En retournant sur ses pas pour rejoindre son appartement, le téléphone de Rosita indiqua un nouveau mail. Elle n'eut pas besoin de déverrouiller l'écran, qui n'était protégé par aucun code. Rosita aurait à peine su comment faire. La lampe torche, internet, les mails, les appels et les textos suffisaient bien ainsi. C'était déjà énorme, pour un rectangle en aluminium. Elle s'arrêta de marcher pour lire.

« *Objet : compte Instagram*

*Capitaine Marcadet bonjour,*

*Vous n'êtes peut-être pas sans savoir qu'un compte de fans à votre sujet circule sur Instagram. Nous n'imaginons pas que vous puissiez en être l'autrice, mais enfin, si vous avez quelconque information à ce sujet, merci d'avance de nous les faire suivre. Il semblerait qu'une fuite ait permis à l'auteur (aux auteurs ?) dudit compte d'évoquer la gifle… Pas de quoi s'affoler pour le moment, mais nous aimerions clore le compte au plus vite.*

*Il semblerait que vous soyez aux Pays-Bas ? Profitez bien des tulipes, si c'est la saison, je n'en sais rien. Vous revenez quand vous voulez, comme d'habitude. Dans pas trop longtemps ?*

*Bien à vous,*

*Commissaire Ruzi* »

Compte Instagram, divulgations, gifle, Pays-Bas. Les informations circulèrent à travers son corps comme un courant électrique. Rosita se mordit les lèvres, appuya sur l'icône messagerie de son téléphone. Ses doigts tapotèrent lentement.

« *Tu vois, peux pas me passer de toi. Possibilité rend service tout de suite ? Si OK je explique, je t'appelle. Pas compliqué.* »

Lorsque Steven reçu le texto de Rosita Marcadet, il éclata de rire. Même sa grand-mère de quatre-vingt-huit ans lui envoyait des textos plus aguerris.

Rosita ne riait pas. Elle marchait à grandes enjambées, le visage tiré.

*

Madame Zimmermann s'apprêtait à fermer ses rideaux lorsque du mouvement inhabituel attira son attention. De sa fenêtre, elle aperçut, dans sa rue, la *Zeestraat*, une petite femme énervée parler toute seule et se mettre à secouer un panneau de circulation. Madame Zimmermann soupira.

— Les temps sont durs, dit-elle à son chat, installé sur le lit.

Elle tira ses épais rideaux de jacquard en expliquant à son matou que l'alcoolisme était une vraie plaie, que les chats, grâce à Dieu, ne connaîtraient jamais. Elle alluma la télé face à son oreiller et se contorsionna jusqu'au lit, prenant garde de ne pas déranger Moustache, qui mettait un point d'honneur depuis son plus jeune âge de chaton à occuper un maximum d'espace literie.

# Chapitre 33 - Tic Tac

**Vendredi 15 mars**

Un grognement d'ourse des Pyrénées retentit sous la couette. La main de Rosita s'en extirpa, tâtonna et réussit à attraper le téléphone posé sur la table de nuit.

*« Appels manqués : 5 – Anita van West »*

Au-delà de trois appels avant huit heures du matin, soit c'est une urgence, soit c'est du harcèlement, délit rarement puni par la loi, hélas Rosita pencha pour la deuxième option. Elle grommela, enfila un sweet rouge à capuche siglé « ESF – école de ski française », relique d'une enquête mémorable. Après quelques vocalises, elle rappela sa cliente. Sa patronne, corrigerait Anita, si on lui demandait son avis.

Rosita eut à peine le temps d'un « allô » qu'elle se prit une déferlante de reproches. Voilà deux jours qu'Anita essayait de la joindre, on n'avait aucune nouvelle de sa soi-disant enquête et qui consistait en quoi exactement ? Pourquoi la payait-on ? Pour prendre du bon temps avec les ados du coin ? Se pavaner en ville, dîner aux chandelles avec le fils Vernink, ça, pas de problème ! Résoudre le MEURTRE au sujet duquel on lui avait déjà grassement alloué une enveloppe, en revanche, plus personne ! Est-ce que c'était la coutume en France ? Payer les gens à se la couler douce ? Pourquoi ne répondait-elle rien ? Où en était l'enquête, bon sang ?

Rosita écoutait Anita vider son sac d'une oreille distraite. Elle s'était levée, étirée. Elle baillait comme une loutre quand son regard fût surpris par le miroir face à elle. Rosita soupira devant ce visage gris aux traits tirés, aux cernes de compétition et aux joues tombantes, devenu peu à peu le sien. Elle avait souvent du mal à se reconnaître et elle évitait les miroirs autant que possible. Plus par désintérêt qu'autre chose. Elle avait mieux à faire. Parce qu'elle se sentait plutôt bien dans ses Pataugas, du moment que ses genoux la laissaient tranquille. Rosita passa son chemin, attrapa le jean sur la chaise en route vers la cuisine.

— Allô, y a quelqu'un ???!!, hurlait Anita hors d'haleine à travers le smartphone.

— Retrouvons-nous au plus vite ma chère, cela sera plus simple. Je dois faire un saut à la gare de Beverwijk. C'est bien la gare la plus proche d'ici, n'est-ce pas ?

Décontenancée par le ton parfaitement calme de la détective et sa question sans aucun rapport avec l'enquête, Anita bafouilla :

— Oui, en effet, mais enfin je ne vois pas…

— Tous les ados passent par là pour rejoindre leur école, non ? Il n'y a pas de lycée à Beek aan Zee n'est-ce pas ?

— Euh oui, oui, la plupart des ados passent par la gare, il n'y a pas de lycée au village mais je ne…

— Parfait merci Anita, alors disons rendez-vous devant la gare dans une grosse heure. Je serai sûrement à l'heure, à dix minutes près peut-être. À bien vite, Anita !

Rosita raccrocha, laissant sa cliente pantoise à l'autre bout du sans-fil.

*

# Chapitre 34 - Un parfum de cigarette

John sortait du bureau de la direction de l'hôpital Rode Kruis, les yeux cernés. Ces abrutis allaient finir par le dégoûter de venir bosser. Comme si on faisait exprès de s'étaler par terre, devant tout le monde, dans les couloirs, de bon matin ! Comme si fracturer la clavicule du pauvre Monsieur Capocchi figurait au top 3 de ses hobbies ! John hésita entre appeler Otto pour vider son sac ou au contraire s'abstenir de tout commentaire et s'éviter ainsi les déblatérations de son mari sur les failles du système de santé et de celles de Rode Kruis en particulier. John inséra vingt centimes dans la machine à café. Dernier jour avant le week-end… Ce vendredi clôturait une belle semaine de merde. Hier, il s'était repassé dans sa tête toute la journée le film de sa chute. En bande originale : le bruit de la clavicule brisée de Monsieur Capocchi au moment de l'impact. Horrible. Voilà qu'aujourd'hui on l'accuserait presque d'être volontairement tombé !

— Mais allez-y franchement : demandez-moi de régler l'addition ! s'était-il emporté face à l'attachée de direction de l'hôpital et deux médecins choisis « au hasard » pour se donner l'air d'une commission officielle.

Ridicule. Au moins, il ne s'était pas laissé démonter. En plus, de tous les médecins du centre, choisir Caroline. Franchement. Ne pas saquer ses voisins, c'est dommage. Se taper sa connasse de voisine également sur son lieu de travail relevait carrément de la torture.

Depuis ses premiers jours d'interne jusqu'à son poste de chef anesthésiste réanimateur de Rode Kruis, John avait détesté de ses tripes chaque chirurgien cardiaque croisé sur son chemin. Aucune raison que Caroline Verhagen n'échappe à la règle. Se la péter pour pouvoir découper des corps sans faire une syncope, soit. Un ego musclé en médecine faisait partie des compétences requises. Mais les chirurgiens cardiaques… Cette race-là (« Oui Otto, c'est une race ! » lui avait-il rétorqué lors de leur premier rencard), bref ces gens-là débarquaient d'une autre couche de la stratosphère. Une couche depuis laquelle le reste du monde, en bas, se composait exclusivement de cloportes indifférenciés. Une dimension où l'on se prenait pour l'incarnation du divin sur la Terre, où l'on écrivait soi-même les lois, l'Histoire, le monde. John détestait de tout son être les cardiologues, qui en fin de compte, n'effectuaient qu'un travail de mécanicien. Des tubes à connecter, des pinces à poser, des huiles à vider. Endormir des gens et les ramener à la vie, ne résidait-il pas plutôt là, le travail divin ?

*

La gare de Beverwijk ne représentait pas exactement l'épicentre du trafic ferroviaire hollandais. Une placette dallée, deux portes vitrées coulissantes, une grande horloge et quatre voies. En débarquant aux Pays-Bas il y a quelques semaines, Rosita était descendue à Rotterdam et y avait loué une voiture. Elle n'avait donc encore jamais eu l'occasion de mettre un pied ici, dans ce hall exigu qui lui rappelait celui du pont Cardinet, à Paris. De surcroît, à part un ou deux voyageurs sur l'un des deux quais qui attendaient le prochain train pour Haarlem, la gare était vide. Pas de guichet, seulement des automates vendeurs de billets. Pas de contrôleur. Pas d'agent de sécurité. Marcadet grommela. La journée démarrait fort en grommelons.

On était tellement habitué en France à voir partout des agents, des policiers, des CRS ou des militaires Vigipirate que Rosita imaginait forcément trouver au moins un employé ici. Mais non. Personne pour la renseigner. Seulement trois caméras dont il faudrait des heures et douze signatures officielles pour récupérer les images, si celles-ci n'étaient pas automatiquement effacées toutes les semaines, faute de bandes.

La détective regretta de ne pas fumer. Certains moments s'y prêtent bien. Elle repassa par les portes vitrées et ressortit sur l'esplanade côté rue. Elle avala une goulée d'air frais. Dos à la gare, elle observa en clignant les yeux des nuages qui s'amoncelaient. L'humidité lâchait ses volutes glaciales. Une odeur de

Marlboro rouge lui fit tourner la tête sur sa droite. Rosita ne fumait pas mais reconnaissait presque toutes les marques de cigarettes à l'odeur. La placette où se situait la gare comptait également un fleuriste (fermé) et une auto-école, devant laquelle un instructeur prenait sa pause-clope. Le visage de Rosita s'illumina.

*

— Bonjour !

— Salut.

L'instructeur, court sur pattes, bedonnant, devait avoir une cinquantaine d'années, le sourire professionnellement charmeur et pour habitude de fixer les seins de ses interlocutrices, vu le sans-gêne invraisemblable avec lequel il se noyait dans la poitrine de Rosita.

Elle n'avait tellement pas l'habitude de se faire reluquer de la sorte qu'elle ne sut trop comment réagir, et préféra entrer dans le vif du sujet. D'autant qu'elle avait besoin de lui.

— Tu te souviens de moi, j'étais là hier ! lui lança-t-elle.

— Non, désolé, ça ne me revient pas. Tu es venue pour prendre des leçons de conduite ?

Rosita se rassura. Ce gars aimait peut-être les seins de façon trop ostensible, mais a priori, il n'avait pas le mensonge facile. La détective joua franc jeu, elle n'était pas là pour son permis ni pour rien d'autre que d'enquêter sur un meurtre commis quelques jours plus tôt dans la région et lui, instructeur d'auto-école en face de la gare de Beverwijk, pouvait l'aider. Elle sortit son portable et lui montra plusieurs photos.

— Regarde bien attentivement et dis-moi si tu as déjà vu une de ces personnes te passer devant le nez en chemin pour la gare.

L'instructeur obtempéra sans rechigner. Il détailla les portraits sélectionnés par Rosita et rassemblés avec l'aide de Steven. Ce dernier n'avait pas eu besoin de craquer quoi que ce soit pour retrouver les photos désirées. Simplement à recouper les données disponibles sur Facebook, Snapchat, Instagram, des sites de vie scolaire ou encore des organigrammes d'entreprise. Celui dont la photo et le nom avaient demandé le plus de clics (et encore, Steven se montra outré par l'incapacité de Rosita à le faire toute seule) était « le palefrenier transi », comme elle surnommait. Le blond amoureux de Charlotte, la fille au frison. Willem Kowska, scolarisé en terminale à Uitgeest. L'instructeur faisait défiler de son doigt potelé les visages de Karen, un chanteur brésilien, Charlotte, Rob Dolen, Thessa Dolen, Willem Kowska donc, la tête d'un type prise au hasard de l'internet, Liesbeth, le jardinier que Rosita avait aidé à Barcelone, Ruben, Steven, un vieil acteur tchèque, bref, tout un assortiment de possibilités et d'impossibilités.

— Franchement il passe des centaines de gens tous les jours devant l'auto-école ! commenta l'interrogé, presque vexé. Et puis je roule moi, je ne suis pas le portier ! Il est tout à fait envisageable que des gens là-dedans me soient passés sous le nez sans que je m'en souvienne. Ou qu'ils soient passés quand je n'y étais pas. À part le petiot, là, je ne vois personne qui me revienne à cent pour cent.

— Le petiot ? répéta Rosita.

— Oui, le garçon là, un peu pâlot.

Rosita lui remontra le portrait de Steven, le cœur battant.

— Mais non ! Pas lui ! J'aurais dit transparent sinon, s'exclama-t-il, rigolard, en faisant voler son mégot d'une pichenette.

La détective ne put retenir un soupir de soulagement. C'eut été le comble.

— Voilà, celui-là, approuva-t-il en tapotant la photo de Willem. Je le remets bien parce qu'il vient tous les matins, tous les soirs, même heure la semaine, pour aller à l'école j'imagine. Et parfois à d'autres moments.

— C'est quoi ton prénom, l'ami ? interrogea Rosita de son ton le plus ferme.

— Johan, répondit l'intéressé.

— OK, Johan. On va se concentrer très fort, tu veux bien ? Et on va se rappeler, en réfléchissant bien, si on a vu le petiot aller à la gare il y a une semaine ou deux. La météo devait être pas mal ce jour-là, tu te rappelles, Johan ?

Décontenancé, l'homme se passa la main sur le front, chercha dans sa boîte crânienne sans comprendre exactement de quoi il retournait au juste. La tronche du gamin lui était sympathique, il aurait détesté le voir impliqué dans une sordide affaire de meurtre… encore moins épinglé à cause de ses souvenirs à lui.

— Il y a une semaine… Je ne me souviens déjà pas de ce que j'ai bouffé hier midi… Puis je te dis, il vient le matin et il rentre le soir, donc sûrement.

— Réfléchis, tu donnes cours à qui le mardi ? C'était sûrement un mardi.

— Mardi… Mardi… Eh ben déjà, le mardi, c'est le jour de Lola ! Je l'ai aussi exceptionnellement ce midi. Elle est italienne, je l'adore. Elle a un accent…

— Voilà c'est très bien ça, le félicita Rosita. Tu vois Lola, et dans la journée…

— Ah bah ça Lola, moi je ne vois qu'elle quand elle est là, gazouilla l'instructeur, aussitôt plongé dans des souvenirs de jupe plissée.

— On se concentre, Johan, l'interrompit la détective d'une voix nette et tranchante.

— Ouais, bah justement, j'y travaille… Y avait Lola… Elle avait des collants paillettes, même. Je l'ai vue arriver de loin ce jour-là, ouais, c'est vrai ! Ah bah c'est p'têtre le jour où le petiot s'est pris le chou, tiens. Ouais il s'est disputé avec quelqu'un, un mardi, y a pas longtemps. Putain ! c'est fou ça me revient. Ouais, j'avais cours comme d'hab' et je l'ai vu du coin de l'œil avec un grand mec pas commode qui semblait pas ravi. J'ai même hésité à aller voir pour vérifier la choucroute mais le cours de Lola allait commencer. Je finissais ma clope, Lola ajustait son siège, donc finalement j'ai laissé le gamin se démerder. C'est marrant j'avais zappé, et là, bim, ça me revient. C'est fou.

— T'avais zappé ? Tout à l'heure quand je te montre les photos ça ne te vient pas, cette dispute ?

— Ben non, j'avoue, c'est en repensant à Lola et à ses collants, c'est marrant.

Rosita connaissait le fonctionnement obscur de la mémoire et plusieurs techniques pour la rafraîchir. Mais l'amourette et les hormones du petit homme bedonnant commençaient à lui courir sur le citron. La détective était à deux doigts de le pendre par les couilles quand ce dernier ajouta, triomphant :

— Attends, remontre-moi les photos !

Il fit défiler de nouveau la galerie et s'exclama, très fier de lui :

— Voilà ! Le petiot s'est fait enguirlander sévère par ce type ! La semaine dernière ou celle d'avant. Au début ça ne me disait trop rien sa tronche, j'étais pas sûr, mais maintenant je le revois comme si c'était à l'instant ! Bon et après comme je te disais, je suis parti faire cours donc je ne sais pas comment ça s'est fini leur histoire.

Rosita cogitait en silence et à toute vitesse.

— Dis-moi, c'est pas le petit qui est décédé, au moins ? s'inquiéta soudainement Johan.

— Non, ne t'inquiète pas. C'est l'autre. Merci beaucoup !

Et comme à son habitude, Rosita laissa son interlocuteur en plan, abasourdi.

*

— Allô, Anita ?

Le téléphone mal calé entre l'oreille et l'épaule, Rosita hurlait dans son smartphone comme si c'était une condition sine qua non pour que sa voix atteigne le tympan de son interlocutrice. Activer son kit main libre pour voiture eût été plus efficace, malheureusement à l'idée même de lire la notice ou de chercher le bouton correspondant, il lui montait des bouffées d'angoisse.

— Je t'entends Rosita, j'arrive, je suis là dans une seconde !

— Non, non, mais j'ai dû repartir, je suis désolée !

— Pardon ?

— Je te rappellerai, Anita, mais là c'est une urgence ! Promis je te rappelle vite ! Ne t'en fais pas, d'accord ? Allez, à plus tard et bonne journée !

Rosita raccrocha avant d'entendre les pneus de la Giuletta d'Anita van West crisser comme dans un film. Elle avait pilé de rage. Anita était heureusement déjà sur le parking, avec personne derrière elle. Elle n'en pouvait plus. Elle n'en pouvait plus de cette femme, de cette histoire, de toutes ces histoires. Anita se mit à pleurer et hoqueter violemment. Les mains cramponnées au volant, des larmes dévalaient ses joues par torrents, son nez dégoulinait. Elle n'arrivait plus à respirer.

L'homme qui toqua à sa vitre la fit sursauter, elle ne l'avait pas vu approcher. D'ordinaire son premier réflexe aurait été la peur. Vérifier le verrouillage des portes et démarrer loin de cet inconnu trop inconnu pour être honnête. Mais cette fois, sans réfléchir, elle baissa la vitre.

— Ça va, Madame ? Je peux faire quelque chose ?

Anita leva des yeux noyés. Elle s'essuya le visage tant bien que mal, remonta la vitre, coupa le contact, défit sa ceinture de sécurité entre deux bulles de morve, sortit du véhicule et tomba dans les bras de Salman, éberlué. Pour un premier jour, il s'attendait à tout sauf à ça. Son premier cours ne démarrait que dans une petite heure, alors Salman demanda avec douceur à la femme qui se mouchait dans sa nouvelle chemise si elle voulait un café.

*

Anita van West ravalait ses derniers sanglots lorsqu'elle franchit la porte de l'auto-école, qui tinta sur son passage et celui de Salman Özdil. En bon (futur) instructeur de conduite, Salman avait suggéré à Anita d'appeler quelqu'un qui puisse venir la chercher, elle ne semblait pas en état de conduire. Un coup de fil et moins de vingt minutes plus tard, Beatrix arrivait en trombe à vélo électrique, encore vêtue de sa blouse professionnelle.

En quittant l'auto-école, Anita promit à son sauveur inattendu d'envoyer tous ses enfants apprendre à conduire avec lui dès qu'ils en auraient l'âge. Ses deux filles possédaient le permis depuis plusieurs années, mais Anita n'avait pas su quoi dire d'autre.

— C'est idiot, ce type est très sympa, mais tu n'avais pas besoin de venir, j'allais rentrer. C'est ridicule Bea, pour cinq kilomètres…

Beatrix tentait de charger tant bien que mal son vélo dans la Giulietta de sa petite sœur. À ce prix ridicule, ils auraient pu augmenter la taille du coffre. Beatrix n'avait jamais compris les choix de sa sœur, en rien. Cette voiture de pouf totalement absurde compris.

— Rhaaa, tant pis, je le laisse ici, je viendrai le chercher plus tard, maugréa-t-elle, abandonnant son vélo.

Elle l'attacha avec soin à un arceau dans le parking à vélos attenant.

— Qu'est-ce qu'il se passe, Anita? soupira-t-elle, essuyant quelques gouttes de sueurs perlées sur le front.

Beatrix pensait que la réponse allait l'exaspérer, la terrifier (qui sait ce qu'Anita avait pu encore fabriquer), mais le regard de sa sœur qu'elle se prit en plein cœur la remplit d'une tristesse aussi intense qu'inattendue. Les deux femmes s'étreignirent.

— Je suis désolée, ma puce, souffla Beatrix. J'imagine bien comme c'est difficile. Je voulais passer prendre de tes nouvelles hier mais c'était la folie au cabinet, je te demande pardon.

Elles se laissèrent tomber toutes les deux sur le rebord du trottoir et se prirent les mains. Anita fixait le sol devant elle.

— Depuis qu'il est parti, je me rends compte à quel point je suis fatiguée, Bea… Tout ça m'a fatiguée… Tellement fatiguée.

— Tout ça?

— Je t'en prie, Beatrix! Oui, TOUT ÇA! Moi, ma vie, mon frère, vous, mon père, notre mère! Quarante ans que je fais comme si de rien n'était, que je ne veux embêter personne, qu'on me demande de ne rien dire, d'oublier, de ne pas savoir ! Toute mon enfance à devoir faire semblant, à me contenter d'une carte d'anniversaire de mon père glissée en cachette dans mon cartable, de lui dire bonjour comme à un étranger, puisque mon « vrai » père c'est Papa, c'est celui qui s'occupe de moi, et que je ne dois jamais parler de Rob, à personne, Rob n'existe pas ! Mais si Rob n'existe pas, moi non plus, Bea ! Et Rob est mort ! Mes deux papas sont morts ! Je ne sais même plus qui je suis, moi !

Beatrix ne savait que faire. Elle sentait les larmes lui rouler sur les joues, en billes silencieuses. Comment avaient-ils pu ne jamais en parler, vraiment ? Comment elle, avait-elle pu croire une seconde que sa sœur (sa demi-sœur, en réalité) pouvait aller bien ? Vivre sa vie dans la fiction qu'on lui avait imposée, sans se soucier de rien ? Leur mère avait été d'un égoïsme fou. Elle aussi, Beatrix, avait été d'un égoïsme fou. Celui du déni, pour vivre plus confortablement une situation qui devait rendre sa sœur malade chaque jour.

Depuis la vitre de l'auto-école, Salman Özdil voyait les deux femmes en larmes se parler, se disputer, se calmer, se prendre dans les bras, se parler encore et pleurer de nouveau. Il n'avait jamais assisté à une scène pareille. Il avait l'impression de regarder un épisode des télénovelas qui passionnaient sa mamie.

— Aloha ! Bonjour la lune, ici la Terre ! Qu'est-ce que tu mates mon pote ?

Johan le fit sursauter. Pour un premier jour, bonjour la bonne impression.

## Chapitre 35 - Sint Joseph

Ruben n'avait pas grandi à Beek aan Zee. Pas dans les limites administratives de Beek aan Zee. Il avait été élevé par une tante dans l'un des mobil-homes du camping du Soleil, deux kilomètres plus au Nord après la Dune. Si Ruben avait passé des dimanches entiers à pédaler le plus vite possible dans les ruelles dallées du village comme la plupart des natifs de Beek aan Zee, il aurait sans doute reconnu tout de suite les ruines de l'ancien hospice Sint Joseph. Au bout de la rue du jardin, *Tuinstraat*. La seule impasse dénombrée dans le comté. Le plus populaire des rendez-vous pour les sept-douze ans pendant des années. Un repaire de parties de cache-cache, de chasses au trésor, de jeux de guerre, de voleurs et de prisonniers, de recherches archéologiques et, parfois, de premiers baisers. Ruben avait l'âge d'avoir pu escalader les grilles rouillées de cet hospice tombé dans l'oubli, avant la prolifération des jeux-vidéo et des goûters d'intérieur surveillés par les parents ou par une jeune voisine rémunérée. Mais Ruben n'avait jamais escaladé les grilles de Sint Joseph. Lorsqu'il avait huit ans, le dimanche, Ruben vendait des harengs au marché. C'est pourquoi les photos que lui montra l'employé municipal ne lui évoquèrent rien d'autre qu'un tas de vieilles pierres. Ruben n'avait jamais mis un pied aux Archives municipales avant aujourd'hui. Lorsqu'il franchit la porte de l'étroit local dédié à la mémoire de Beek aan Zee, Monsieur Verhoef eut le réflexe de se renfrogner et de se dire *Que me veut ce livreur ? Je n'ai rien commandé !*

Monsieur Verhoef, qui fêterait au mois de mai ses quarante ans en poste, n'avait pas été sollicité depuis plus de six mois.

— Tellement de gens cherchent avec leur ordinateur, maintenant. Mon métier disparaît, je ne vois plus personne, déplora-t-il en s'excusant auprès de son visiteur, lui offrant café et cacahuètes. À part un vieux morceau comme moi, à l'occasion, qui enquête sur un grand-oncle ! Et encore, les vieux comme moi sont presque tous morts. Tu as entendu parler du décès des époux Dekker à un mois d'intervalle ?

Ruben ne put s'empêcher de sourire. Monsieur Verhoef serait-il l'unique Beekenaar à ignorer la mort version saut de l'ange de Rob Dolen ? L'employé des Archives excellait peut-être quant à la préservation du passé, mais niveau actualités récentes, ça laissait à désirer.

Ruben lui exposa sa requête : il cherchait les registres d'un ancien hôpital et la mairie centrale lui avait suggéré de venir ici.

— Sint Joseph, tu connais ? Peut-être que tu t'y es déjà fait soigner ?

Monsieur Verhoef explosa de rire. Après avoir retrouvé son souffle, il avala deux cacahuètes.

— Mon garçon, tu plaisantes ?

— Il a fermé il y a si longtemps que ça ?

— C'était une bicoque d'un autre temps à tout point de vue, Sint Joseph !

Trop heureux d'avoir enfin quelqu'un à éclairer, l'employé municipal prit un air de conteur au coin du feu et ouvrit un classeur. En retombant sur le bureau, la couverture du classeur relié en cuir vert sapin laissa échapper un nuage de fumée. Ruben se crut transporté dans un film de fin d'année pour enfants. Monsieur Verhoef mouilla son doigt pour tourner les pages jusqu'à tapoter de l'index une photo en noir et blanc. Une toute petite maison de brique au fond d'une impasse, devant laquelle posaient deux nonnes raides comme du fer, dont on ne pouvait pas bien distinguer le visage.

— Imagine, une espèce de forteresse miniature, avec une chapelle dans le fond, financée par les dons de quelques fortunés, dans la seule impasse de la ville, pour cacher tous les vilains secrets du comté. Toutes les jeunes filles plus ou moins bien mises de Haarlem et d'Amsterdam venaient ici pour *un séjour à l'étranger pour apprendre le français*, si tu vois ce que je veux dire.

Au vu de la tête de son client, Monsieur Verhoef dut s'expliquer. Ce qui le fit de nouveau rigoler.

— Tu vois, si toi-même tu n'as aucune idée de ce dont je veux parler ! Ce genre d'endroit, ça n'existe plus, c'est du passé! Heureusement, ajouta-t-il l'air plus grave. Ce que ces pauvres filles enceintes vivaient, les forcer à accoucher de leur bébé en secret dans cet endroit, ne pas savoir ce que devenait leur enfant, ce n'était pas humain. Certains bébés étaient même vendus, à ce qu'il paraît. La dernière nonne supérieure a verrouillé définitivement les grilles dans les années 1970. La clientèle venait à manquer, si tu vois ce que je veux dire. Les gens avaient évolué.

Face à Ruben, Monsieur Verhoef se senti investi d'une mission personnelle:

— Ce papier, on va le trouver jeune homme.

L'employé ne s'était pas surestimé. Moins d'une heure plus tard, le patron du bar repartait avec une photocopie de l'acte de naissance de Geertruida van Worm, née à Sint Joseph, fille de Dora van Nutten et de Theodoor van Worm.

## Chapitre 36 - Un, deux, trois, soleil

— Tu sais, je n'arrête pas de penser à un truc.

Beatrix conduisait la Giulietta, qui était, cela lui faisait un peu mal de l'admettre, bien agréable à piloter. Elle et sa sœur avaient parlé un bon moment, assises sur le trottoir. Épaule contre épaule, elles s'étaient retrouvées comme au temps de l'enfance. Main dans la main, soudées. Après tant d'années de silence, enfin, l'abcès avait été percé. Finalement, ce n'était pas si terrible que ça. Ce qu'il en était sorti était loin d'être du pus, bien au contraire. Beatrix avait longuement écouté Anita. Elle lui avait présenté des excuses sincères et confuses. Même si au fond, tout ça n'était pas tellement de sa faute, Beatrix avait joué la partition qu'on lui avait présentée sans broncher. Elle en était désolée. Il faudrait plus qu'une seule discussion entre les deux sœurs pour passer à autre chose, bien sûr, mais une première étape avait été franchie. La plus importante. Elles en avaient parlé, de ce sujet interdit. Ce tabou. Et il ne leur paraissait plus si effrayant. Ni si dramatique. Plutôt ridicule, en fait. Digne des années 1940. Oui, leur mère avait pris du bon temps avec un voisin. Elle était tombée enceinte et n'avait pas avorté. À cette époque, Margareta n'aurait même pas pu envisager un avortement. Cette possibilité n'existait pas dans son système de pensée. Elle était enceinte, elle accoucherait d'un enfant. Toutes les parties impliquées convinrent de garder le secret. L'enfant serait élevé par sa mère et son mari comme si de rien n'était. Et Anita, toute bleue et congestionnée, avait débarqué en hurlant un jour de janvier.

Lorsque, l'hiver de ses huit ans, Beatrix avait surpris par accident une dispute de ses parents au cours de laquelle son père mentionna « l'acte le plus généreux de sa vie », Beatrix n'y comprit d'abord rien. Occupée à fouiller en catimini dans le bureau de son père à la recherche de cadeaux, bien déterminée à prouver à Anita que saint Nicolas n'existait pas, Beatrix n'avait pas entendu la querelle éclater dans la cuisine. Lorsque les pas furieux et les cris de ses parents se rapprochèrent du bureau, pièce rigoureusement interdite aux enfants, Beatrix, prise de panique, s'enferma dans l'armoire. Ses parents pénétrèrent dans le bureau en claquant la porte au moment où Beatrix plaquait ses mains sur sa bouche. Elle ne bougea plus. Ce qu'elle entendit acheva de la tétaniser.

— Je t'interdis de remettre cette histoire sur le tapis ! chuchotait Margareta dans un souffle rageux à son mari.

— *Cette histoire.* Margareta, tu parles de l'acte le plus généreux de toute ma vie, la déclaration d'amour la plus absolue, le pardon le plus total…

— Le pardon ?! Si tu m'avais pardonné, tu ne m'en parlerais plus ! Tu avais promis, Rick ! Pense à ta fille, *godverdomme !* C'est ta fille, autant que Beatrix, tu étais là à son premier jour et à tous ceux qui ont suivi. Elle va avoir six ans ! Tu ne peux pas remettre ça sur le tapis tous les quatre mois pour remporter le match d'une dispute qui n'a rien à voir ! Tu ne peux plus ! Je te l'interdis ! Je te préviens, c'est la dernière fois, sinon je fais ma valise. Et j'emporte tes filles avec moi.

Beatrix ne comprenait rien, jamais la petite fille n'avait eu un tel accès à l'intimité de ses parents. Les voir tendres, crispés, rieurs, silencieux, blagueurs, amoureux, furieux, ça oui. Entendre des cris, des gloussements, voir des mains baladeuses ou des portes claquer, des visages fermés de rage, des mains fracasser des assiettes ou balancer des chaussures, ça oui. Mais terrée dans l'obscurité de l'armoire, Beatrix avait pour la première fois accès au contenu. Aux mots.

— Anita est ma fille, bien sûr qu'elle est ma fille ! Mais toi, es-tu encore ma femme ?

— Rick, ça suffit ! Je n'en peux plus ! UNE liaison, j'ai eu UNE liaison ! Et tu vois comme je la paie ! Toi, dis-moi, combien de minettes ont défilé sous ton bureau ? Je voudrais t'en faire un collier, sale hypocrite que tu es. Grand seigneur, va ! Oh oui, quelle chance j'ai, il est beau ton amour, ton grand acte, ta générosité.

— Je rêve, c'est le monde à l'envers. J'ai adopté la fille du voisin, Margareta, qu'est-ce que tu veux de plus ?

— Ta fille. Tu as adopté ta fille, Papa.

Les organes vitaux des époux van West s'arrêtèrent net. Les deux portes de l'armoire s'étaient ouvertes sur leur Beatrix, terrifiant petit ange stoïque du placard. Les trois auraient pu remporter haut la main le championnat mondial du « un, deux, trois, soleil ». Personne n'osait bouger, battre un cil, respirer. Beatrix n'avait pas pu s'empêcher de s'interposer. Ce fut sa première tentative de conciliation familiale. La première d'une très longue série.

— À quoi tu penses, Anita ? lui demanda Beatrix, émergeant de ses souvenirs, agrippant le volant avec plus de poigne.

— Tu ne trouves pas bizarre qu'on n'ait eu aucune nouvelle de Liesbeth ? interrogea Anita d'une voix triste, en fixant le champ qui défilait à travers la fenêtre. Rien depuis le jour de… Depuis Rob, quoi.

Après le premier, place à la chevauchée du deuxième éléphant dans la salle.

— Je ne sais pas, confessa Beatrix. Je lui ai envoyé un texto, elle m'a dit que ça irait. Tu en as pris, toi, des nouvelles ?

Anita tourna son visage soudain barré d'une ombre furieuse.

— Tu rigoles, j'espère, répondit-elle d'une voix blanche.

— Après tout, elle aussi a le droit d'être triste. C'était son amoureux, tenta Beatrix.

— C'est dégoûtant, siffla Anita entre ses dents.

— Tu sais quoi, on va aller la voir. Ça suffit les silences, les paroles rapportées, les histoires. On va continuer sur notre lancée et se parler, pour une fois.

Anita n'eut pas le temps de protester. Elle étouffa un cri de surprise et s'accrocha à la poignée du plafond pendant que sa sœur, métamorphosée en une pilote de formule 1, effectuait un demi-tour à toute vitesse sur la voie rapide.

## Chapitre 37 - Madame Dolen

Thessa ferma les yeux et soupira. Elle venait de raccrocher avec le brigadier Frigge. Celui-ci s'était senti un devoir de s'excuser, au nom de quoi il ne savait pas trop, mais il y tenait néanmoins. Les pratiques scandaleuses de cette Rosita Marcadet étaient intolérables. Il travaillait en ce moment-même à trouver un moyen légal de les sanctionner. Cette dame n'avait aucun respect ni aucune légitimité pour interroger des citoyens et créer une psychose surréaliste. Sa pseudo enquête ridicule n'avait aucun lien avec la police locale, Thessa devait le savoir.

— Ce n'est rien, je t'assure, Jim.

— Vraiment j'insiste, il est important que tu puisses démarrer ton deuil et qu'on te laisse tranquille. Le suicide de ton mari est suffisamment traumatisant comme ça. Tu n'as vraiment pas besoin qu'on vienne t'embrouiller avec des histoires à dormir debout.

— Merci Jim. Mais tu sais, pour démarrer mon deuil, je souhaiterais surtout enterrer Rob. Quand pourrais-je le récupérer, s'il te plaît? lui avait-elle demandé, tremblante.

Thessa avait détesté poser cette question. Le récupérer. Comme s'il était un vieux carton ou un pull oublié dans la voiture. Le récupérer… Les images horribles de son cadavre sur la terrasse ne cessaient de lui revenir en mémoire. Était-ce bien à elle de l'avoir, en plus? Thessa chassa l'image inopinée de Liesbeth. Tout cela n'avait plus d'importance. Rob était parti, il serait enseveli, avalé par la terre. Il ne serait plus à personne, si tant est qu'il ait déjà appartenu à quelqu'un d'autre qu'à lui-même.

— Oui, bien sûr, bien sûr. (Jim Frigge se racla la gorge.) Justement je t'appelais aussi pour ça. Toutes les formalités sont terminées, donc tu peux dès maintenant prendre contact avec les services funéraires. Si tu veux un numéro ou si tu as besoin d'aide…

— Merci Jim, ça ira.

— Est-ce que tu veux que je t'accompagne? lui demanda Tom, qui s'était assis à côté d'elle sur le canapé, avec douceur.

Cette faculté que possédait Tom de deviner ses pensées ne cessait de la surprendre. Thessa avait repoussé ce moment le plus possible. Elle avait fait comme Rob, en définitive. Elle avait fait comme si Madame Dolen n'existait pas. Pour ne pas la voir. Pour se protéger de son état. Le refuser. Mais il était temps, désormais.

— Ne t'inquiète pas, je m'en occuperai, avait-elle assuré à Jim le jour de la mort de Rob. J'irai voir sa mère moi-même. Si elle voit la police, elle risque de faire une attaque.

Après quasiment une semaine, il fallait bien que quelqu'un aille apprendre à Elena Dolen la mort de son fils.

*

L'Ehpad était moins triste que dans son souvenir, en revanche l'odeur y restait insupportable. Le personnel avait beau être charmant, les effluves de peau moisie mélangés au détergeant lui donnaient la nausée. Et pourtant, Thessa était médecin à l'hôpital. La mort, la maladie, les corps et leurs fluides ne l'effrayaient pas. Mais l'Ephad est un monde à part. Une zone de l'ombre. Un espace-temps des zombies où personne n'a envie de se rendre. Du moins pas Thessa. Ni Rob, qui ne rendait visite qu'une ou deux fois par an à sa mère, gravement atteinte de la maladie d'Alzheimer. *Six ans déjà qu'elle est enfermée ici*, songea Thessa. Sa vue se brouillait, ses joues se striaient de larmes. Elena ne l'avait jamais aimée. Dès leur première rencontre, la mère de Rob avait statué que son fils aurait pu « faire mieux que Thessa ». Cette dernière n'en ressentait pas moins une culpabilité folle à savoir sa belle-mère dans ce mouroir, seule entre les mains pressées d'employés trop peu nombreux pour remplir leur mission. Qu'aurait-elle pu faire d'autre, de toute façon ? Rob ne voulait pas de sa mère à la maison et Thessa n'avait pas poussé la générosité jusqu'à batailler pour s'occuper d'une femme qui l'avait toujours méprisée.

— Ça va aller, mon cœur, lui chuchota Tom en lui serrant les mains. Si tu veux, je rentre avec toi dans la chambre et autrement, je t'attends dehors. Tu me dis. Comme tu préfères.

Pourquoi n'avait-elle pas rencontré Tom, à la place de Rob, vingt-cinq ans plus tôt ?

## Chapitre 38 - Mode et bricolage

— Qu'est-ce qu'il s'est passé ? lui demanda Steven, les yeux écarquillés.

— Mes doutes ont été confirmés.

— Que tu ne savais pas manger ?

— Pardon ? lui répondit-elle interloquée.

— Qu'est-ce qu'il s'est passé avec ta chemise, Rosita ? lança le jeune homme en riant à la détective qui ne comprenait rien.

Elle baissa le menton vers sa poitrine et découvrit, effarée, une large tache (d'huile ? mais qu'avait-elle mangé ce matin ?) au milieu de ses seins. Elle ne sut pas ce qui l'embarrassa le plus. Son inexorable manque d'élégance ou l'idée qu'elle avait pu séduire l'œil grivois de Johan l'instructeur de conduite. Sa vieille poitrine ne l'avait interpellé que parce qu'elle était sale, en plus d'être vieille.

— Ben fais pas cette tête, Rosita, c'est pas grave ! Tu l'aimais beaucoup cette chemise ? C'est vrai qu'elle a l'air fichue ceci dit, je ne suis pas sûr que ça parte, c'est quoi ?

Steven, d'humeur rayonnante en cette fin de matinée, l'entraînait, gai comme un pinson, à travers les rues dallées du centre de Beek aan Zee. Déterminé à arranger le coup, il prit le bras de Rosita et la fit entrer à sa suite dans une boutique.

— Allez, prends-toi un truc sympa, tu le feras passer en note de frais ! s'exclama-t-il tout en appelant la vendeuse de la main.

*Pitié*, songea Rosita, *sortez-moi de là.*

— Bonjour, nous avons une urgence ! On cherche un haut s'il te plaît. Regarde le massacre, ajouta-t-il en secouant la tête. Quelque chose d'assez confortable, une matière douce, plutôt naturelle, mais bien coupée, d'une jolie couleur, disons... – se tournant vers Rosita – vert bouteille, non ? Qu'en penses-tu ?

Rosita, scotchée, l'observait la mâchoire pendante. Que répondre à un truc pareil ?

— Je prends ça pour un oui ! poursuivit-il, heureux. Et s'adressant à la vendeuse : Que pourrais-tu nous conseiller ? Nous n'avons pas beaucoup de temps, je dois t'avouer.

— J'imagine oui, lui répondit d'un ton constipé la vendeuse, en âge (français) de la retraite.

Elle n'avait encore rien dit jusqu'à présent et ses deux mots suffirent à jeter un froid de congélateur. Satisfaite de son effet rafraîchissant, elle ajouta :

— Madame a un crime à résoudre dit-on, il ne s'agirait pas de la retarder. Avec un peu de chance, elle attrapera l'assassin avant l'enterrement.

— C'est bien mon objectif oui, lui répondit Rosita qui avait retrouvé sa langue et ses manières faussement obséquieuses envers les interlocuteurs agaçants.

Steven, qui ne savait pas trop où se mettre, préféra détailler à vive allure les modèles de blouses suspendues. Il en choisit deux ou trois et les tendit à Rosita.

— Je comprends que ce soit difficile pour les gens d'ici de me voir fureter partout, reprit la détective en attrapant les vêtements. Mais après tout, c'est mon métier. Pour information, Madame, on est venu me chercher pour le faire. Je n'aurais pas eu l'idée de m'en mêler sans y avoir été invitée. Plus qu'une invitation, j'ai reçu une supplication. Alors je n'ai pas osé refuser. C'est mon côté sympathique, en fait, j'ai du mal à dire non.

*

Les deux camarades n'avaient pas traîné dans la boutique. Une blouse de coton manches trois quarts en broderie suisse et col rond plus tard, ils marchaient en direction du Thuis. Steven était ravi de son choix.

— Elle te va vraiment hyper bien, Rosita !

Rosita lui répondit d'un regard dépité.

— Le vert bouteille, c'est ta couleur, c'est clair.

— C'est complètement con ces demi-manches, on n'a ni chaud ni froid, elles bloquent les manches de ma veste… Enfin bref, peu importe, balaya la détective. Alors, tu as pu me rendre ce petit service ?

— Petit service, tu parles !

Steven levait les yeux au ciel. Il lui expliqua qu'avec le renforcement des systèmes anti-piratage et les nouveaux protocoles de cyber sécurité rendus obligatoires par l'Union européenne, infiltrer des comptes bancaires devenait de plus en plus complexe. Le compte courant basique de M. Tout le monde était dorénavant autant protégé que les bijoux de Maxima.

— Maxima ? La reine ?

— Bah, oui ! répondit Steven, ahuri. Évidemment, la reine. Qui d'autre ?

Rosita aurait pu lui citer des centaines d'autres Maxima potentielles, mais elle n'avait pas la journée.

— Bon, tu as réussi, oui ou non ?

— Chef, oui, chef! s'écria Steven mimant un salut militaire.

— Et? s'impatienta Rosita, à deux doigts de prendre par le col le hackeur-acheteur de blouse professionnel pour le secouer.

— Et, c'était chaud. Et, j'ai quand même pu trouver quelque chose. Et, il y a effectivement eu des mouvements d'argent. D'un bon petit paquet d'argent, même.

Rosita Marcadet prit une longue inspiration et expira à grand bruit. Elle était soulagée. Au moins une bonne nouvelle. Une sur deux. Rien que de penser à ce qu'elle avait appris hier soir, Rosita sentait ses joues rosir d'indignation.

— Bon, on prend un café et tu m'expliques, Rosita ? lui lança Steven, plantant ses yeux de veau des prés hollandais dans les siens. C'est pas pour dire mais t'as l'air un peu sur les nerfs, ajouta-t-il, téméraire.

Rosita hésita. Elle avait envie d'ouvrir les vannes. De se confier. De raconter à Steven à quel point ce mail reçu hier, la prévenant de l'existence d'un compte Instagram à son sujet, l'avait perturbée. Outre la mortification profonde de se savoir l'objet de publications de photos et de commentaires, Rosita était envahie malgré elle d'une angoisse nauséeuse quant à l'identité du type ou de la femme derrière son écran. Steven devait forcément l'avoir vu, ce compte. Le hackeur-fonctionnaire avait dû l'éplucher quinze jours auparavant, en recherchant des informations sur elle, la nouvelle voisine. Rosita n'avait même pas pu se résoudre à découvrir le compte. Elle se savait révulsée d'avance et ne voyait pas l'intérêt d'observer l'étendue des dégâts. Des photos de presse dans les journaux, bien sûr, ça, d'accord ; ça faisait partie du métier. Mais qu'on la photographie à son insu dans sa vie privée, qu'on la suive, jusqu'à savoir qu'elle se trouvait actuellement aux Pays-Bas ? Elle en avait des sueurs froides. Si jamais Adrien Delasse était derrière ça… Rosita préférait ne pas y penser. Elle s'inquiétait de sa réaction inévitable si jamais il s'avérait être le responsable. Ce pouvait-il que lui, Adrien Delasse, pseudo-journaliste roi des abrutis, eût créé ce compte ? Ce type qui la pourchassait depuis des années pour écrire des articles à pseudo-sensation sur ses enquêtes ? Delasse, qui l'agaçait gentiment au début de sa carrière, était devenu au fil du temps la seule personne au monde à qui Rosita vouait une aversion proche de l'allergie physique. Elle avait du mal à l'admettre, tant le sentiment était affreux et répréhensible, mais elle détestait ce gars, au plus profond de ses tripes. Elle le haïssait dans son sang depuis qu'il avait (rien que d'y repenser, elle pourrait lui tordre le cou) balancé une info pas vérifiée dans son torchon. Résultat : un innocent s'était retrouvé en détention préventive. Pour un procès qui ne se tiendrait pas avant quinze mois. Rosita pourrait dire à Steven combien cette histoire l'avait meurtrie, parce que pour cet innocent, un coupable idéal, un marginal, un perdu, un fracassé de la vie, un instable ; pour ce coupable idéal innocent qui n'était PAS coupable, pour lui, se retrouver en prison, c'était la mort. La mort mentale. Il était déjà si fragile. Au sixième mois d'incarcération préventive, Fabien Selraut s'était pendu dans sa cellule.

— Rosita, tu m'entends ?

Steven agitait les doigts devant les yeux vides de la Française. Il remarqua toutes les rides qu'elle portait autour des yeux, sur le front, sous les joues et en haut des lèvres qu'elle avait souvent le réflexe de pincer. Il trouvait cette femme magnétique. Enfin, à ce moment précis, Steven la trouvait surtout complètement à l'ouest. Rosita n'était pas en train de faire un AVC, au moins ?

— Hum, oui, pardon, je pensais à un truc.

Quelle importance, de toute façon. Rosita n'avait pas le temps de s'épancher. Que ce crétin de Delasse s'amuse avec ce compte Instagram débile si ça lui chante. Adrien Delasse la suivrait peut-être un de ces jours sur une enquête en Russie ou en Guinée-Équatoriale… et dans ces pays-là, un accident est vite arrivé, non ? Elle s'en voulut un petit peu de sa blague in petto de mauvais goût, mais pas beaucoup.

*

Les rayons du soleil percèrent la croûte des nuages à l'instant même où Steven inséra la clef dans la serrure. Le jeune homme se retourna. Les yeux fermés, quelques secondes, pour s'imprégner d'un peu de lumière, avant d'ouvrir la porte de chez ses parents et de retourner au travail. En s'installant à ses ordinateurs, Steven sourit. Voilà qu'il regrettait de rejoindre sa chambre, maintenant. Sa boîte mail pleine de gras et de drapeaux rouges eut vite fait de le plonger aussitôt dans ses dossiers. Comme on enclenche une machine, l'attention de Steven se focalisa entièrement sur ses missions. Hors de question de bâcler son travail ou de déborder sur le calendrier. D'une, ce n'était pas son tempérament ; de deux, il aurait du mal à expliquer à sa hiérarchie un retard causé par une enquête aux côtés de Rosita Marcadet.

Cette dernière, au même moment, arpentait les rayons bricolages du magasin Praxis, l'équivalent d'un Leroy Merlin version de poche à Beek aan Zee.

— À la recherche de quelque chose en particulier ? Un set de jardin peut-être ? Avec l'arrivée des beaux jours, on a tous envie de redécorer son extérieur, n'est-ce pas ?

L'employé excessivement jovial se tenait face à Rosita, dans son uniforme jaune citron, souriant de toutes ses dents baguées multicolores. La détective lui reconnut une certaine audace commerciale : proposer une table et des chaises de jardin à une cliente du rayon ampoules montrait une sincère motivation professionnelle.

— En fait je voulais savoir si vous vendiez de la mort aux rats et des insecticides ? interrogea Rosita.

L'employé, ravi de se rapprocher du rayon jardin et de sa potentielle commission sur l'épuisement du stock de tables « Center Park Stacy vert olive », invita Rosita à le suivre à grand renfort de gestes et de sourire coloré.

— Regarde ici, on a de tout, lui dit-il en montrant du doigt différents bidons aux étiquettes chargées en éclairs et en promesses violentes. Tu es plutôt du genre amie des animaux, repoussons-les sans trop de douleur ou efficacité avant tout, par ici la chimie ? Les deux fonctionnent bien sûr ! L'important, c'est de pouvoir profiter de son café, au top sur sa terrasse ou dans son jardin, attablée à son mobilier détente super sympa…

— Niels ? le coupa Rosita. Tu t'appelles Niels, si j'en crois ton badge ?

— Euh, oui, c'est ça, spécialiste du rayon jardin.

— Je vois ça, bravo ! lui lança Rosita avec une pointe d'ironie. Écoute Niels, je peux te demander quelque chose d'important ?

— Euh, oui, j'imagine.

Rosita sortit son téléphone et le lui tendit.

— Est-ce que tu aurais moyen de savoir si cette personne a acheté de la mort aux rats ou un produit dans le genre, il y a une dizaine de jours ?

Son front parsemé de petits boutons se plia d'incompréhension. Niels gonfla les joues en haussant les sourcils.

— Tu es de la police ? Ça a un rapport avec l'histoire du suicidé qui aurait été assisté ?

— C'est important Niels, lui dit-elle en le fixant avec intensité.

Puis, avec un sourire en coin, elle ajouta :

— Si tu peux m'aider, je reviendrai peut-être t'acheter un set de jardin avant la fin de la semaine.

Les yeux du jeune employé pétillèrent.

— J'en ai un vraiment bien, tu sais ! Une couleur super tendance en plus.

— Mais oui, je n'en doute pas. J'ai hâte d'y siroter mon café ce week-end, gazouilla-t-elle. Si tu peux te souvenir et répondre à ma question bien sûr.

Niels réfléchit, vérifia que personne ne pourrait les entendre.

— Tu as du bol en plus, parce que depuis mi-février, je suis tout seul au magasin. Ma collègue est en congé maternité, pas remplacée. Donc si la personne que tu me montres est venue au magasin, elle sera forcément passée par moi, à la caisse.

*Est-ce que cet ado allait sérieusement marchander pour qu'elle lui achète d'autres articles ?* s'offusqua Rosita en silence et en n'en montrant rien.

— Tu sais que le set de jardin irait super bien avec un pack de bougies à la citronnelle, poursuivit le téméraire néo-maître-chanteur.

Rosita soupira et le pressa d'accoucher, parce qu'elle connaissait d'autres méthodes que l'achat de mobilier pour faire parler et qu'une paire de claques était en promo dans son rayon à elle. Décontenancé, Niels aux bagues colorées tempéra :

— Pas la peine de s'énerver ! C'était par souci esthétique que je disais ça. Bon, elle est bien venue au magasin, c'est vrai.

Rosita lui sourit. D'un geste de tête, elle l'invita à continuer.

— Je me souviens bien en plus, parce que bon… Enfin, elle est jolie quoi. Bref, elle n'a pas acheté de mort aux rats ni d'insecticides en revanche. Elle a acheté des clous. Des tout petits clous.

# Chapitre 39 - Madame Puck

La grande aiguille n'indiquait pas encore treize heures. La plupart des Néerlandais avaient déjà avalé leur traditionnel sandwich beurre de cacahuète avant de retourner à leur bureau, s'ils l'avaient quitté. Rosita pressa le bouton une seconde fois. Elle eut le temps de détailler plusieurs minutes la plaque dorée fixée à droite de la sonnette. « Docteur C. M. Verhagen, Chirurgien cardiologue – Consultation sur rendez-vous ».

Au moment où elle allait se résoudre à l'éventualité qu'on ne lui ouvrirait pas, la grille métallique s'ébranla. Une voix résonna à travers l'interphone.

— Il faut remonter le chemin tout droit vers la villa, Madame.

*Merci patate*, pensa Rosita. *Comme si j'allais me diriger ailleurs que vers cette énorme baraque qu'on voyait comme une pastèque dans un champ de haricots.*

Une dame habillée telle une employée de maison des années 1950 l'attendait en haut du chemin de gravier. Elle inclina la tête vers Rosita avec un respect démesuré et lui demanda en quoi on pouvait l'aider.

Rosita trouva étrange d'inviter les gens à entrer sans savoir de quoi il retourne au préalable.

— Bonjour Madame, je suis Rosita Marcadet, je…

— Oui Madame Marcadet, tout le monde te connaît, gloussa l'employée de maison, avant de rougir aussitôt.

— Les nouvelles vont vite, sourit Rosita. Monsieur Verhagen n'est pas là ?

— Non, il est au travail.

— Pourrais-je parler à Madame Verhagen, si possible ?

— Caroline Verhagen ne reçoit pas au cabinet avant quinze heures le vendredi, Madame Marcadet, elle est encore à l'hôpital.

Rosita lui sourit.

— Et toi, tu serais d'accord pour répondre à quelques questions ?

L'employée fit les yeux ronds. Une vague de panique la traversa.

— Nous pourrions rester sur le palier, insista Rosita en se frottant les bras, mais je t'avoue avoir un peu froid. Ça ne prendra que cinq petites minutes. Nous n'aurons même pas besoin de nous asseoir.

L'employée hésita. Elle ne savait pas ce qui lui causerait le plus d'ennui : refouler une enquêtrice et refuser de coopérer ou faire pénétrer une étrangère dans la maison de ses employeurs, sans leur accord.

— Tu pourras toujours leur dire que tout est de ma faute, que je t'ai menacée de t'embarquer au poste de police.

L'employée se décomposa, Rosita s'en voulut.

— Cinq minutes, lui assura-t-elle, joignant ses mains en une prière.

L'employée s'écarta de la porte, défaite.

Son métier d'enquêtrice avait amenée Rosita à pénétrer des lieux d'une remarquable diversité. Elle avait fouillé aussi bien des égouts que des palais dorés. La demeure des Verhagen exhalait une atmosphère dont Rosita n'était pas friande. Déjà dans la rue, elle avait pressenti que cette espèce de château la rendrait mal à l'aise. Certains types d'endroits l'incommodaient. Ce genre de maison impersonnelle, en particulier. Une résidence décorée par un ou une professionnel.le, sans aucun faux pas. Pas de photo ratée sur le frigo, aucun grain de poussière, ni de meuble abîmé, aucun carreau fêlé, ni de magazine qui traîne, pas de clef sur la table d'entrée, ou de vieille enveloppe de mutuelle jamais ouverte ni jetée, aucune plante à rempoter de toute urgence depuis l'été dernier. Aucune trace de vie, en réalité. Rosita détestait les maisons-témoins.

— J'écoute.

— Je te remercie beaucoup. Tu es Madame ?

— Appelle-moi Puck.

Un pincement de lèvres trahit chez Rosita une légère perplexité quant à ce prénom féminin jusqu'alors inconnu de son répertoire.

— Tu travailles pour les Verhagen depuis longtemps, Puck ?

— Quelques années.

— Comment décrirais-tu leur fille, Charlotte Verhagen ?

L'employée, surprise, fut prise d'un léger mouvement de recul dont la traduction ne laissa planer aucun doute pour Rosita. À la limite, Puck n'avait même pas besoin d'en dire plus.

— C'est une adolescente… Une jeune fille très bien.

Rosita inclina la tête pour confirmer.

— Il n'y a pas trop de va-et-vient ici ?

De nouveau, Puck tiqua. Y avait-il un piège dans cette question ? Que savait cette femme et où voulait-elle en venir ? Si Madame Marcadet pensait obtenir des ragots de bas étage sur la famille Verhagen grâce à la bonne à tout faire, elle s'était trompée.

— Je ne comprends pas la question et je vais être obligée de te demander de partir, Madame Marcadet. Je ne suis pas à l'aise avec cet interrogatoire. Il serait préférable de revenir lorsque Monsieur et Madame Verhagen seront rentrés.

— Naturellement. Merci beaucoup pour ta patience, Madame Puck. Très bonne journée.

— De même, lui répondit Puck, en claquant la lourde porte blindée.

## Chapitre 40 - Nou, ja, hè.

Lorsque Thessa Dolen frappa trois coups à la porte de la chambre 612, son cœur luttait, au bord de l'implosion. Tom l'attendait sur le parking. Mieux valait y aller seule. Aucun intérêt d'infliger à Tom ne serait-ce qu'une minute à l'intérieur. Et dans tous les cas, elle n'aurait pas voulu qu'il entre dans la chambre d'Elena. Plus de trois mois qu'elle n'avait pas rendu visite à sa belle-mère. Dans quel état la trouverait-elle ? La vieille femme était-elle encore capable de comprendre la terrible nouvelle que sa belle-fille venait lui annoncer ?

— Bonjour, bonjour ! Regardez Elena, qui vient vous voir ? C'est sympa comme tout ! Allez hop, je vous débarrasse et je vous laisse profiter toutes les deux !

La voix guillerette de l'infirmière qui venait remplacer la perfusion de sa patiente détonnait particulièrement dans cette atmosphère de fin de vie.

— Bonne journée mesdames ! chantonna-t-elle en s'éclipsant.

La porte se referma sur Thessa, tremblante, et Elena, allongée dans son lit médicalisé. Elena ne regarda pas sa visiteuse. Son visage immobile demeurait tourné vers la fenêtre entrouverte. Même si les résidents n'avaient plus toutes leurs forces d'antan, le nombre conséquent de défenestrations avait convaincu la direction d'installer une sécurité aux fenêtres, qui ne pourraient plus jamais s'ouvrir complètement.

— Bonjour Elena. C'est Thessa.

Silence de mort. C'était le cas de le dire.

Même si ses séances d'EMDR lui faisaient le plus grand bien, Thessa se sentait extrêmement fragile ces derniers temps. À la limite de l'asphyxie dans ses propres émotions, parfois. En regardant cette femme, à la fois étrangère et membre de sa famille, Thessa décida de baisser les armes. De laisser à la porte les rancœurs et les regrets. Si ça se trouve, la nouvelle allait la tuer. Elle ne la reverrait peut-être jamais. Avait-elle bien fait de venir ? *Bien sûr que oui,* se gronda Thessa intérieurement. Cette femme restait sa belle-mère, si affreux qu'ait été son comportement envers elle.

La mère de Rob se retourna vers sa belle-fille et articula d'une voix de gravier :

— Je ne savais pas si tu allais venir.

Thessa ne put réprimer un mouvement de recul. Sa belle-mère ressemblait à une momie. Jamais elle n'avait eu les joues aussi creuses, les yeux autant exorbités, la peau aussi terne… Et étrangement, les yeux aussi clairs. Elle paraissait presque lucide.

— Je sais que ça fait longtemps, Elena, je… Comment allez-vous ?

— *Nou, ja, hè*… [Naou, ya, hé]

Elena Dolen n'avait jamais utilisé, du plus loin que Thessa se souvienne, cette locution propre à la langue néerlandaise qui ne signifiait absolument rien. Une espèce de Ah oui, hein, ma foi… employée à outrance pour combler les trous d'une conversation, sans rien ajouter de plus au débat. L'art de meubler avec pudeur, si cher aux Néerlandais. Elena n'était pas du type à meubler. Elle n'ouvrait la bouche que si elle avait quelque chose à dire.

— Comme une mère qui a perdu son fils unique, expira-t-elle.

Thessa retint son souffle. Elle sentit une humidité sale émerger à la peau de ses mains, de ses aisselles. Une gouttelette de sueur glacée roula entre ses reins. La colère gagna ses joues et elle eut d'un coup très chaud à la tête. Jim avait pourtant promis ! Qui avait pu le lui dire ? Une infirmière ? Quelqu'un de l'Epahd ? La télé ? Le journal ? Liesbeth n'aurait jamais eu l'idée de venir ici, non ?

— Elena, je…

— Ne te sens pas obligée de rester. Bram ne va pas tarder. C'est mieux qu'il ne te voit pas, tu sais comment il est avec les jolies jeunes filles comme toi.

Bram Dolen, le père de Rob, ne risquait pas de croiser sa belle-fille. Décédé il y a plus de trente ans, Thessa ne l'avait jamais rencontré.

## Chapitre 41 - Lucky penny

Rosita Marcadet était la fille de Dora. Mrs Moss ne s'était pas trompée. La vieille dame s'acharnait sans succès sur ses ongles. Elle ne se les était pas rongés depuis plus de soixante ans. Elle ne s'attendait pas à ce qu'ils aient autant durci, ses ongles. L'activité était plus agréable dans son souvenir. L'octogénaire marchait à pas étroits, énergiques et osseux, le plus vite possible. Les éoliennes tournaient à plein régime au large de la plage. L'écume formait une mousse si épaisse qu'on aurait cru qu'un container de lessive avait été éventré dans l'eau. Molly Moss aurait voulu se fondre dans le décor, se dissoudre dans les milliers de grains de sable. Ne plus avoir à penser, à se demander si elle avait bien fait de solliciter Ruben pour fouiner dans le passé de Rosita Marcadet. Plus elle avançait, plus elle essayait d'y voir clair, plus les souvenirs se bousculaient les uns contre les autres. Un carambolage d'images et de sensations. Une ondée venue de nulle part lui gifla le visage. Molly Moss, interdite, se figea. Elle caressa sa joue mouillée, rosie, puis éclata de rire. L'univers l'avait giflée. Une bonne grosse claque de pluie. Pour lui rappeler qu'elle n'avait d'une part plus rien à craindre. Trembler comme un bébé n'était pas de son âge, ni de sa trempe, ni même d'actualité. D'autre part, la gifle fraîche lui confirma qu'elle n'avait à rougir de rien. S'adresser à Ruben ? Elle en avait le droit ! Certes, elle aurait pu d'abord rendre visite à Rosita. Lui parler directement à elle. C'est vrai. Mais cette petite Rosita se trouvait plongée en pleine traque au meurtrier ! Molly ne pouvait pas la perturber en ce moment. Toquer à sa porte pour lui soutirer des explications, des histoires de famille ? Impossible ! Voilà pourquoi elle avait demandé à Ruben. Qu'il aille voir, lui d'abord, si elle n'avait pas perdu la tête. Si elle ne se trompait pas. Si Rosita était bien la fille de Dora. Mais Molly en était persuadée, Rosita ne pouvait être sortie que du ventre de Dora van Nutten. D'ailleurs, Dora ne lui en aurait pas voulu de procéder ainsi. *Au contraire,* pensa-t-elle. Logiquement, Rosita ne pourrait donc pas lui en vouloir non plus. Mrs Moss reprit son chemin et fouilla sa poche gauche.

Main droite, entre ses longs doigts fins, elle fit rouler avec dextérité un penny à l'effigie de George VI. Son *lucky penny*, pièce de monnaie gardée auprès d'elle comme un trésor depuis 1962. Depuis le 28 novembre 1962 très précisément, le jour de la mort de la reine des Pays-Bas Wilhelmina. Leur jour de chance.

## Chapitre 42 - Ça s'accélère

— C'est moi ! Je t'envoie les infos tout de suite, en revanche il faut se grouiller, la cérémonie se tiendra demain après-midi !

— Comment tu sais ça ? hurla Rosita, le téléphone calé entre l'oreille et l'épaule tandis qu'elle fouillait son sac à la recherche de ses clefs de voitures.

— Eh oh, je ne suis pas sourd ! rétorqua Steven. Quand on s'est quitté tout à l'heure, ou plutôt quand tu m'as plus précisément planté devant chez Ruben, m'abandonnant à mes interrogations, j'ai pris un café. *Tout seul*, insista-t-il en la taquinant. Je n'ai eu qu'à tendre l'oreille, tout le monde ne parlait que de ça. Thessa et Tom venaient de partir. Ruben lui a présenté ses condoléances, il lui a offert un verre et ils ont papoté cinq minutes. Non seulement c'était la première fois que Thessa s'affichait avec Tom, mais c'était aussi la première fois qu'on voyait Thessa tout court, depuis la mort de Rob. Alors tu penses, la rue entière ne faisait plus un bruit pour pouvoir entendre la conversation. Thessa a confié à Ruben qu'elle avait désormais la possibilité d'organiser une cérémonie dès demain. Elle a dit qu'elle hésitait mais qu'elle ferait sûrement ça, elle doit appeler les pompes funèbres pour confirmer avant 14 heures aujourd'hui.

— Ma parole vous étiez tous à la table pour avoir le compte-rendu exact ou quoi ?

— Non, en vrai j'ai mis Thessa sur écoute.

— PARDON ? s'étrangla Rosita.

— Je plaisaaaante. Non, mais tu sais comment sont les gens d'ici... Un festival de commères. Et de coppères. Ça ne se dit pas, coppère, non ? Encore un truc sexiste, ça. Parce que crois-moi, les maris des van West, ils s'en sont donné à cœur joie. Enfin, ceux de Beatrix et Anita.

— Steven, concentre-toi s'il te plaît ! On n'a pas toute l'année, qu'est-ce qu'il t'arrive aujourd'hui ? Tu t'es pris un jus de licorne ce matin, ou quoi ?

Si Rosita s'emportait déjà sur son acolyte comme elle le faisait avec son précédent partenaire, c'était mauvais signe. Steven soupira.

— Bref, enterrement et/ou cérémonie possiblement demain, je ne connais pas le lieu, pas l'heure, effectif a priori très réduit, Thessa préviendra ses invités incessamment sous peu, mais dans le fond, s'il n'y a personne, elle s'en fiche, elle voudrait surtout refermer le chapitre. Pour terminer : y a pas de quoi, Madame Marcadet.

— Pourquoi elle ne m'a pas prévenue ? maugréa Rosita en déverrouillant la portière de sa voiture.

Elle eut à peine le temps de se faufiler dans l'habitacle que des trombes d'eau se mirent à tomber. Steven ne put pas lui répondre, il avait déjà raccroché.

*Ce qu'il est susceptible, le garçon,* songea la détective à voix haute en insérant la clef dans le contacteur d'allumage. La sonnerie de son téléphone sur le siège passager indiqua deux nouveaux messages. Le garçon susceptible et très efficace lui avait envoyé, comme demandé, le plan complet du centre funéraire où avait été assassiné Rob Dolen, ainsi que l'adresse où se trouvait en ce moment-même Willem Kowska. Sans surprise, son portable l'avait localisé dans le bunker, près de la mer.

Le deuxième message provenait d'une collègue à la PJ de Paris. Elle lui envoyait, accompagnée de points d'interrogation, une capture écran du compte Instagram @marcadet_fan_officiL.

Rosita balança son téléphone sur le siège arrière de la Twingo sans ouvrir la photo en plein écran. Le cœur battant, les larmes au bord des yeux, elle démarra le moteur et partit en trombe. Qui pouvait bien s'amuser à faire un truc pareil ?

marcadet_fan_officiL

Aimé par sev92_ et 41 autres personnes

**marcadet_fan_officiL** 🛍️👖👚Marcadiens, Marcadiennes, ceci est un post spécial #mode ! À l'occasion de la #fashionweek de Paris, projecteurs sur le style de notre détective nationale. Oubliez la joaillerie, Histoire d'or ou même Claire's, l'allure Rosita Marcadet fait l'économie des accessoires et trouve sa source chez Décathlon, Galeries Lafayette pour les pièces les plus sulfureuses ou encore chez Promod. Dans l'ADN de la maison Marcadet, du fonctionnel et de l'imperméable, comme la pièce de collection portée ci-dessus : un ciré couleur citron vendu 18,99€ dans une boutique à touristes de l'Etna. L'incontournable de chaque saison : la Pataugas, couleur écru, toile écoresponsable. Si le jean coupe droite peut ouvrir le champ à des coupes plus larges et audacieuses, le souci d'une allure simple demeure, l'élégance reste cérébrale et… Voir plus

## Chapitre 43 - Un faux pas pour Véra

En sortant de la chambre de sa belle-mère, Thessa, chamboulée, s'appuya contre la porte. Les chambres médicalisées donnaient sur un salon équipé d'une grande table, de quelques chaises et d'un téléviseur pas tout jeune. Les chaises n'étaient destinées qu'aux employés ou aux visiteurs car tous les pensionnaires utilisaient des fauteuils roulants. La présentatrice de l'émission diffusée à la télé, le teint carotte et les cheveux peroxydés, brandissait un pot de crème de jour, transcendée comme s'il contenait un vaccin anti cancer. Les quelques personnes âgées tournées vers l'écran semblaient ne pas la voir. Elles regardaient à travers. Une infirmière derrière un plateau à roulettes répartissait des médicaments dans différentes boîtes en plastique. Les exclamations de la vendeuse de crème à la télévision, volume audio réglé au maximum, entrecoupaient le silence. La scène était d'une tristesse à pleurer.

— Pardon, articula Thessa d'un timbre fragile.

La télévision beuglait si fort que Thessa dû se racler la gorge et répéter.

— Pardon, bonjour.

— Oh, Madame Dolen ! Comment ça va ? Toutes mes condoléances, lui répondit chaleureusement l'employée de l'Ehpad.

Pas encore la trentaine, l'auxiliaire de vie avait déjà un visage bouffi et des cernes marquées. Elle offrit à Thessa un sourire lumineux et l'interrogea du regard tout en continuant son tri de pilules multicolores.

— Merci. Je… Je voulais savoir qui, enfin si tu es au courant, peut-être ? Hum… Qui aurait peut-être ici prévenu ma belle-mère du décès de son fils ? Car hum, j'avais demandé à le faire moi-même et c'est vrai que j'ai attendu un peu, parce que vu l'état d'Elena… Enfin je voulais lui dire moi-même.

L'auxiliaire, Vera, comme l'indiquait un badge collé à sa blouse rose pâle, paru sincèrement embêtée.

— Oh, zut alors. Ah, oui, en effet… Eh bien j'avoue que de mon côté, je n'avais pas reçu de consigne particulière à ce sujet. (Thessa soupira et se passa la main dans les cheveux.) Mais de toute façon, c'est vrai qu'après le passage de la police, la question était réglée, non ?

— La police ? s'indigna Thessa.

Frigge lui avait promis qu'il ne mettrait pas un pied dans l'Ephad d'Elena. Il n'aurait pas eu le culot de lui mentir aussi vertement, si ?

— Oui, cette inspectrice est venue, le lendemain du drame, je crois, lui répondit Vera, en fronçant les sourcils.

Thessa incrédule, ne parvenait pas à percuter.

— Attends, hum, réfléchit l'auxiliaire. Moi, j'étais de service ce jour-là, forcément, puisque je l'ai vue, la policière, sourit Vera en creusant dans sa mémoire, soucieuse d'apporter une information exacte. Oui, c'est ça, ça devait être lundi. Ton mari est décédé un dimanche, je crois ? lui demanda-t-elle, baissant légèrement la voix, comme si sa question dérangerait un peu moins si elle était prononcée un ton plus bas.

— C'est exact, répondit Thessa, impassible.

— Oui, donc la policière est venue lundi. Elle est passée en fin de journée, vers dix-sept heures. Je m'en souviens parce que les patients s'apprêtaient à dîner. J'étais embêtée d'ailleurs, confia l'employée, parce que d'un, ce n'est pas comme si cette pauvre Elena avait grand-chose à dire, et de deux après une nouvelle pareille, elle n'allait rien avaler, cette pauvre Elena... C'est important à son âge de manger ! Et de fait, ça n'a pas loupé, laissa échapper la jeune femme d'un air contrarié.

Vera se reprit, embarrassée de s'être épanchée. *Causer davantage de chagrin à la famille endeuillée d'une de ses patientes, très malin !* pensa-t-elle.

Elle s'employa aussitôt à rassurer son interlocutrice :

— Enfin, Madame Dolen a eu ses médicaments avec un yaourt un peu plus tard, hein, pas de souci !

— Dis-moi, Vera, souffla Thessa en fixant le badge. Cette inspectrice... Elle était plutôt petite, les cheveux grisâtres, assez ronde avec un léger accent ?

— Oui ! s'illumina l'auxiliaire de vie, c'est elle ! Pas Belge. Peut-être Suisse ou un de ces pays-là... Ça m'a étonnée d'ailleurs, c'est vrai.

— Français, lâcha Thessa, dépitée. Elle a un accent français.

La belle-fille/épouse Dolen remercia Vera pour son aide d'un air las, lui souhaita une bonne journée et se dirigea vers la sortie, la tête basse. Avant de composer le code de sécurité de la porte du salon pour rejoindre les ascenseurs de sortie, Thessa se retourna. Elle regarda Vera et lui lança, d'une voix qui résonna à travers toute la pièce et qui réussit l'exploit de faire se retourner tous les pensionnaires :

— Pour info, elle n'est pas de la police d'ici, cette inspectrice. Elle n'avait aucun droit ni aucune légitimité à s'approcher et à interroger l'une de vos patientes.

Thessa composa le code et laissa la porte se refermer sur le regard fixe de Vera, pantoise. La soignante se mordit la lèvre inférieure, se demandant si elle risquait sa place. Elle s'assit sur une des chaises en plastique, les larmes aux yeux, fatiguée. Comment refuser des visites à ces pauvres gens qui n'en reçoivent presque jamais, pas même de leurs propres enfants ?

Monsieur Aken poussa un râle et jeta son gobelet de plastique par terre, ce qui fit hurler sa voisine, Madame de Jong, et avant que Vera ne pût sécher ses larmes, tous les pensionnaires dans la pièce s'agitaient et criaient en cœur dans une cacophonie déchirante de frustration.

## Chapitre 44 - Dans le bunker

— Toc, toc, toc.

Rosita lui sourit d'un air qui voulait dire *désolée de te déranger, mais tu te doutais bien qu'on finirait par te trouver.* Willem Kowska avait sursauté en voyant l'ombre obstruer la sortie du bunker et s'approcher de lui. Lorsqu'il discerna la détective française, il éprouva un mélange contradictoire de soulagement et de terreur. Soulagement car ce n'était « que » cette femme à l'allure de vendeuse en fête foraine qu'il dépassait de presque deux têtes, et terreur de ce que sa venue pouvait signifier.

— Tu te souviens qu'on s'est déjà rencontré ? lui demanda Rosita, s'asseyant sur un bloc de béton face au jeune homme dont les yeux étonnés lui répondirent par la négative.

— Mais si, dans le train, poursuivit Rosita. Un Paris-Rotterdam, il y a quelques semaines. Tu as eu un peu de mal à rattraper ton sac. Il avait l'air vachement lourd, ceci dit.

Willem n'avait toujours pas articulé une syllabe, ses longues jambes repliées sous son menton. Son cœur battait à tout rompre et son cerveau n'envoyait aucune prise de décision.

— Ça pèse autant que ça, les cachets ? Tu devais en transporter un sacré paquet, l'interrogea-t-elle, décontractée.

Willem ressentit enfin une décharge, un électrochoc. Il se releva d'un coup. Il tenta une fuite vers la sortie. Malheureusement pour lui, Rosita lui faisait déjà un croche-patte. Avant qu'il puisse dire ouf, le jeune homme s'étalait de tout son long. On était loin des bandits de films d'action. Face contre terre, il replongea dans un état d'hébétement. Rosita se pencha vers lui et lui murmura :

— Franchement, Willem, je ne te conseille pas d'essayer quoi que ce soit.

Elle s'étira, fit craquer ses épaules et lui assura d'un ton amical bien que ferme :

— Je suis là pour t'aider. Sincèrement. Viens, rassieds-toi.

Willem se releva et obtempéra. Il s'épousseta, alluma une cigarette et en proposa une à Rosita.

— Non, merci.

— Je ne fume même pas, d'habitude. Enfin, jamais tous les jours.

— La période est stressante, j'imagine, tenta Marcadet en souriant, pour le détendre.

Willem la dévisagea. Il essayait de réfléchir à ce qui valait mieux pour lui et pour Charlotte. Que savait cette femme, que devait-il dire ou taire ? Quelle stratégie pourrait les aider ?

— Tu sais, reprit Marcadet comme si elle avait reçu la transcription de ses pensées, il faudrait que tu penses à toi, surtout. Parce que personne ne va le faire à ta place dans cette histoire. Tu as tout à perdre.

Willem fit une moue d'incompréhension qui ne fut d'aucun effet sur la détective.

*

L'ado avait été plus long que prévu à craquer. La nature recèle peu de forces aussi puissantes qu'un amour adolescent. Les tsunamis, peut-être. Willem était possédé par son amour pour Charlotte Verhagen. Rosita n'avait eu d'autre choix que de retourner l'interrogatoire en une unique possibilité de sauver son amoureuse, autrement Willem n'aurait jamais parlé.

— Si tu ne me parles pas, je n'aurai aucun moyen de prouver l'innocence de Charlotte, Willem !

L'ado était aussi blanc que son sweet à capuche.

— Ne sois pas bête, Willem, ne condamne pas Charlotte ! Si je n'ai pas tous les éléments, je ne pourrai pas l'aider ! Tu comprends, ça ?

— Mais non, je ne comprends pas ! L'aider de quoi ? Pourquoi tu ne vas pas la voir elle, si tu as des questions à lui poser ?

— Mais parce que c'est toi qui gères son trafic à deux balles ! Prends tes responsabilités, mon gars !

Willem était mort de honte. Du « trafic ». Il aurait préféré donner un rein plutôt que d'entrer dans ces délires de deal. Mais Charlotte, c'était plus fort que tout, plus fort que la mort. Il aurait tout fait pour elle. De fait, il avait dit oui à tout. À presque tout.

— C'est toi qui as tué le chat ? le questionna Rosita.

— Ça va pas la tête !

— C'est pourtant bien l'un de vous deux ! Alors c'est Charlotte ! affirma la détective.

— C'était un accident ! s'insurgea-t-il.

Un accablement sans fond s'empara de Willem Kowska. Tout avait dérapé si pernicieusement. Il avait été un idiot fini de laisser couler. Il aurait dû mettre un terme aux délires de Charlotte bien plus tôt. Tout ça ne serait peut-être pas arrivé. Il s'était convaincu jusque-là que la mort de Monsieur Dolen n'avait rien à voir avec eux, mais Rosita Marcadet s'employait à pulvériser ses espoirs au marteau-piqueur.

— Madame, couina-t-il en l'implorant du regard, oui c'est vrai : il y a eu du trafic comme tu dis, oui c'est vrai que ce pauvre chat, c'est de notre faute, mais on n'a pas fait exprès... Pour le reste nous on n'a rien à voir là-dedans ! Honnêtement Madame, je ne saisis pas le rapport !

— OK, très bien. Je vais te l'expliquer, moi, le rapport. En attendant, décris-moi exactement TOUT ce qui s'est passé depuis le jour où Charlotte t'a demandé de l'aider jusqu'à aujourd'hui. Ne t'avise pas de me balader, d'omettre un épisode ou de te perdre en circonvolutions autour d'un pot, tu le regretterais sec, je te le promets.

Willem Kowska ne devait pas passer beaucoup de temps à potasser ses droits citoyens sur les sites gouvernementaux. La détective Marcadet avait pour habitude de profiter de ce type de méconnaissance. À aucun moment, le jeune ne songea au caractère totalement illégal de cette audition libre entreprise par Rosita. Il aurait pu garder le silence. Quitter les lieux librement, n'importe quand. Au lieu de quoi le jeune homme, ne s'imaginant pas d'autre choix, raconta.

# Chapitre 45 - Liesbeth van West

Plus tôt dans la journée, lorsque Beatrix avait décrété le temps venu de parler à cœur ouvert en famille, elle avait aussitôt foncé en direction de chez Liesbeth. Une réunion primordiale s'apprêtait à démarrer, bien que l'hôte de ce sommet van West n'en soit pas encore informée. Plantée devant la porte de chez Liesbeth et son mari Mark, pleine de détermination, Beatrix se trouva un peu bête lorsque personne ne vint leur ouvrir.

La main sur la hanche, Anita observait sa grande sœur appuyer sur la sonnette comme une banquière recevrait une artiste-peintre lui exposer son projet d'achat immobilier: avec une incompréhension condescendante assez difficile à cacher.

— Elle est au boulot, je te l'avais dit, soupira Anita.

— On n'a qu'à se mettre en route alors. On la retrouvera là-bas, décréta Beatrix en faisant tournoyer les clés de la Giulietta.

— Donc je n'ai plus droit de conduire ma propre voiture en fait ? lança Anita à Beatrix, déjà occupée à boucler sa ceinture.

*

Liesbeth van West s'était toujours sentie le vilain petit canard de la famille. La petite dernière, l'accident. Celle qu'on oubliait de venir chercher à l'école, celle qui ressemblait étrangement à une vieille tante acariâtre (une des plaisanteries favorites de sa mère), celle qui détonnait sur les photos de famille. Plus brune, plus grande, plus renfermée. Elle s'était très longtemps crue adoptée. Ses sœurs ne se priaient pas pour lui donner raison. Puis, vers dix-sept ans, elle opta pour un glissement vers l'indifférence. Puisque personne ne semblait s'intéresser à elle dans cette famille, elle ne s'intéresserait à personne. Abandonner ses efforts d'intégration familiale lui procura une sensation d'apaisement insoupçonnée. Elle passa alors à la vitesse supérieure. Elle abandonna ses études en sciences sociales, boucla son sac et partit avec ses économies de Saint-Nicolas pour l'Italie. Sa sœur Anita venait de tomber enceinte, aussi le départ de Liesbeth ne souleva pas de grand émoi. L'Italie, quelle bonne idée ! Elle avait bien raison de profiter. On la laissait faire sa vie, elle se débrouillait si bien toute seule.

Liesbeth rejoignît en autostop un camping toscan choisi au hasard. Celui-ci faisant bizarrement les choses, elle y rencontra un groupe de Néerlandais, des militaires en vacances. Journées à la rivière, compétitions de fléchettes et plusieurs nuits sous différentes tentes plus tard, Liesbeth fit son choix. Mark le taiseux. Mark le tourmenté, comme elle, qui projetait de postuler pour des missions à l'étranger. Il voulait voir du monde, ça tombait bien, elle n'avait pas de plan précis. Les amoureux se rendirent compte quinze jours avant leur mariage (le seul moyen pour Liesbeth de pouvoir suivre Mark dans ses futurs déplacements) qu'ils avaient grandi à deux kilomètres cinquante l'un de l'autre. Liesbeth hésita. Mark la rassura. Lui non plus n'avait aucune envie de remettre les pieds à Beek aan Zee. La serveuse de la cafétéria du camping fut sa témoin de mariage.

*

— Allez, descends !

Beatrix suppliait Liesbeth par téléphone.

— Qu'est-ce que c'est que cette embuscade ?

— Je te jure, Liesbeth, on a besoin de toi, il faut qu'on discute ! Viens, je suis avec Anita, on t'attend ! On a besoin de toi, Lies' !

— Faut pas exagérer non plus, murmura Anita en haussant les sourcils, avant de se prendre un coup de coude par Beatrix.

Liesbeth observait ses deux sœurs par la vitre de l'open-space. Beatrix gesticulait pour l'inciter à descendre. Anita tourna son visage vers elle, décroisa les bras et lui fit un signe timide de la main. Sans un regard pour ses collègues, Liesbeth attrapa sa veste sur le dossier de sa chaise, sortit de la pièce et dévala les escaliers.

## Chapitre 46 - Le supplice de Prométhée

Son historique d'appels indiquait vingt-deux tentatives pour joindre par téléphone l'entreprise « Net netjes and co », une de ces sociétés à nom ridiculo-marquant du type Superpropre compagnie. Rosita les relança une vingt-troisième fois. En vain. Jim Frigge ne tarderait pas, si ce n'était pas déjà le cas, à lui planter de sérieux platanes dans les roues, Rosita en était persuadée. Aurait-il pu deviner ce qu'elle voulait ? Avertir l'entreprise ? Leur interdire de lui parler ? Non, le brigadier n'aurait sans doute pas déployé autant d'efforts.

Comme en écho à ces embûches, le fond de l'air en ce début d'après-midi annonçait de nouvelles précipitations.

— J'aurais dû aller courir ce matin ! râla-t-elle tout haut.

Voilà ce qui l'empêchait de tourner rond aujourd'hui. Les aléas de l'enquête (de la vie en général) sont mauvais pour le planning. La détective se découvrit avec stupeur un côté psychorigide à la Rob Dolen. *C'est moche*, en convint-elle.

Elle tira sur son jean mal ajusté, fit rouler sa tête de gauche à droite, de droite à gauche. Elle ferma les yeux. Inspira, expira. Il fallait aussi qu'elle rappelle Anita van West, qui sait dans quel état cette femme devait se trouver.

Au fond, Rosita adorait ça. Se perdre dans une enquête, réfléchir à dix personnes à la fois, échafauder des théories, rager de buter sur des incohérences, s'enorgueillir de décréter pouvoir les déchiffrer, traquer la logique, au point de n'avoir plus soif, plus faim (rarement, quand même), observer des centaines de psychologies, flairer enfin la seule hypothèse valable, résoudre l'équation, pleine d'adrénaline. Étudier d'autres vies que la sienne.

Le téléphone sonna. Elle ouvrit les yeux. Décrocha.

— Madame Marcadet ? Bonjour, je suis Pim, de la société Net Netjes and co. Nous avons bien reçu tous tes messages. Je m'excuse, nos équipes ont eu du mal à récupérer les vidéos. Le directeur du Centre funéraire Valkenbos, Monsieur de Vries, nous a d'abord refusé l'accès, mais nous sommes convenus de les regarder ensemble, et il a fini par accepter. Deux personnes de chez nous se sont rendus au centre pour les visionner avec M. de Vries. Nous étions tout à fait disposés à prouver notre bonne foi et notre professionnalisme, comme tu peux le constater.

Rosita trépignait d'impatience, mais ne voulait pas se montrer désagréable. Après tout, les employés de

« Net netjes and co » avaient accepté d'aller chercher en leur nom des images de vidéosurveillance auprès de leur employeur, sans aucun mandat ni papier officiel. Et en plus, ils avaient réussi ! La détective ne comptait plus le nombre d'éléments déterminants obtenus au cours de sa carrière par une simple question. Rosita rongea son frein en silence et laissa le conteur qu'elle avait au bout du smartphone lui dérouler en deux mille mots ce qu'elle aurait aimé entendre en quinze.

— Et effectivement, tu avais raison !

*Sans blague, mon gouda,* ironisa-t-elle en silence.

— Nous avons effectivement vu, à l'image, une employée, nous ne savons pas encore qui, accéder au centre pour procéder au ménage intensif, alors qu'elle n'était pas prévue ce jour-là.

— Je me permets d'intervenir, le coupa Rosita. Vos uniformes sont composés de longues et larges blouses, les employés sont requis de porter une charlotte et un masque sanitaire. J'ai juste ?

— En effet, c'est la tenue réglementaire pour opérer dans ce genre d'établissements, approuva son interlocuteur.

— Et l'employée qu'on voit sur les vidéos accéder au centre, elle ne se trouve à aucun moment face caméra et personne n'a pour le moment réussi à la reconnaître ?

— Eh bien c'est-à-dire que, balbutia le responsable, nous avons justement interrogé immédiatement tous nos employés pour comprendre qui a pu commettre cette grossière erreur de planning, totalement irrégulière. Tu seras tout à fait libre de venir l'interroger dès que la fautive sera retrouvée.

— Laisse tomber Shérif, vous ne la retrouverez pas, lui répliqua Rosita.

— Je te demande pardon ?

— Ce n'était pas l'une de vos employées !

(Elle se retint de ponctuer sa phrase d'un « patate ».)

— Mais comment ? C'est impossible ! Et où aurait-elle pu récupérer l'uniforme ? Comment ...? Pourquoi diable quelqu'un aurait-il voulu...?

Rosita débita quatre formules de politesse en vingt secondes et raccrocha dans la foulée. Jim Frigge allait lui tomber dessus d'un moment à l'autre. Rosita pariait que le brigadier n'avait même pas visionné la vidéo de surveillance.

« Rien d'intéressant, le personnel et les invités qui entrent et sortent », lui avait-il dit en début de semaine.

*Tu parles.*

*

Tom ne chercha pas à rompre le silence qui flottait dans la voiture sur le trajet du retour. Thessa semblait épuisée. Passée à la machine à laver, programme intensif draps et serviettes de bain. Elle regardait à travers la fenêtre défiler le restant de nature entre les routes, les oiseaux morts en percutant des camions qui pourrissaient sur le bas-côté de l'autoroute. La tristesse disputait son cœur à l'incompréhension et à la colère. Pourquoi Rosita Marcadet était allée rendre visite à Elena à l'Ehpad ? Pourquoi avait-elle eu le culot de lui apprendre la mort de Rob ? Non pas que Thessa aurait préféré avoir l'exclusivité de la nouvelle, mais enfin, *qui* fait ça ?

Qui s'immisce à ce point dans la vie et dans la mort des gens ?

Qu'avait cette détective à apprendre de cette vieille peau amnésique d'Elena Dolen ?

*

Le vent s'était levé, brusque et contrarié. Il balayait de plus en plus fort les nuages cotonneux qui parsemaient le ciel. La lumière dorée filtrait à travers par endroits, illuminant l'immense plage par flaques intermittentes. Willem marchait, face au vent, les mains dans les poches et les yeux plissés. Les minuscules grains de sable lui fouettaient le visage. Ses vêtements lui collaient au corps ou battaient furieusement contre lui. Capuche nouée sous le menton, tête rentrée dans les épaules, le jeune homme se demandait s'il avait déjà ressenti une peine aussi intense. À ce point diffuse, sombre et gluante. Il aurait voulu crier, pleurer, se rouler dans le sable, taper du poing et du pied. Il ne pouvait que marcher. Charlotte n'avait pas répondu à ses textos, ni à ses appels. Qui sait si elle ne l'avait pas déjà abandonné. Vendu. Willem avait peut-être l'air bête, lui-même ne se vouait pas une très grande estime et il n'imaginait pas que d'autres puissent avoir meilleure opinion de lui, mais il n'était pas idiot, ça, non. Il n'était pas débile. Ni aveugle. Évidemment qu'il savait tout ça. Que ça finirait mal ? Évidemment. Qu'elle ne l'aimait pas autant que lui la vénérait ?

Peut-être même ne l'avait-elle jamais aimé du tout. Que s'il y avait le moindre risque, le moindre pépin, tout retomberait sur lui ? Forcément. C'est la loi du plus fort, c'est la loi du plus riche. C'est la vie. Il le savait parfaitement, Willem, depuis le début.

Le pire, c'est que si tout était à refaire, il recommencerait exactement pareil. Les heures passées avec Charlotte valaient tout ce qui arrivait. Tout ce qui arriverait. Ces moments avec elle étaient inestimables. Pour son plus grand désespoir, ces moments étaient officiellement arrivés à leur terme. Les conséquences de leurs actes n'avaient aucune importance. Tout ce à quoi Willem pouvait penser, ce qui lui donnait envie de mourir, c'était de savoir qu'il était arrivé au bout de son voyage avec elle. Fini. Plus jamais. Il ne lui resterait plus que la morsure continuelle de l'absence. Au collège, une histoire l'avait beaucoup marqué, plus jeune. Celle d'un dieu grec (ou romain ? Non, grec.) dont le foie était mangé tous les jours par un aigle. Chaque jour, ça recommençait, car chaque nuit, son foie repoussait. C'est bizarre, comme ce truc lui était resté en tête, depuis des années. Il y avait souvent repensé. Peut-être qu'au fond il avait pressenti que plus tard, lui aussi, il vivrait la même chose. Aujourd'hui, pour la première fois, son foie venait d'être dévoré. Et tous les jours désormais, le supplice se répèterait.

## Chapitre 47 - Le rendez-vous manqué de Margareta

René sortit de sa boutique, une tasse fumante à la main. Il mit en garde d'un œil farouche les feuilles virevoltant autour du lui : que pas une seule n'ose s'approcher de son café au lait. Ses cheveux mi-longs gris ardoise parfaitement brushingués flottaient au vent. Il avait l'air d'une star de feuilleton télévisé sur des amours et des secrets pour personnes âgées. René avait toujours eu fière allure. Un poil anachronique, l'allure, c'est tout. Il faisait le bonheur de toutes ses clientes qui, par ricochet, faisait le sien. Sa chemise du jour, il l'avait choisie exprès pour elle. Et un peu aussi pour lui, c'est sûr, c'était une de ses chemises préférées. Un bleu ciel délavé exquis en coton faussement froissé, d'une douceur pas permise mais à l'aspect rugueux, style cow-boy d'Arizona soigné. Le pouce agrippé à un passant de sa ceinture à tête de buffalo, il tapotait le bout de sa santiag dorée, fronçait ses sourcils charnus impeccablement sculptés et se demandait où avait bien pu passer Margareta van West. En trente-sept ans de salon, elle n'avait jamais manqué un seul rendez-vous. Même le jour où son mari était décédé, elle était venue de se faire pomponner. Et à l'heure, s'il vous plaît. Pourvu qu'il ne lui soit rien arrivé ! René s'en voulut terriblement. Malgré tous ses efforts, il ne put s'empêcher de se mettre à calculer son manque à gagner au cas où Margareta aurait été rappelée auprès de son époux. Certaines morts coûtaient plus cher que d'autres, il fallait bien l'admettre.

*

Thessa raccrocha et posa son téléphone portable sur la table basse en verre. En fin de compte, elle n'avait pas eu besoin de lui poser la question. Rosita Marcadet avait appelé pour lui raconter son entrevue avec Elena Dolen. Thessa ne s'attendait pas à des excuses ; pourtant la Française avait d'emblée reconnu sa maladresse. Elle lui avait demandé pardon. Annoncer la mort d'un proche, c'était presque une déformation professionnelle, pour elle, se défendit la détective. Rosita avait tellement l'habitude de susciter l'angoisse, elle préférait annoncer la couleur d'emblée. En plus, cette fois-ci, juré-craché, Rosita avait tâché de ne pas s'en mêler ! Mais les parents, les frères ou les sœurs sentent ces choses-là, souvent. Tout le temps de l'appel, tandis que Rosita se justifiait au téléphone, Thessa s'était concentrée sur le bouquet d'anémones aux couleurs vives qui trônait face à elle, offert par Tom le matin même.

— Sans vouloir t'embêter très longtemps avec mes histoires, confessait la détective, j'avais programmé cette visite bien avant la mort de ton mari, pour des raisons personnelles qui n'ont rien à voir. Malgré l'enquête qui avait démarré entre temps, je n'ai pas voulu annuler.

Voilà maintenant que Rosita Marcadet avait des *raisons personnelles* de rencontrer sa belle-mère. Thessa ne comprenait plus rien à rien.

— Elena devait sans doute nourrir un amour très intense pour son fils, très… fusionnel, avait précisé Rosita. Ta belle-mère m'a demandé des nouvelles de Rob avec insistance. Plusieurs fois, j'ai tenté d'éluder. Je lui ai suggéré d'en prendre auprès de toi, mais elle ne voulait rien entendre. Au bout d'un moment, elle m'a attrapé la main et elle m'a demandé, les yeux dans les yeux : *Il est arrivé quelque chose à Rob, c'est ça ?*

Thessa sentit sa gorge se contracter, elle allait manquer d'air très bientôt.

— Je n'ai pas pu lui mentir. Tu comprends, Thessa ?

Thessa avait raccroché, lasse. Lasse au point d'avoir accepté ce que Rosita Marcadet lui avait demandé, en fin de conversation. Rosita ne l'avait pas appelé que pour s'excuser, loin de là.

La veuve extirpa son iPad d'un tiroir, ouvrit sa boîte mail et se mit en pilote automatique. Sans réfléchir.

*« Objet : Cérémonie Rob – demain – 11 heures 30*

*Chers tous,*

*Vous le savez peut-être, Rob sera inhumé demain, tôt dans la matinée.*

*La cérémonie d'inhumation se déroulera dans la plus stricte intimité. Mais je sais que certains ont à cœur de se retrouver, pour honorer sa mémoire et accuser le coup de sa disparition violente.*

*À vous qui le souhaitez, je vous propose de nous retrouver à la maison, à 11h30.*

*Bien affectueusement à tous et toutes,*
*Thessa Dolen*
*Bosweg 14*
*6125DL Beek aan Zee* »

Alors qu'elle allait cliquer sur « envoyer », Thessa s'immobilisa. Son cœur tambourinait dans sa poitrine, ses mains étaient moites. La veuve s'écarta de son ordinateur, s'enfonça dans sa chaise et ferma les yeux. Elle prit une grande inspiration. Ce mail avait soudain pris une importance capitale. Comme si une fois envoyé, rien ne serait plus jamais pareil.

# Chapitre 48 - Le mail

— Nous voudrions simplement te parler, Maman. Et si tu veux bien, écoute-nous avant de répondre, c'est tout. Certaines choses pourront ne pas te faire plaisir, mais on voudrait simplement discuter.

— On voudrait que tu nous écoutes, surtout, renchérit Liesbeth, d'un ton moins conciliant.

Margareta van West cligna des yeux, jeta des regards à droite et gauche. Se réveillait-elle d'une absence ? Est-ce qu'elle devenait sénile ? Que faisait-elle ici ? Ah oui, Beatrix était venue la chercher. Anita et Liesbeth l'attendaient sur le canapé de l'aînée et elle, leur mère, était prise en embuscade, pour la première fois de sa vie, par ses propres enfants. On aurait cru rêver.

— Vous m'avez amenée ici pour me faire des reproches ? C'est une plaisanterie ! Anita, c'est une blague ? Vous me faites une plaisanterie ? Pour m'annoncer la naissance d'un nouveau petit-enfant ?

Les sœurs van West, d'un même mouvement de tête, laissèrent échapper un bref soupir parfaitement identique. Personne n'en releva l'aspect comique.

— Les filles, vous savez bien que j'ai rendez-vous chez René ! Allons toutes chez lui, vous me raconterez là-bas ! Et dépêchez-vous, je suis en retard ! Le pauvre René a déjà dû lancer les services secrets à ma recherche, bougonna la matriarche, en se relevant tant bien que mal du fauteuil, trop bas pour ses jambes faiblardes.

— STOP ! hurla Liesbeth, dont le cri glaça la maison entière et fit retomber Margareta raide sur son large derrière.

Beatrix devina le souffle coupé de son mari, Pat, à l'étage. Pat travaillait, jour de télétravail oblige, à la maison, dans son bureau. Il eut la bonne idée d'y rester et de les laisser se débrouiller entre elles.

— STOP MAMAN ! répéta Liesbeth, hors d'haleine. C'est pourtant pas compliqué, on veut te parler, OK ? On veut te parler parce que Rob est mort, mon cœur est brisé, mon futur mari est perdu à jamais, le frère de ta fille Anita est décédé et elle aussi, elle est morte de chagrin ! Elle a perdu un frère qu'elle n'a jamais connu, tu imagines ! Tu peux entendre ça ? Tous ces secrets, tout ce cirque, et vos préférences, Beatrix ceci Beatrix cela, Anita ceci Anita cela et elle est si drôle, elle est si jolie, aaaaaaaaaaaaahhhhh !!!

Liesbeth s'était déversée, comme un ballon plein à craquer qu'on lâche d'un coup. Vidée furieusement de son air, dans tous les sens, avant de retomber, petite chose flétrie, ratatinée, sans vie.

Le visage de Margareta s'était lui aussi vidé. D'habitude constamment traversé de mouvements, de mimiques, d'émotions diverses et variées, plus ou moins feintes, son visage s'était vidé puis figé. Il ne montrait – pour la première fois depuis des années – plus rien.

Beatrix l'observait comme si elle le redécouvrait pour la première fois après de longues années. Le visage de sa maman. Elle détailla ses yeux plissés, son nez marqué, ses taches brunes, toutes ses rides, sa bouche peinturlurée, ses sourcils au crayon. Beatrix trouva sa mère pareille à une momie. Affreusement vieille.

Personne n'avait encore parlé. Anita pleurait en silence, Liesbeth reprenait son souffle, Margareta restait de marbre et Beatrix se disait que pour une fois, Anita ne faisait pas son cinéma.

Il se passait réellement quelque chose d'extraordinaire, aujourd'hui.

Les sonneries de leurs téléphones résonnèrent toutes en même temps. Margareta van West et ses filles se regardèrent avec étonnement. Beatrix renifla, sécha ses joues, se nettoya des doigts les creux des yeux, à tous les coups dégoûtants de mascara dégoulinant, et découvrit, en même temps que ses sœurs et sa mère, le mail de Thessa Dolen.

## Chapitre 49 - Hommage ou commérage

— Mon Dieu, tu avais raison !

— J'ai toujours raison, ronronna Rosita en plissant les yeux.

Steven lui lança une de ses œillades de bovin orphelin, et la détective fut à deux doigts de lui faire un câlin.

— C'est fou, je te jure, dans mon taf, j'ai vu des trucs atroces, ignobles. Je veux dire, t'as pas idée.

Rosita leva les sourcils, d'un air de dire : *T'as vu ma tronche ? J'ai l'air de bosser à Disneyland ?*

— Non, je te jure que TU-N'AS-PAS-IDÉE, lui rétorqua-t-il.

Rosita ne chercha pas à pousser plus loin le débat.

— Mais putain ça, je savais pas, poursuivit-il. Vingt mille euros pour tuer quelqu'un ! C'est rien ! Non ?

— En réalité, temporisa Rosita, vingt mille, ça se situe dans la tranche haute. Business classe. Suivant où tu vis et qui tu recrutes, tu peux trouver bien plus économique. Surtout que pour encore plus économique, tu peux amocher quelqu'un à vie. Devenir paraplégique pour deux cent balles, c'est presque pire, je trouve. Autant mourir.

Steven soupira et reprit une gorgée de bière. D'ordinaire, il ne buvait jamais d'alcool en journée. Ces dernières semaines lui collaient encore à la peau. Il se les trimballait comme un boulet. Rosita observa son jeune camarade, dont même les taches de rousseur semblaient en berne. Sa petite mine lui serra le cœur. Elle s'inquiétait pour lui. Une émotion non-réglementaire. Rosita ne devait pas s'inquiéter pour les gens de passage. Les témoins, les suspects, les familles, les vies collatérales, les rencontres d'affaire en affaire. Rosita Marcadet n'avait jamais le temps ni les moyens de s'inquiéter. Comme d'habitude, la détective allait repartir. Quitter l'enquête, quitter les gens. Elle n'avait pas encore achevé son travail ici et ne pouvait pas se permettre d'angoisser déjà à l'idée de lever le camp. De laisser Steven. Le laisser à sa vie qui le rendait tristounet. *Quelle prétention, Marcadet!* se gronda-t-elle soudain, en silence. Comme si elle, Rosita Marcadet, du haut de sa personne, petit pois ridicule dans le grand cosmos, avait le pouvoir de rendre Steven heureux, ou n'importe qui d'autre, d'ailleurs. La capacité de comprendre si la vie d'un tel était satisfaisante ou pas, d'influer sur le bonheur supposé des gens… *Rosita, ma pauvre*, se dit-elle, *il ne te manque plus que ton caddie de bibles à roulette et en route pour sauver une humanité entière qui n'a absolument rien demandé. Une humanité qui se porte sans doute très bien, merci pour elle.* Tandis qu'elle, Rosita, savait à peine lacer correctement ses Pataugas.

De un : elle ne savait pas grand-chose de la vie de Steven (enfin, un peu tout de même). De deux : celle-ci était loin de s'avérer abominable. D'autant que le garçon ne manquait pas de ressources ni de ressort, il irait bien. Même si Rosita aurait voulu qu'il aille mieux tout de suite, trouver les mots qui là, maintenant, en deux phrases, modifieraient son état. Seulement tout prend du temps, dans la nature. Faire pousser une patate, transformer un caillou en diamant, avoir les cheveux doux, pardonner à ses parents. On essaie de nous faire oublier le temps, de nous faire croire qu'on peut changer les choses ou les gens en un après-midi, une lecture, une application de crème, une session d'hypnose. Or tout prend du temps. Un temps fou.

À la limite, vu qu'elle resterait encore quelques jours à Beek aan Zee après la fin de l'enquête, Rosita pourrait discuter avec Steven à ce moment-là. Plus tard, quand tout serait bouclé. Perdue dans ses pensées, entre Steven et le dossier Rob Dolen, Rosita Marcadet semblait avoir même oublié la raison originelle qui l'avait amenée dans ce village hollandais.

— Du coup, c'est quoi la prochaine étape ? demanda Steven en fixant Rosita droit dans les yeux.

Lui n'avait pas perdu le fil de leur enquête un seul instant.

*

Jim Frigge l'attendait à l'entrée du bâtiment. Assis sur le perron. L'air plus mélancolique qu'énervé, nota Rosita Marcadet. Décidément, c'était la dépression générale, dans ce bled !

Rosita s'avança comme si de rien n'était, drapée dans une nonchalance légendaire. Elle sortait les clefs de son sac à dos quand le brigadier s'adressa enfin à elle, en un long soupir.

— Bon, écoute, va falloir m'expliquer là.

— Je te proposerais bien d'entrer mais je ressors tout de suite… Pourquoi ne pas se retrouver pendant la cérémonie funéraire de Rob Dolen, qu'en dis-tu? Je t'expliquerai tout !

— Je te demande pardon ? articula Frigge, outré. Tu penses que c'est des manières, ça, de jacasser des théories fumeuses sur la mort des gens *pendant* la cérémonie qui leur rend hommage ? En présence de la famille en plus ?

— Remarque, c'était pas tellement des manières non plus de l'assassiner pendant la cérémonie funéraire de Madame Dekker. Pas vrai ? Comme ça, la boucle sera bouclée !

Le brigadier Jim Frigge n'eût pas le temps de protester, la porte de l'appartement loué par Rosita Marcadet lui claquait déjà au nez. Rosita eut mal pour lui et pour son ego. Mais comment faire autrement ? Elle n'avait pas le temps. Lustrer le poil incompétent du brigadier ne faisait pas partie de ses priorités.

*

La grande discussion familiale tant attendue avait été interrompue net dès ses débuts par l'invitation de Thessa. Coupée à la racine. Morte dans l'œuf. Liesbeth se sentait pareille à une cocotte-minute oubliée sur le feu : sur le point d'exploser en un milliard de fragments tranchants. Tant de choses étaient remontées en elle. Elle avait tellement envie de se faire entendre de sa mère. Elle en avait tellement besoin.

Lorsque toutes eurent terminé, un peu abasourdies, la lecture du message de Thessa les invitant à l'hommage pour Rob, elles poussèrent une espèce de même soupir, uni et étouffé. L'harmonie déconcertante avec laquelle les van West réagissaient une fois de plus fut brisée par Margareta. La matriarche émergea, d'un coup, comme si elle se réveillait d'un coma ou d'un arrêt cardiaque. Elle se mit à hurler, exigea de ses filles qu'on la conduise dans la seconde chez René. Les sœurs n'osèrent pas la contredire. Elles n'avaient plus la force de s'opposer à leur mère. Le moment était passé. Les trois sœurs s'étaient désunies. Chacune était revenue à son individualité, à ses propres problèmes, à ses angoisses. Thessa avait tout gâché. Et maintenant Liesbeth se retrouvait là, chez René, comme une idiote. Depuis combien de temps n'était-elle pas venue dans ce salon ridicule ? Les santiags du coiffeur lui sortaient par les yeux. C'était à la limite de la douleur physique.

— Attendez, bredouilla René. Margareta, reditesmoi ça : vous irez toutes demain chez Thessa pour commémorer Rob Dolen ?

— ON ira tous demain chez Thessa commémorer Rob Dolen ! Toi aussi René ! Tu ne peux pas manquer ça !

De Liesbeth ou d'Anita, Beatrix se demandait qui allait craquer la première. Une autre cliente pianotait frénétiquement sur son portable et semblait ignorer le cirque ambiant.

René termina le sempiternel brushing royal, aspergea Margareta van West d'une laque parfum fruits de la passion et balbutia :

— Margareta, je me sentirais très mal à l'aise de me rendre chez Thessa. Tout le monde sait que je n'ai jamais pu encadrer Rob, ça ferait vraiment grossier…

— René, fais un effort, gronda Margareta. On ne peut pas rater ça ! C'est une question de solidarité !

Beatrix releva une tête sarcastique vers sa mère au moment où la gorge d'Anita lui renvoya un peu de vomi. Liesbeth, quant à elle, interrogeait la limite au-delà de laquelle se jeter sur sa propre mère devenait une option acceptable.

— Pour ma part, la solidarité consisterait à laisser Thessa tranquille. Je préfèrerais plutôt lui rendre une visite plus tard, avec un bouquet de fleurs ou un plat de lasagnes. Nous pourrions organiser ça ensemble, qu'en dites-vous, Margareta ? gémit René qui commençait à paniquer à l'idée de devoir réellement s'incruster à des funérailles pour faire plaisir à sa plus grosse cliente.

— Il y a un temps pour tout dans la vie, René. Et il y a un temps, demain, pour se rendre chez Thessa lui présenter nos condoléances, trancha sans ménagement Margareta van West, perdant patience.

René avait beau adorer les commérages, il trouvait cette fois-ci que le sordide prenait trop le dessus. Beatrix n'osait plus rien dire. De toute façon, intervenir ne changerait rien. Elle prit la main d'Anita dans la sienne. Liesbeth vérifia de l'index si elle ne saignait pas des oreilles. Tout ça était irréel. Le délire de sa mère, l'enterrement de Rob. L'enterrement de celui qui aurait pu être son futur mari.

— Et cette Rosita Marcadet, elle avance, au fait ? s'aventura le coiffeur, espérant changer de sujet et la volonté de sa cliente en même temps.

— On est bien d'accord ! maugréa la cliente au fond du salon, une dame qui venait de temps à autre chez René et qui, de fait, suivait la conversation.

Elle avait lâché son téléphone et se peignait les ongles avec les produits du salon. Elle renchérit :

— Ça va faire une semaine et on n'est toujours pas plus avancé ! Qu'est-ce qu'on a appris au juste ?

— Madame Marcadet a ses méthodes, répliqua Margareta. Tous les grands détectives ont leur méthode, ajouta-t-elle avec hauteur, comme si elle-même appartenait à l'élite des enquêteurs professionnels.

— Pff. Elle a dû se prendre un coup de moulin gamine, cette femme, siffla Anita en ouvrant un des tubes d'après-shampoing exposés en vitrine, pour sentir son parfum coco-tiaré.

*

— Honorer sa mémoire ! s'exclama Pat, les yeux sur son smartphone. Honorer leur curiosité, oui !

— Ils voudront tous aller jeter un coup d'œil, c'est sûr ! renchérit Frank.

— Nous aussi on va y aller, remarque… Mais parce qu'on n'a pas le choix !

— C'est clair ! On ne peut pas ne pas y aller, quand même.

— Ça serait irrespectueux, en convint Pat.

— Exactement.

Ruben leva les yeux au ciel. Lui n'irait pas. Il n'avait jamais pu blairer Rob Dolen, il n'avait rien à faire à sa cérémonie mortuaire. Demain, à 11h30, il boirait un coup à la santé de Thessa, et puis voilà. Il lui paierait sa tournée la prochaine fois qu'elle viendrait dans son bar. De toute façon, il aurait été incapable de croiser Rosita Marcadet, qui s'y rendrait à coup sûr, et faire comme si de rien n'était. Ruben n'avait pas encore exposé ses découvertes à Mrs Moss mais une chose était sûre : il arrêtait là. On ne fouinait pas dans la vie des gens. À la seule idée que quelqu'un puisse fouiner dans la sienne, les veines de son front doublaient de volume.

# Chapitre 50 - La nuit d'avant

La nuit était tombée sur Beek aan Zee, le vent aussi. Ruben avait fermé son bar, les banquiers et autres notables avaient rentré leurs chevaux et l'atmosphère était celle de certains soirs d'hiver, où le calme et le froid emmitouflent le village, bien bordé dans son lit de dunes.

Rosita se tenait debout sur son balcon, mi-vigie mi-burrito, tout enroulée qu'elle était dans un plaid. Elle n'observait rien en particulier, sinon la rue, la maisonnette en contrebas, de l'autre côté de la rue pavée. Numéro 18. Ce coup de fil à Thessa l'avait obligée à repenser à sa visite dans la chambre d'Elena Dolen. Rosita avait complètement mis de côté son projet depuis des jours. Elle pourrait tout aussi bien abandonner. Repartir comme elle était venue, demain soir, quand tout serait fini.

Rosita réfléchit à cette histoire de compte Instagram. Qui pourrait s'amuser à publier des photos d'elle sur internet ? Son estomac se noua. Elle tenta de bloquer cette idée de son cerveau. Ce compte, si ça se trouve, c'était une simple mauvaise blague d'un collègue à la PJ. Rien de plus. Rosita prit une inspiration et clôt ses paupières. Retrouva le calme dans la certitude que le rigolo derrière son portable ne rirait pas éternellement. Elle était Rosita Marcadet, et Rosita Marcadet trouvait toujours ce qu'elle cherchait.

Des bandes d'étoiles se dévoilaient entre des volutes de nuages. La lune transparaissait, presque pleine, énorme. Pareille à un visage effaré. Rosita pensa à Steven, ses yeux tristes, sa bouille d'ange en mal de vitamine D, son grand corps maladroit. Elle aurait voulu le mettre sous perfusion d'amour, ne serait-ce qu'une heure ou deux, qu'il puisse refaire le plein. Encore à penser à ce garçon, ma parole, elle devenait dingue !

Rosita grogna, elle avait de nouveau mal au dos. Le nez glacé, les mains accrochées à la couverture, elle s'imagina chez eux Beatrix, Anita, Liesbeth, leurs maris respectifs, Thessa, son amant Tom, Steven, ses parents… Et tous les gens gravitant à l'extérieur de l'affaire, ceux qui ne connaissaient pas Rob. Ou seulement de loin, vaguement. Comme vous situez ce gars qui passe en moto au coin de votre rue tous les samedis à la même heure. Bref, Rosita pensait à ceux qui dormiraient tranquilles, ce soir. Elle-même n'était pas certaine d'y parvenir. Ses lombaires caractérielles lui tapaient sur le système.

À quand remontait la dernière fois qu'elle avait couché avec quelqu'un ? Purée… Trop loin. Beaucoup trop loin. Elle était rouillée de partout. Qui voudrait de sa carcasse ? Rosita ferma les yeux. Elle se mit à remuer tout doucement, essaya d'onduler tant bien que mal sa colonne vertébrale raide comme de la pierre. Fit rouler sa tête, arqua sa taille, d'un côté, de l'autre. Inspira avec concentration, expira profondément. Se frotta le bout des doigts, lentement. Rosita mit tout son cœur, l'espace d'un instant, à tâcher de ressentir. Son corps, des sensations, un désir. Elle reçut pour réponse immédiate un violent reflux gastrique accompagné d'une éructation sonore. Beurk. Soupir.

Si elle provoquait des poussées d'acide même à son propre corps, la prochaine partie de jambes en l'air n'était pas prévue pour demain la veille !

*

— Pat ?

— Mmmgr.

— Tu dors ?

— MMMmmgr.

Beatrix se retourna de l'autre côté du lit et soupira. Les bâtonnets rouges du réveil digital indiquaient une heure douze. Un intense besoin de voir son fils éclata et lui tomba dessus, comme une averse. Son grand garçon, de l'autre côté du pays. Il lui ressemblait tellement. En mille fois mieux, évidemment. Il devait dormir, à cette heure-ci. Beatrix ferma les yeux et espéra que son grand garçon de trente-cinq ans soit en train de faire un bon dodo. Elle s'imagina le prendre dans ses bras, respirer ses cheveux, et se berça ainsi jusqu'à se rendormir.

*

Blacky lui manquait tellement. Elle espérait de toute son âme qu'il aille bien. Qu'il chasse, heureux, pas loin. Elle rappellerait les vétérinaires du coin demain. Au cas où. Thessa remercia en silence sa psy et ses pilules magiques. Elle en avala une et demie avec un verre d'eau et sombra.

*

Steven relut son mail. Satisfait, il envoya sa demande de congés au service ressources humaines de son département ministériel. Il éteignit ses ordinateurs et sortit de sa chambre se préparer un bol de céréales. Son père était assis à la table de la cuisine, éclairé par le plafonnier, absorbé dans une grille de mots fléchés. Au passage de son fils, il leva les yeux, sourit à son enfant, paisible, et replongea le nez dans son journal. Steven, sans un mot, retourna le bol à la main dans sa chambre. Il s'assit sur son lit, dos au mur, et écouta le craquètement des corn flakes sous ses molaires. Pour une fois, il ne regarda rien, pas même son téléphone. Aucun écran. Sa tête était suffisamment pleine.

Il s'endormit tard, roulé en boule dans sa couette imprimé système solaire, sans s'être brossé les dents.

*

René, lui, fit nuit blanche. Toute cette histoire l'inquiétait sérieusement.

## Chapitre 51 - Traits de famille

**Samedi 16 mars**

Karen Vernink se réveilla avec un mal de crâne terrible. La bouche sèche, elle se dirigea vers les toilettes. Tous les matins, les coudes posés sur les cuisses, en train d'uriner, Karen se promettait qu'aujourd'hui, ce serait différent. La solution miracle lui semblait évidente : aujourd'hui, enfin, elle ferait preuve de volonté. C'était simple, enfantin. Une simple question de volonté. Aujourd'hui, elle ne prendrait aucun cachet, elle mangerait sainement, elle ferait du sport, elle se coucherait tôt. Tout irait bien car aujourd'hui serait différent. Karen se décevait systématiquement avant midi. Soit en avalant des pilules, soit en ingurgitant un paquet de gâteaux industriels. La punition ne variait jamais : elle s'interdisait de manger jusqu'au soir.

Ce matin, Karen ne se promettait rien. Les coudes posés sur les cuisses, le visage dans le creux de ses mains, elle se demandait, pour la première fois depuis des années, comment elle en était arrivée là. Si bas. Elle se mordit l'intérieur des joues et pleura en silence, pour ne réveiller ni son mari ni son fils.

*

— Bonjour Puck.

L'employée de maison n'eut pas le temps de répondre à sa patronne, presque déjà arrivée à petites foulées au premier étage. Caroline Verhagen pénétra dans sa salle de bain, ôta ses vêtements de course trempés de sueur et, avant d'entrer dans la douche, se jeta un coup d'œil dans le miroir. Les joues rosies par le froid et l'effort, sans maquillage, transpirante et avec ce chignon serré, elle ressemblait trait pour trait à son père. La cardiologue frissonna de dégoût. Elle s'approcha du miroir, se scruta avec autorité, comme pour intimer à son reflet de ne plus jamais oser lui rappeler de qui elle était née. Elle avait envie de cogner la vitre. Par amour pour son mobilier design et ce merveilleux outil de travail que représentaient ses mains, Caroline s'abstint. Elle s'avança vers le robinet de la douche à l'italienne. En déclenchant l'eau à vingt-deux degrés, elle se consola en se rappelant qu'heureusement, son visage était le seul et unique héritage transmis par son père. Du père à la fille, rien d'autre n'était passé dans le sang. Sa fille à elle, Charlotte, hélas, ne pouvait pas en dire autant. La bêtise effrayante avec laquelle elle s'était conduite ces derniers temps puait son mari à plein nez.

## Chapitre 52 - Première étape

L'enterrement fut rapide. Le prêtre (pas le même que celui qui officia pour Linda Dekker, heureusement) ne connaissait pas Rob et personne n'eut beaucoup à dire. Thessa avait en outre choisi de s'épargner les cérémonies habituelles. Aux Pays-Bas, le domaine de la mort est très codifié. Maître ou maîtresse de cérémonie, exposition du corps, qui doit rester au-dessus de la terre durant au moins trois jours, séance de condoléances suivie de réception, puis le jour de l'enterrement ou de la crémation, messe ou discours, défilé à pied avec le cercueil jusqu'à la dernière demeure, suivie d'une nouvelle réception… Les familles endeuillées trouvaient dans ces nombreux rituels du réconfort, le temps nécessaire aux adieux douloureux. Thessa se sentait tout simplement incapable de faire bonne figure pendant plusieurs jours de cérémonies. Qu'on en finisse. D'autant que c'est ce que la détective lui avait demandé.

Thessa avait donc joué la carte de la sobriété. Elle convia peu de monde. Les voisins viendraient boire le café plus tard, d'accord, en revanche au cimetière, elle ne voulait que le cercle le plus intime de son mari. Autant dire qu'il n'y eut pas foule en délire. Trois copains des échecs, les deux collègues que Rob appréciait, sa mère. Elle invita Liesbeth van West, sans arrière-pensée aucune, mais celle-ci ne vint pas. Thessa ne fut ni soulagée ni surprise. Elle ne ressentait pas grand-chose, à vrai dire. Depuis le réveil, la veuve avançait dans son programme en pilote automatique. Sept heures, lever. Appeler le chat, encore et encore, faire le tour du quartier, attendre. Huit heures, petit déjeuner, texto à Tom, douche, vêtements, maquillage léger, chignon serré. Paquet de mouchoirs dans le sac. Appel aux différents prestataires de service funéraire qui s'occuperaient de son mari aujourd'hui, aller chercher sa belle-mère à l'Ehpad.

Elena Dolen semblait être âgée d'un millier d'années. Ou être déjà morte. Du moment où l'infirmière avait ouvert la porte et annoncé d'une voix pleine de chaleur et de compassion l'arrivée de Thessa et l'heure de partir, un masque de cire était tombé sur le visage de la mère Dolen. Mutique, immobile, les yeux encore plus enfoncés dans leurs orbites que d'habitude, ils cherchaient une cachette entre les rides, entre les os. Pour en voir le moins possible.

Elena ne pleura pas. Thessa non plus. Pour une fois, elles partageaient quelque chose. Thessa se sentait dans un état second. Sans savoir si elle éprouvait de la tristesse ou de l'indifférence, de la peur, de la culpabilité, du désarroi. Elle déroula dans sa tête toute une liste d'émotions plausibles, sans trouver d'adéquation. Elle ne savait pas.

Pendant l'oraison, elle regarda sa belle-mère, assise à côté d'elle, petite chose ratatinée de douleur sur son siège. Thessa n'était même pas sûre de compatir à sa peine de mère endeuillée. Après tout, cette femme avait été infecte pendant tant d'années…

*

## Chapitre 53 - Une dernière mission

Steven longeait la palissade qui séparait les dunes de la rue encerclant Beek aan Zee. L'iode se mêlait au parfum de l'herbe, des moutons et de la terre. Le jeune homme marchait d'un pas léger, rapide, heureux. La mer dansait couleur vert bouteille ce matin. Le même vert que celui de la nouvelle blouse de Rosita, sourit-il. Trouverait-il ce matin la détective de meilleure humeur qu'hier ? Sans s'être montrée odieuse, Steven avait pu entrevoir une Rosita potentiellement pénible, voire franchement désagréable. Malgré son côté rustique, cette femme l'attirait d'une façon étrange. Presque inconsciente. Quand Rosita lui parlait, il voyait dans son œil gauche marron une petite tache de jaune qui lui faisait l'effet d'un soleil.

Steven repensa à sa demande de vacances envoyée avant de se coucher. Cette nuit, pour une fois, il avait dormi d'une traite.

À quand remontaient ses derniers congés ? Il n'en avait aucune idée. Il n'en avait peut-être jamais pris, vraiment. Un jour pour la Saint-Nicolas, un autre jour le 1er janvier. Encore que non. Cette année, au 1er janvier, il avait travaillé. Et quelle journée. Il chassa vite ce mauvais souvenir et se concentra plutôt sur ses projets. Dès que l'affaire de Rob Dolen serait réglée…

Il aperçut la silhouette de la détective qui l'attendait un peu plus haut, à l'Hôtel de la Mer. Steven y serait dans deux minutes. Il vérifia sa montre, neuf heures vingt-sept. Pile poil.

— Je me suis dit que pour une fois, on pouvait prendre un café face à mer, lui lança Rosita, adossée à l'entrée, en guise de salutation.

Elle avait dû se laver les cheveux. Au vu de sa coupe redevenue sauvage, le brushing de René avait bien disparu.

— Dehors ? s'étonna le jeune homme.

— Il ne fait pas froid, non ?

Habituellement peu fréquenté en semaine, le bar de l'hôtel était carrément vide ce matin. Un serveur et une serveuse qui à eux deux ne devaient pas atteindre les quarante ans leur apportèrent des cafés au lait avant de reprendre leur parade adolescente de plaisanteries tactiles et gloussements désireux.

Steven fut subjugué par la facilité désarmante avec laquelle le garçon comme la fille se tournaient autour, se parlaient, se cherchaient.

— Au fait, je suis désolée pour ma façon de te parler hier, j'étais de mauvais poil.

Steven sourit.

— Tu les as trouvés ?

— Quoi donc ?

— Tes mauvais poils. Il faut les arracher dès que tu les vois, hein, sinon ils se multiplient très vite, c'est comme les poux.

Rosita pouffa et trempa le petit biscuit servi avec le café dans sa tasse. Steven se saisit de sa petite cuillère et compatit en la remuant :

— N'empêche, depuis des années, côtoyer des morts, des crimes, des drames à longueur de journées... Tu dois être à deux doigts de péter les plombs parfois, non ?

— Bof, tu sais, je ne me jette pas à corps perdu dans chaque enquête comme si mon âme en dépendait. Ou comme si j'enquêtais sur l'amour de ma vie.

— Ah non ? questionna Steven en croquant dans son biscuit.

Rosita éclata de rire.

— Bien sûr que non ! Personne ne peut faire ça. Les écorchées vives à queue de cheval qui courent partout, ne dorment pas, cassent des portes, giflent les témoins, pleurent de rage et de whiskey, embrassent fougueusement leur collègue contre une porte pour décompresser, râlent beaucoup et repensent à leur traumatisme d'enfant ; avant de découvrir le coupable et d'avoir perdu quatre ans d'espérance de vie en douze jours, c'est bon pour le cinéma.

Rosita avala son biscuit ramolli et ajouta :

— Moi je fais des enquêtes toute l'année ! Faut bien que je puisse les enchaîner.

Steven réprima un large sourire. On aurait dit que la tache dans l'œil de Rosita avait grandi.

— Toi, tu es sensible, souffla-t-il.

Surprise, elle sembla chercher quelque chose derrière les yeux de son camarade et chuchota :

— Je ne supporte ni la souffrance des autres ni la violence, et je passe mes journées à patauger dans le mélange des deux.

D'un coup elle se reprit, secoua la tête comme aurait pu le faire un chien et conclut d'une voix enjouée :

— C'est pour ça qu'on se détache un peu, ça permet de se lever contente d'aller bosser ! Enquêter, c'est aussi très marrant, si on n'est pas complètement névrosé.

Rosita, qui sentait l'heure tourner, prit soudain un air sérieux et posa à plat ses deux mains sur la table.

— Steven, j'ai un nouveau service à te demander, en fait.

Steven but une gorgée et fit un signe de tête, invitant son amie à poursuivre.

Rosita eut un dernier moment d'hésitation puis, convenant avec elle-même n'avoir pas de meilleure solution, exposa à Steven son souci avec le compte Instagram alimenté à ses dépens. Elle avait enfin regardé hier soir en quoi consistait ce profil. Elle était consternée.

— Ah oui, ce petit truc-là ! s'exclama Steven.

Rosita s'en voulut de remarquer son ego tiquer. Presque mille personnes, tout de même ! Un petit truc serait suivi par moins d'abonnés, non ?

— Je vais voir ce que je peux faire, Rosita, mais qu'on soit clair : tu me demandes donc de hacker Instagram - Facebook. Tu comprends ce que ça veut dire ?

Rosita répondit d'un sourire ironique, traduction faciale de : « Pas du tout et on s'en fout ? »

— Ça signifie un paquet de problèmes potentiels pour moi.

— Tu rigoles ? Plus d'ennuis que la fois où tu as envoyé des mails avec la boîte personnelle du futur roi ?

Steven s'étouffa dans son café.

— Comment tu es au courant de ça ?

— Tu n'es pas le seul à savoir chercher, je te rappelle, lui répondit-elle avec un clin d'œil. Plus sérieusement Steven, j'ai vraiment besoin de savoir qui s'amuse à faire ça. Vérifier que… qu'il s'agit simplement d'une ou d'un abruti inoffensif. Rien de plus. Tu peux faire ça ?

Steven soupira. Les vacances démarraient au top.

— Je vais tout faire pour, oui. Je te tiens au courant.

Sans réfléchir, Rosita saisit les mains de Steven et les lui serra, émue et reconnaissante :

— Merci, vraiment, Steven.

Le jeune homme toussota, espérant avec force ne pas rougir et haussa les épaules, sans pouvoir articuler une syllabe.

Rosita retira ses mains et regarda la mer. Elle se sentait déjà mieux. Steven allait arranger ça, tout allait merveilleusement rentrer dans l'ordre. Elle termina son café d'un lever de coude, laissa de quoi régler le tout et lui lança :

— On se voit tout à l'heure, chez Thessa ?

— *Yes Ma'am*, lui répondit Steven en mimant un salut militaire.

En moins de trente secondes, le jeune homme se retrouva seul, les mains encore imprégnées du contact de Rosita et le nez au vent.

## Chapitre 54 - Deuxième étape

Vers onze heures, René, en nage et total look flanelle, tentait en vain d'expliquer à Margareta van West, que non, vraiment, il n'irait pas boire un café en hommage à Rob Dolen, tandis qu'un peu plus loin, de l'autre côté de la rue, Rosita Marcadet pressait la sonnette de Thessa Dolen.

La veuve Dolen, vêtue d'un tailleur pantalon gris souris, la laissa entrer sans un mot. Une fois à l'intérieur, porte refermée, Rosita saisit les mains de Thessa, les serra avec chaleur et plongea son regard dans le sien.

— Je te présente toutes mes sincères condoléances, Thessa.

C'était étrange d'entendre cette phrase maintenant, alors que Rob était mort depuis quasiment une semaine. Six jours. La détective semblait étonnamment sincère. Ou plutôt étonnamment peinée pour elle, car sincère, après tout, cette drôle de femme l'avait toujours été, depuis qu'elle avait débarqué ici. Elle avait presque un petit côté néerlandais, d'ailleurs. Franche, directe. C'était agréable, pensa Thessa, les Français perdent tellement de temps avec leurs formules de politesse interminables, leur blabla, leurs *peut-être si jamais au cas où éventuellement, enfin vous voyez sans doute ce que je veux dire chère Madame à qui je suis grée de l'expression de mes salutations sincères...*

— J'espère que la matinée n'est pas trop éprouvante, et j'espère que la suite des évènements ne le sera pas trop.

Rosita Marcadet lâcha les mains de son hôte et se gratta la tête.

— Les invités arriveront tous à l'heure, j'imagine, d'un bloc. Ce qui me sera assez pratique, je l'avoue ! poursuivit Rosita, retrouvant une joie de vivre assez dissonante et se dirigeant d'elle-même vers le salon.

Elle connaissait un paquet de maisons à Beek aan Zee, désormais.

La détective remarqua que la gamelle du chat était toujours à sa place. Elle eut un pincement au cœur.

La salle à manger était vaste et baignée de lumière. Il faisait beau et sec depuis le début de la matinée, les rayons du soleil filtraient à travers les fenêtres. Sur une grande table à manger repoussée contre un mur étaient disposés toutes sortes de petits biscuits, des gâteaux à la crème et des tasses prêtes à être remplies à ras bord de café filtré.

— Voyons voir... murmura Rosita, concentrée. Oui, nous procèderons ainsi.

*

Vingt minutes plus tard, les invités franchirent l'un après l'autre, tous ponctuels, bien entendu, le seuil de la demeure Dolen.

Rosita, retranchée dans la cuisine, patientait, les yeux perdus dans la cour, qu'elle observait depuis la fenêtre au-dessus de l'évier. L'extérieur ceinturé par une palissade de bois était entièrement dallé de pierre grise, agrémenté de quelques plantes en pots, dont un frêle et magnifique cerisier du Japon en fleurs. Des mésanges voltigeaient entre les branches.

— Poser des dalles, murmura Rosita, consternée.

Quel intérêt pouvait-il y avoir à posséder un jardin pour en débarrasser la terre ? Derrière la porte de la cuisine, côté salon, la petite assemblée s'installait, les formules convenues s'égrenaient, les tasses se remplissaient de café. On se pressait autour de Thessa en inclinant la tête. René avait concocté son fameux plat de lasagnes « à congeler, un soir où tu n'auras pas la force de cuisiner », Margareta van West avait apporté le plus gros bouquet de fleurs du comté, Karen et Pieter un plateau de dégustation de goudas et de noix… La table à manger se remplissait au fur et à mesure des poignées de mains.

Heleen Kaars, vêtue de la seule tenue sombre de sa garde-robe très colorée, se rapprocha de Steven, planté près de la fenêtre, côté rue. Les maisons néerlandaises comptent tant de fenêtres. Heleen inspira et demanda à Steven s'il allait bien. Celui-ci haussa les épaules et fit une mimique maladroite qui semblait dire : *Mieux que Thessa ou Rob Dolen.* Heleen lui décocha un sourire embarrassé et, d'un air faussement détaché qui ne trompa ni l'un ni l'autre, s'enquit de la détective française. Avait-elle prévu de venir ?

— Tu passes pas mal de temps avec elle, il paraît.

Steven s'écarta de la fenêtre et considéra sa voisine un moment, comme s'il cherchait les dernières pièces d'un puzzle presque achevé. Il trouva à Heleen des yeux inquiets.

— Oui, oui, elle va venir.

Le toussotement de Thessa attira leur attention et ils se retournèrent, comme tout le monde vers la maîtresse de maison, debout, près de la cuisine.

— Merci à tous et à toutes d'être là, commença-t-elle d'une voix incertaine.

Son regard glissa soudain vers le sol, Thessa fut prise d'un vertige. Ses lèvres se mirent à trembler, son cœur battre à tout rompre. Le déluge d'émotions allait-il arriver, là, maintenant, vraiment ? Elle ne pouvait pas s'effondrer tout de suite. En relevant la tête, ses yeux rencontrèrent ceux de Tom, pleins d'amour. Son refuge.

Thessa Dolen n'avait pas préparé de discours, elle avait simplement suivi les instructions de Rosita, comme si celles-ci allaient de soi. Rien de tout ça n'était normal, cette semaine, cette situation, rien n'avait de sens. Aussi lorsque la détective lui avait donné un programme, une marche à suivre, Thessa s'était sentie rassurée. Quelqu'un avait un plan, une autorité. Debout devant ses voisins qui la regardaient, ces gens qu'elle côtoyait depuis plus de dix ou quinze ans, certains qu'elle appelait ses amis, la veuve réalisa enfin la situation. Une détective enquêtait sur le meurtre de son mari. Pas sur sa mort. Non. Sur son meurtre.

Dans l'assemblée silencieuse, les regards s'agitaient. Est-ce que Thessa allait réussir à articuler trois mots à la suite ? Lorsque le visage de leur hôte vira au jaune pastis, Pat se leva d'un bon, suivi par Beatrix et Tom.

— Thessa, ça va ? Tu veux t'asseoir ?

Rosita, de l'autre côté, se préparait à entrer en scène. Elle allait jouer son rôle, remplir sa mission. Elle suivait, elle aussi, sa feuille de route. La petite femme se dirigea vers la porte, réajusta son jean qui, pourtant très serré, lui descendait sur les fesses au moindre mouvement, dans un positionnement aussi élégant qu'un pantalon de plombier en plein travail. Une fois prête, Rosita Marcadet ouvrit la porte.

Le groupe se figea en un tableau baroque. En son centre, sur le canapé crème, Thessa, visage décomposé, assise entre Tom et Beatrix dont les quatre paumes tendues vers la veuve offraient aide et réconfort. Steven et Heleen, debout près de la fenêtre, tous deux la tête tournée vers Rosita, avec un même regard flou.

Sur des chaises, Karen et son mari Peter, mains posées sur les cuisses. Deux écoliers disciplinés. Dans le fond, Liesbeth, seule, sombre. Sur l'autre canapé, Margareta, entourée de sa garde rapprochée, Anita et son mari Frank, Pat, le mari de Beatrix, assis malgré lui aux côtés de René, l'air ahuri. Jim Frigge était là aussi, près du buffet, tasse de café à la main. Les autres invités, plus ou moins inquiets ou surpris, formaient un drôle d'aéropage autour.

Rosita finit par sourire et leur dire à tous :

— Bonjour.

## Chapitre 55 - L'explication

Karen se gratta la tête. Pat soupira bruyamment. Il était clair que la simple présence de la détective française leur était aussi agréable qu'une coloscopie. Puisqu'aucun invité ne songea ou n'osa lui rendre son bonjour, Rosita déclara :

— Je ne vais pas y aller par quatre chemins. Anita van West m'a demandé d'enquêter sur la mort de Rob Dolen. (On entendit le brigadier Jim Frigge s'étouffer avec une gorgée de café et quelques sourcils se lever parmi ceux du groupe.) Tu étais persuadée, Anita, que Rob Dolen n'aurait pas voulu, ni encore moins pu physiquement, se jeter du toit ce terrible après-midi de la semaine dernière.

Anita acquiesça en silence, prit la main de son mari et la serra très fort. Frank fut saisi d'une énorme bouffée d'amour et d'empathie pour sa femme, sans pour autant comprendre grand-chose à la situation.

— En cela, tu avais raison, poursuivit Rosita. Rob n'a effectivement pas sauté du toit du Centre funéraire Valkenbos.

Un frisson parcourut le salon. Rosita ne s'y arrêta pas.

— Rob Dolen a donc été forcé de sauter du toit, enchaîna-t-elle.

— Ça suffit ! s'écria Jim Frigge, en reposant sa tasse de café avec gouttelettes et fracas sur la table, rouge de colère.

Il se tourna vers Thessa Dolen et dit, d'une voix adoucie et désolée :

— Le spectacle est terminé, promis !

Avant de retrouver un ton glaçant à l'intention de Rosita :

— Je vais accompagner Madame vers le poste de police où elle pourra répondre de ses élucubrations illégales.

Il se dirigeait déjà vers Rosita, qui levait les mains en signe d'apaisement et s'apprêtait à ouvrir la bouche, lorsque la voix rauque de Margareta van West résonna :

— Est-ce qu'on ne pourrait pas au moins entendre ce que cette professionnelle a à nous dire, Monsieur Frigge ?

Jim sentit qu'on lui pressait le cœur comme une orange. Avant de pouvoir rétorquer à la mère van West que l'enquête avait déjà été bouclée par de vrais professionnels, locaux, eux, une voix moins rauque mais tout aussi décidée retentit.

— Thessa, es-tu d'accord pour entendre ce que Madame Marcadet souhaite expliquer ?

Liesbeth s'étonna elle-même de l'aisance avec laquelle elle s'était adressée à la femme de son défunt amoureux. De son côté, Thessa ressentit un vague soulagement à ce qu'une forme de vérité fut établie publiquement entre elles deux, bien qu'à demi-mot. Retrouvant un peu de ses forces, la veuve s'adressa au brigadier, essayant d'y mettre les formes :

— Si tu ne souhaites pas écouter Madame Marcadet, Jim, tu peux y aller si tu veux. Si ça ne t'ennuie pas, moi, je voudrais bien savoir.

Pat ne put s'empêcher de se retenir de pouffer. Ce pauvre bougre de Jim n'avait décidément autorité sur rien ni personne dans le comté. Pat reçut pour la peine un coup de coude de sa femme Beatrix.

— Fort bien, dans ce cas reprenons depuis le début, décréta aussitôt Rosita avec sérieux.

Jim secoua la tête de dépit, se resservit du café, se découpa une nouvelle tranche de gâteau à la crème, y déposa une fraise pour avaler sa dose fruitée de la journée, et s'assit. Quitte à endurer cette vaste blague, autant profiter du buffet.

— Rob Dolen était atteint d'acrophobie, autrement dit de vertige, embraya la détective. Il ne se serait jamais mis de lui-même en position de hauteur. Un escabeau, un mur d'escalade ou un saut en parachute, c'était du pareil au même. Personne ici ne l'a jamais vu s'élever de plus de 15 centimètres au-dessus du sol, n'est-ce pas ? demanda-t-elle comme une maîtresse d'école à ses élèves.

— Non, non, ah tiens, oui, c'est vrai, ça alors…

La classe en convint.

— Donc venaient immédiatement deux questions : QUI l'a poussé ou forcé à se jeter du toit et POURQUOI ?

— Et COMMENT, non ? demanda Pat, les sourcils froncés, imaginant trouver avant tout le monde le fin mot de l'intrigue.

Pat possédait cette passion exaspérante de l'explication non sollicitée. Il se sentait bien trop souvent autorisé (voire invité) à donner son avis in extenso sur des sujets divers et variés. Ayant suivi trois formations de coaching, à l'instar des deux tiers des Néerlandais fervents adeptes du développement personnel, Pat se considérait comme un fin pédagogue éclairé. Il avait toujours le sentiment de voir un peu plus loin que tout le monde. Les sœurs de Beatrix se demandaient régulièrement comment leur aînée pouvait le supporter.

Au vu des visages tournés vers elle, Rosita songea que tous s'étaient rapidement mis à se tricoter les méninges. Ils démarraient leur partie de *Cluedo*, sans tellement s'attarder sur le sordide absolu de ce meurtre, qui, quand bien même commis sur un type assez insupportable, n'en restait pas moins un meurtre sordide.

— Le comment m'est apparu tout de suite secondaire, Pat, voici pourquoi. Rob Dolen est sorti de lui-même de la cérémonie, tout le monde s'en souvient. Vu son tempérament, il devait avoir une raison importante, car Rob Dolen ne faisait rien qu'il ne veuille faire, en général.

Tom et Beatrix, tenant toujours chacun une main de Thessa, sentirent la vague de froid qui lui parcourut le corps. Ils se lancèrent tous deux un bref coup d'œil inquiet, puis reprirent le fil du récit de la détective. Rosita Marcadet se sentait pousser des ailes. Gonflée à bloc par la glorieuse sensation d'être la seule à savoir. La seule, sans compter l'assassin, bien sûr.

— On voit Rob Dolen sortir de la salle, puis on le retrouve décédé, sur la terrasse. La scène de crime était simple : un cadavre explosé par terre. Bon. Si quelqu'un est assez malin pour forcer Rob Dolen, acrophobe de première, à monter sur un toit et à s'en jeter, tu conviendras, Pat, que l'assassin ne risque sûrement pas de laisser un cheveu, un poil de barbe ou un mouchoir de poche à initiales brodées sur son passage.

Pat fronçait les sourcils, peu convaincu. Margareta van West semblait aussi heureuse que devant des épisodes inédits de *Downton Abbey* et Karen se surprit à se laisser intriguer par le discours ridicule de cette petite femme au jean infâme. Quant à René le coiffeur, il se désolait que Rosita Marcadet ait réussi à réduire à néant tous ses efforts sur sa tignasse.

— Mais le meurtrier avait bien laissé quelque chose ! s'écria Rosita provoquant une onde de choc dans le groupe qui lui faisait face. Un morceau de papier visant à incriminer Thessa Dolen, épouse de Rob Dolen.

— OH ! s'émut l'assemblée en un souffle.

Anita et Beatrix y compris, alors qu'elles étaient pourtant toutes les deux déjà au courant. Gagnées par l'émotion générale, sans doute. Thessa fut la seule à ne pas réagir. Les forces lui manquaient de nouveau, il fallait que la détective accélère, autrement elle allait tomber dans les pommes.

Rosita, ravie de son effet, attendit que les têtes qui s'étaient tournées vers leurs voisines reviennent vers elle et poursuivit.

— Un papier ridicule sur lequel était tapé à l'ordinateur : « Tu m'as brisé le cœur Thessa. »

— Mais enfin c'est n'importe quoi, postillonna Jim Frigge la bouche pleine de crème fouettée, on n'a jamais retrouvé quoi que ce soit sur le corps !

— Parce que Thessa Dolen, prise de panique, avait d'abord dissimulé le papier… répondit Rosita avec le plus de douceur possible.

Un nouvel émoi retentit dans la salle, Thessa sentit ses joues brûler, son cœur se glacer, ses poumons manquer d'air. Tom se leva d'un bon, se tourna vers les autres et prit la défense de son amoureuse :

— Imaginez-vous ! D'abord le choc de trouver le corps de son mari sans vie, dans un état abominable… Avant de découvrir un mot à votre intention, impliquant que vous êtes la responsable ! Qu'auriez-vous fait à sa place ? Thessa était en plein état de sidération ! On ne réfléchit pas dans ce cas-là, on ne peut pas !

— Personne ne critique ou n'accuse Thessa de quoi que ce soit, le calma Beatrix, n'est-ce pas, Madame Marcadet ?

— Cela prouve simplement que quelqu'un a voulu faire porter le chapeau à Thessa, s'écria Anita.

— Exactement, approuva Rosita.

Tom se rassit, lui aussi les joues en feu. Il se demandait si tout Beek aan Zee était déjà au courant de son amour inconditionnel pour Thessa Dolen. Il avait l'impression d'avoir dix ans.

— Mais qui, alors ? implorait justement Thessa, dont le cerveau concevait de plus en plus clairement qu'on avait d'une part assassiné son mari, mais qu'on avait en plus essayé de lui faire porter le chapeau.

L'idée d'une Thessa assassine n'aurait en tout cas pas pu prendre parmi le groupe réuni dans son salon. Ici, il semblait assez évident pour tout le monde que jamais Thessa n'aurait pu intenter quoi que ce soit contre son mari. Aussi despotique eût-il été avec elle.

— C'est tout le problème, reprit Rosita dans son rôle de professeur décortiquant une équation à multiples variables. Plutôt que comment cela s'est déroulé, j'avais impérativement besoin de comprendre pourquoi cela s'était déroulé. Donc de retracer l'emploi du temps de la victime, ses relations au grand complet (Liesbeth ne cilla pas), ses habitudes… bref, sa vie. Pourquoi tuer Rob Dolen ? Un homme qui pouvait être infect, désagréable, colérique, violent. (Anita ne cilla pas.) Et qui savait aussi se montrer d'une obéissance absolue aux règles, d'une intégrité professionnelle sans faille, d'une discipline de fer, un grand sportif. Un autocentré assez solitaire.

— Il avait des ennemis ? questionna Pat.

— Il devait en avoir au moins un. Peu d'amis, pas d'ennemis déclarés, si l'on exclut les personnes contre qui Rob Dolen pouvait s'emporter régulièrement. Mais je vous rassure tout de suite, ce n'est pas le postier qui a fait le coup. Non ! Rob Dolen a dérangé quelqu'un d'inhabituel. C'est ce que nous avons découvert avec Steven ici présent.

Toutes les têtes, surprises, se tournèrent vers le jeune homme, étonné lui aussi d'être soudain devenu le centre de l'attention. Il rougit, Rosita sourit.

— Enfin, non, balbutia-t-il, je t'ai suivie. Un peu, quoi.

Rosita se dit que Steven devait être l'un des rares jeunes hommes blancs de classe sociale aisée de la planète à s'excuser d'exister.

— Steven a été d'une grande aide, le contredit-elle. Tom aussi d'ailleurs, avec cette histoire de montre. Bref, pour vous la faire courte, Rob Dolen a assisté plusieurs fois, bien malgré lui, à des rencontres dont il n'était pas censé être témoin.

— C'est-à-dire ? s'impatienta Anita.

— Après avoir soupçonné, attendu, vérifié... Rob Dolen a constaté qu'un petit trafic local de drogue s'était implanté à Beek aan Zee.

— Hein ? s'étouffa Beatrix, portant la main à sa poitrine. De la drogue au village ?

Steven lança des regards inquiets à ses parents. Son père semblait aussi stupéfait que le reste des convives, sa mère avait recommencé à se gratter la tête. Rosita Marcadet poursuivit comme si de rien n'était, malgré une vague électrique dans l'assistance. Une paire de jambes très aristocratique assise dans le fond se décroisa pour se recroiser aussitôt de l'autre côté.

— Rob Dolen a compris que Charlotte Verhagen et Willem Kowska avaient monté un business de reventes d'ordonnances et de cachets.

— Plaît-il ? s'écria, ahurie, la propriétaire des jambes aristocratiques.

Dans un silence médusé, Rosita Marcadet dévisagea Caroline Verhagen avec un calme d'empereur romain. La mère de Charlotte fixait Rosita avec un mélange d'incompréhension et de dédain ; elle n'aurait pas accueilli différemment un sommelier de chez Malgré Tout venu lui apporter à table une bouteille de Villageoise en plastique.

Thessa s'était retournée tant bien que mal vers la cardiologue assise dans le fond de son salon. La veuve ne comprenait pas un mot de ce qu'il venait de se passer. Thessa cligna des yeux, comme si le problème de compréhension venait de sa vision. Madame Marcadet accusait la fille de Caroline Verhagen de vendre de la drogue avec son amoureux, inconnu au bataillon, et Rob avait surpris leur trafic... Mais quel rapport avec la mort de son mari ?

Un brouhaha inquiet se mit à ronronner. Au milieu des questions sans réponses et des chuchotements lourds de jugements, Liesbeth, manquant renverser sa chaise, se leva d'un bon et rugit :

— Est-ce que c'est *Willem je ne sais quoi* qui a tué Rob ?

— Mais qui est ce Willem ? s'exclama Margaret en en rajoutant une couche, aussitôt approuvée par Anita, interrogeant où on pouvait trouver ce maudit dealer.

Jim Frigge sentait la situation lui échapper complètement, ce qui lui donna envie de se resservir une part de gâteau. Il fut accablé de ne pas pouvoir le faire. Objectivement, ce n'était vraiment pas le moment. Il n'eut pas la force de s'interposer dans ce débat ubuesque. De toute façon, son avis n'intéressait personne.

— Rosita Marcadet, je ne te permets pas d'accuser ma fille de quelconque ignominie de ce type, coupa Caroline Verhagen d'une voix de granit.

La fermeté de son ton fit taire toute la pièce. On la dévisageait, à la fois peiné pour elle (quelle horreur d'avoir une fille propre sur elle tomber si bas) et soulagé de pouvoir se sentir l'autorité de la juger (quelle mère devait-elle être au fond, pour en arriver là). La détective Marcadet, elle, parut n'avoir pas entendu le reproche de la chirurgienne. Rosita continua donc, imperturbable, son cours professoral :

— Seulement, Rob s'était trompé. Pour Rob Dolen, ça ne faisait aucun doute : Willem Kowska a entraîné Charlotte dans ses sales combines. Monsieur Dolen crut l'adolescente amoureuse, prise au piège d'un garçon toxique. C'est vrai qu'on en parle beaucoup, ces derniers temps, des états d'emprise, dans les couples. Ce qui, on en conviendra, est tout de même un comble pour un homme comme Rob Dolen ! Mais les hommes ne sont pas à une contradiction près, n'est-ce pas ?

Rosita fit un geste de la main pour abréger sur cette note plus subjective et poursuivit :

— Lorsque Rob Dolen comprend, en le voyant de ses yeux, que Charlotte et Willem piquent les ordonnances de Caroline Verhagen dans son bureau où elle reçoit une partie de la semaine à domicile, c'est son premier réflexe. Il se dit : je dois sauver Charlotte de cette pente malheureuse, flanquer une bonne leçon à ce jeune délinquant et en bon shérif, j'aurai rétabli l'ordre public.

Caroline Verhagen décroisa les bras et les balança de chaque côté, en un geste scandalisé. Elle se leva, tenta d'interrompre le discours de la détective pour se faire aussitôt rabrouer par Mrs Moss. Personne n'avait prêté grande attention à la vieille Anglaise d'un mètre cinquante depuis tout à l'heure, mais celle-ci était bien présente et n'avait pas perdu une syllabe de l'exposé.

— Caroline Verhagen, veux-tu bien patienter s'il te plaît ! lui lança avec feu la petite femme ridée. Si ce que raconte Rosita ne te plaît pas, tu pourras t'exprimer après !

— Mais enfin, c'est du délire, on n'est pas au tribunal que je sache ! s'emporta Caroline Verhagen.

— Fermes-tu tes tiroirs à clef? l'interrogea d'une voix douce Rosita Marcadet.

Elle dut répéter plus explicitement sa question devant l'air ahuri de Caroline Verhagen :

— Est-il possible que ta fille ait accès à ton bureau, à tes ordonnances, et qu'elle puisse t'en dérober quelques-unes, sans que tu sois au courant ?

— Eh bien, je ne sais pas… hésita Caroline avant de plaquer sa main sur sa bouche et d'ajouter, d'une voix plus faible : Je suppose que c'est possible. Mais je ne peux pas croire…

— Bon. Reprenons donc. Rob Dolen a vu Charlotte et Willem piquer tes ordonnances.

— Comment aurait-il pu ? gémit Caroline Verhagen.

— Depuis les dunes, lui répondit Steven.

Le jeune homme ne pensait pas interférer, mais c'était sorti tout seul. Il avait hâte qu'on en finisse. Le groupe s'était retourné vers lui, tout le monde attendait la suite. Il lança un regard à Rosita, prit un peu de soleil dans sa tache jaune. Recevant son assentiment tacite, Steven leur raconta comment la montre de Rob Dolen avait permis de retracer ses footings et démontré une série d'arrêts étranges.

— À l'endroit où Rob marquait ses arrêts, toujours le même, on a une vue imprenable sur votre maison, et sur ton bureau en particulier, Madame Verhagen, expliqua Steven, s'excusant presque.

Le jeune homme n'avait pas osé la regarder dans les yeux. Il se sentait fautif d'avoir épié l'intérieur de son domicile, de son intimité. Pieter avait pris la main de sa femme, entre crainte et fierté, de voir que leur fils avait participé à l'enquête de Rosita Marcadet. La main de Karen était glacée. Elle avait envie de mourir. Karen ne savait pas ce qui la chamboulait le plus : se voir possiblement démasquée devant tous ses voisins pour ce qu'elle était — une junkie, cliente de Charlotte et Willem — ou la crainte de devoir se fournir ailleurs, si leur petit commerce était démantelé.

— C'est une vieille affaire qui m'a fait tout de suite penser aux ordonnances, enchaîna Rosita. Un fils de médecins, accro aux opiacés, mort d'overdose. Les parents m'engagent pour retrouver le dealer responsable, ou du moins un coupable, avant de découvrir que le fiston se fournissait grâce aux ordonnances de Papa-Maman.

Rosita soupira avant de reprendre, plus enjouée :

— Alors tout de suite, vous pensez bien, je me suis dit : un bureau de médecin, tiens, tiens. Rob Dolen aurait-il pu comprendre ? Aurait-il vu distinctement le larcin ? Qu'aurait été sa réaction si tel avait été le cas ?

Rosita leur posait véritablement la question. René laissa échapper un bruit de bouche réprobateur. Cette manie de ne pas pouvoir garder ses onomatopées pour lui, se sermonna-t-il intérieurement ! Rosita l'invita en souriant à développer. René rétropédala aussitôt :

— Non, non, mais je n'en sais rien ! Je… J'avais un chat dans la gorge.

Margareta van West leva les yeux au ciel et Molly Moss suggéra, assez timide :

— Il serait allé à la police, peut-être ?

Jim Frigge s'arrêta de mâcher (il s'était finalement resservi du gâteau) et s'immobilisa, une bonne cuillérée de crème pâtissière encore dans la bouche.

— Sauf qu'il ne peut pas ! s'exclama Rosita, osant jusqu'à solliciter d'un signe de tête l'approbation de Jim Frigge, toujours de marbre et de sucre dans sa position insolite, cuillère en l'air, joue pleine. On ne vous fera pas la version longue, mais Rob Dolen ne souhaite pas se rendre au commissariat, il a une petite brouille avec le brigadier ici présent, rien de méchant, mais Rob Dolen n'aime autant pas aller chercher les désagréments. Donc Rob Dolen ne va pas à la police.

— Rob n'aurait pas laissé faire, en tout cas, railla Pat.

Beatrix fit les yeux ronds, ce à quoi son mari lui répondit :

— Non mais c'est vrai, Bea! Tu vois Rob perdre une occasion de réprimander quelqu'un? Surtout si c'est un ado avec qui il ne risque rien!

— Pat n'a pas tort, admit Margareta van West, solennelle.

Anita et Liesbeth sentirent les larmes leur monter aux yeux, tandis que Thessa avait la sensation de disparaître peu à peu dans des sables mouvants. *C'est la réception funéraire la plus rocambolesque de l'année*, se dit Beatrix, avant de se contredire aussitôt. La *deuxième* réception funéraire la plus rocambolesque de l'année. Celle-ci était beaucoup moins traumatisante que la première, mais néanmoins perturbante.

Rosita Marcadet déambulait dans le salon, comme le ferait un animateur d'atelier poterie. Elle poursuivit ses explications sur ses découvertes.

— Si on suit cette logique, et les arrêts de Rob Dolen, voilà ce que ça donne:

Vendredi 22 février: Rob s'arrête une première fois, remarque du mouvement dans la maison des Verhagen. Après tout, c'est une maison, il est bien normal que des gens y circulent. D'ailleurs vous les Néerlandais, vous n'avez pas pour habitude de vous observer les uns les autres. Donc son œil est intrigué, mais il ne s'attarde pas plus.

Lundi 25 février: nouveau jogging, Rob s'arrête carrément, car il lui semble voir quelque chose de suspect, est-ce un cambriolage? Dans le bureau de la cardiologue, qu'il reconnaît bien, pour y avoir déjà sollicité des rendez-vous, n'est-ce pas Thessa?

Thessa opina doucement de la tête, puis précisa:

— Rob prenait rendez-vous une fois par an, pour contrôler.

Rosita ne laissa pas le temps aux invités de se regarder en coin et de gloser sur un nouvel exemple du côté ultra-carré de l'époux Dolen, elle poursuivit aussitôt.

— Rob reconnaît la pièce dans laquelle sa cardiologue reçoit. Il distingue des ombres plus ou moins sur la pointe des pieds, qui ne correspondent pas à la silhouette de Caroline Verhagen, se tenir dans son bureau. La lumière s'allume, il voit la grande chevelure blonde de Charlotte, s'étonne de ce garçon en survêtement à ses côtés. Le garçon détonne. Pas tellement le style Harvard sur poney de la maison. D'autant que Rob Dolen voit les deux ados ouvrir un tiroir et en extraire quelque chose. Mais quoi ? De l'argent ? Des médicaments ? Et là, il distingue le butin convoité : des ordonnances. Ce type force Charlotte à vider les tiroirs de sa mère !

Caroline Verhagen s'esclaffa au récit de la détective qu'elle jugeait complètement farfelu.

— Rob cogite, doit-il s'en mêler ? Aller à la police est exclu, parler à sa cardiologue ne l'enchante pas, quoique… C'est-à-dire que s'il se trompait, il n'aurait pas l'air malin, Rob, auprès du Docteur Verhagen.

L'attention du groupe pour le récit de Rosita était totale. Elle donnait de sa personne, entre mimiques, gestes des mains, mouvements du corps et modulations de la voix. Même René s'était laissé prendre. La seule à rester de marbre, sinon à s'exaspérer, était Caroline Verhagen. La cardiologue hésitait entre laisser parler pour voir jusqu'où cette folle était prête à aller, partir pour ne plus entendre ses élucubrations, ou la faire taire. Cette dernière option paraissait impossible. Tout le monde voulait l'écouter.

— Le matin, comme la plupart des villageois, Rob passe par le Pré. Or qui, comme tous les matins ou presque, trotte sur son frison ? Charlotte. N'importe quelle personne ici présente pourrait le confirmer.

En effet, Charlotte et ses trois kilomètres de cheveux dorés sur un frison noir de jais de près d'un mètre soixante-dix au garrot, en plein milieu de Beek aan Zee, ne passaient pas exactement inaperçus. Même s'ils faisaient partie du décor au point de ne presque plus se faire remarquer, on savait bien où les trouver chaque matin.

— Rob observe Charlotte… accompagnée, comme toujours depuis des mois maintenant, de son copain voleur ! Son copain en survêtement, ce type qui l'oblige à trafiquer et… qui ne doit même pas avoir dix-huit ans. Ce gamin, Rob Dolen l'a déjà vu. Il le voit même tous les matins, puisqu'ils prennent le même train pour Uitgeest, l'un pour étudier, l'autre pour travailler. Alors Rob se dit : *la prochaine fois que je croise ce délinquant à la gare, je vais le voir.* Willem ne donne pas l'air d'être un fondu de la salle de sport, c'est un gamin. Rob ne risque rien à le confronter sur ce qu'il fabrique avec Charlotte. Encore moins en public.

Caroline Verhagen n'y tint plus, elle s'apprêta à ouvrir la bouche lorsque la sonnette retentit. De nouveau, les regards étonnés cherchèrent une réponse les uns dans les autres. D'un geste de la main, Rosita invita Thessa à rester assise et alla ouvrir elle-même la porte. Elle jeta un coup d'œil à sa montre, satisfaite. Il était ponctuel.

*

Willem pénétra dans la pièce, déboussolé, suivi de Rosita. Il fut accueilli par une salve de souffles estomaqués, de bruissements inquiets et d'un cri révolté de Caroline Verhagen.

— Mais qu'est-ce que cela veut dire ?!

Rosita fit asseoir Willem et d'un mouvement de bras tenta de calmer l'émotion dans la salle. Elle se pencha vers le jeune homme et le rassura.

— C'est dans l'intérêt de tout le monde, crois-moi. Ces gens doivent savoir la vérité. Une accusation de meurtre n'est pas le plus chouette sac à dos pour démarrer dans la vie.

Jim Frigge se massait le front, il n'avait jamais vu un bronx pareil. Il aurait voulu coller Rosita Marcadet derrière le papier peint, selon l'expression consacrée. Celle-ci échappait pour son malheur à tout contrôle et reprit un ton d'oratrice en déclarant, sa main sur l'épaule du garçon :

— Quand j'ai rencontré Willem, ici présent, j'ai compris tout de suite deux choses : un, le garçon se serait coupé une jambe pour Charlotte Verhagen, deux : il n'était pas le cerveau de l'opération. Comme je vous le disais, Rob Dolen s'était trompé. Ce n'est pas Willem qui organisait le trafic, mais Charlotte.

— Ça suffit, s'écria Caroline reprenant manteau et sac. Je ne tiens plus à écouter une seconde supplémentaire ces diffamations pour lesquelles nous n'en resterons pas là, Madame ! Attends-toi à recevoir très prochainement des nouvelles de notre avocat !

Thessa hésita à voler au secours de Caroline, mais ce fut Willem qui articula avec difficulté à la femme qui, dans ses rêves les plus fous, aurait été sa belle-mère :

— Rosita Marcadet fait ça pour Charlotte, Madame Verhagen. Elle veut nous aider.

— Caroline, tenta Rosita, si tu imagines que le trafic d'opiacés et de ritaline m'intéresse, tu te trompes. Jim Frigge ici présent n'a pas l'air bouleversé non plus, Charlotte ne risque rien. Je crois que cette fois, les jeunes ne recommenceront pas. Je me permets de rappeler que l'enjeu de cet exposé reste un meurtre.

Caroline, interloquée, laissa le temps à la détective d'enchaîner :

— Pour revenir en arrière, c'est donc Charlotte qui a eu l'idée du trafic. Elle vit dans le monde des puissants à un âge où l'on se croit invincible, la mixture est jouissive. Ce nouveau hobby la grise. Son assurance incroyable, celle de sa jeunesse et des familles bien nées, forge sa conviction d'être intouchable. Si elle peut vendre des cachets, pourquoi ne pas le tenter ? C'est marrant, elle qui veut faire du business plus tard, autant commencer dès maintenant. La jeune cheffe d'entreprise trouve assez vite des clients, entre copains, voisins… Tiens, et si son copain faisait des voyages à Paris, pour élargir le cercle des acheteurs et des fournisseurs ?

Willem baissa la tête. Lui n'aurait jamais reconnu Rosita. En revanche la détective française n'oubliait jamais un visage. Elle l'avait « replacé ». C'était lui, dans le Thalys, le jeune au sac trop lourd. Le jeune qui avait hurlé lorsque le sac était tombé. Hurlé de peur panique, irrationnelle, que le sac s'ouvre et révèle ce qu'il contenait à l'intérieur. C'était lui que Rosita avait vu, dans le wagon aux nonnes bavardes, le jour où elle avait débarqué aux Pays-Bas. C'était lui, l'ado terrifié, dont le billet et les instructions lui avaient été fournis par l'amour de sa vie, Charlotte. Il ne savait plus ce qu'il faisait, à part qu'il l'aimait.

— Lorsque Rob confronte Willem, sur le parvis de la gare, il se trouble. Le garçon ne se la ramène pas, ne proteste pas. Willem n'a rien de l'apprenti caïd auquel Rob s'attendait.

— Moi j'ai bien essayé de lui dire qu'on allait arrêter, à Monsieur Dolen, s'immisça timidement Willem.

Le visage décomposé, il leva des yeux implorants vers une Caroline Verhagen impassible :

— Je le jure, je n'ai rien dit à Monsieur Dolen sur Charlotte, à part qu'on allait arrêter. Ça ne servait à rien de lui mentir, il savait, Monsieur Dolen. Alors je lui ai dit que oui, on avait essayé, c'est vrai, juste une fois. On voulait voir si c'était possible de jouer au dealer avec une ordonnance. On a vendu deux, trois trucs à deux, trois personnes. Mais je lui avais dit que c'était fini.

Willem ajouta, décomposé :

— Parce que c'est vrai, en plus, j'essayais de convaincre Charlotte d'arrêter ça.

— En vain, précisa Rosita. Charlotte ne veut rien entendre. Rob Dolen ne lui fait pas peur. Elle veut continuer. Piquer des ordonnances, vendre des pilules. Rob Dolen, qui n'a pas dit à Willem comment il avait découvert leur trafic, voit leur manège perdurer. Cette fois c'est trop, Rob Dolen est révolté. Il va trouver Charlotte. Heleen Kaars a été témoin de cette altercation.

— Mais pas du tout ! s'offusqua Heleen, toujours debout près de la fenêtre.

Ses yeux avaient viré au gris sous le coup de l'émotion.

— Mais bien sûr que si. Ce jeune avec de la musique, dont tu m'avais parlé. Tu te souviens ?

Heleen plissa son front avant de se remémorer, et d'opiner de la tête.

— Le soir où je promenais mon chien ?

— Exactement, acquiesça Rosita. Heleen voit une forme qui ressemble à un jeune, un survêtement, une capuche, un portable en mode haut-parleur qui crache une musique désagréable à ses oreilles sensibles et Rob Dolen qui vient lui chercher des noises. Son cerveau lie les éléments sous ses yeux : dispute, musique insupportable. Forcément, pour toi Heleen, les deux sont liés. Alors que pas du tout. La silhouette n'était rien d'autre que Charlotte, dans le jogging de son amoureux.

Rosita poursuivit.

— Rob Dolen lui déballe tout : il est au courant de leurs manigances, il a parlé à Willem, leurs conneries doivent cesser, maintenant. Et là, en voyant la réaction de Charlotte, Rob comprend. Il percute : la petite maligne dans l'histoire à jouer au gangster et à y prendre goût, c'est Charlotte. Rob Dolen la prévient : soit elle arrête tout, soit il va voir ses parents et la police. Cette fois pas de cadeau, la loi c'est la loi. Ce n'est pas une petite pimbêche en crise d'ado qui va transformer Beek aan Zee en plaque tournante de la drogue. On n'est pas dans le Brabant, ici. Or, figurez-vous que Charlotte partage un trait de caractère avec Rob Dolen : elle ne supporte pas qu'on lui dise quoi faire. Liquider son affaire ? Et puis quoi encore ? Pas question ! À la place, elle va flanquer une leçon à Rob Dolen. En mode *Le Parrain*, en plus soft. Une version à sa portée. D'autant qu'elle serait incapable de faire du mal à un cheval, vous imaginez. En revanche les chats, Charlotte n'a jamais trop aimé. Alors c'est réglé, elle se vengera sur le matou de Rob Dolen.

Le cri de Thessa retentit dans la salle.

— Je suis désolée, souffla Rosita.

— Je jure que c'était un accident, Madame. Charlotte n'a jamais voulu tuer votre chat, implora Willem.

— Elle lui a quand même donné des boulettes de viande aromatisées aux clous, tempéra Rosita.

Personne n'eut le loisir contredire la détective. Ni de rajouter quoi que ce soit. Thessa n'eut même pas le temps d'éclater en sanglots. Une énorme déflagration retentit et saisit tout le monde. Rosita, Pat, Beatrix, Tom et Thessa eurent le réflexe immédiat de se recroqueviller ou de se jeter à terre. Margareta et René, enfoncés dans le canapé quasiment au point de fusion, les mains sur la poitrine, crurent leur fin arrivée, par arrêt cardiaque. Steven et Heleen s'était spontanément agrippés l'un à l'autre. Passée l'onde de choc, silencieuse et violente, les sirènes des camions de pompiers se firent entendre au loin et ramenèrent le groupe au réel. Pat et Tom, pompiers d'occasion ou de profession, furent les premiers à réagir. Après un bref coup d'œil pour vérifier que personne ne s'était blessé en tombant, ils se ruèrent à l'extérieur, parés à aider.

Les flammes étaient visibles depuis la rue. La Bosweg, qui comme son nom l'indique, mène au bois, avait perdu ses allures de publicité pour petit déjeuner. Massés derrière leurs portillons peints en blanc ou leurs clôtures vernies, les jambes flageolantes sur leur pelouse tondue au millimètre près, les habitants regardaient tous, main sur le cœur ou couvrant leur bouche bée, plus haut vers la dune. Tom et Pat couraient ensemble à perdre haleine vers la magnifique villa autrefois blanche des Verhagen. La bâtisse partait en fumée sous leurs yeux écarquillés. La scène semblait irréelle. Deux camions de pompiers, sirènes hurlantes, suivirent bientôt, mais les flammes paraissaient dévorantes. La stupéfaction avait frappé les voisins comme un sort. La plupart étaient terrifiés par le feu, cette menace immémoriale. *Et s'il descendait jusqu'ici ?* Les enfants des van de Hoek pleuraient. Mais tous les habitants ne tremblaient pas pour autant. Les jumeaux des van der Vliet suppliaient leurs parents d'aller voir de plus près. Et certains voisins, bien qu'ils ne puissent (encore) l'avouer tout haut, comme Monsieur Geurts, ne ressentaient même aucune compassion pour les Verhagen, à la vue de la catastrophe. Une énorme villa comme celle-ci qui part en flammes ? Ne serait-ce pas un signe du dernier étage, là-haut ? *Humiliez-vous devant le Seigneur et Il vous élèvera, a dit Jacques*, se souvint Gerardus Geurts. *Vivez en rois du pétrole, paradez vos richesses devant vos voisins et Il vous rappellera à la modestie*, pensa Geurts, dans un élan créatif peu charitable. Gerardus Geurts ne s'en voulait pas une seconde de son état d'esprit. *Plein d'argent comme ils sont, les Verhagen s'en reconstruiront une encore plus extravagante, de maison. Et aux seuls frais de l'assurance à tous les coups* !

Monsieur Geurts n'avait même pas envisagé que les Vergahen puissent peut-être se trouver chez eux, en danger. Encore moins que Caroline Verhagen puisse se trouver tout près de lui, sidérée, dans le jardin de Thessa Dolen. C'est pourquoi Monsieur Geurts se laissa aller à souffler à son voisin, Monsieur Moerland, posté de l'autre côté de ses délicats camélias en fleurs : « *Wie zijn billen brandt, moet op de blaren zitten*, comme on dit ! » Une expression néerlandaise qui signifiait littéralement : Celui qui se brûle les fesses doit s'asseoir sur les ampoules. Autant dire rien, pour quiconque né ailleurs qu'au pays des tulipes. En somme, il était question d'assumer les conséquences de ses actes. Bert Moerland, qui n'ignorait pas l'aversion envieuse de Geurts pour les Verhagen, leur Porsche Cayenne, leurs chevaux de luxe et leurs départs toujours retentissants au ski plusieurs fois par an, se contenta de pointer d'un doigt gêné Caroline Verhagen, figée à une dizaine de mètres d'eux. Geurts fit une grimace de malaise, au moment où Thessa posait une main compatissante sur l'épaule de sa collègue d'hôpital. Le contact physique sembla électriser Caroline, la ramener sur Terre en une décharge soudaine. Elle aspira une goulée d'air, cria :

— Charlotte !

Puis elle s'enfuit en courant vers sa voiture garée devant et démarra en trombe vers chez elle. Vers sa catastrophe.

Rosita Marcadet vit la berline blanche s'éloigner à toute allure. Thessa Dolen et ses invités, tous sortis pour voir, ne savaient que faire. La détective chercha Willem des yeux. Il avait disparu.

— Tout le monde va bien ? bredouillait le brigadier Jim Frigge, encore sonné, passant de groupe en groupe.

— Je pense que c'est plutôt en haut de la rue qu'ils ont besoin d'aide, non ? lui lança Molly Moss.

— Oui, naturellement, je… Je préférais vérifier avant d'aller sur place, bien entendu.

Était-il possible que Jim Frigge n'ait *pas pensé* à se rendre sur les lieux de l'incendie ? Il attendait de voir les photos sur Facebook pour faire son enquête, peut-être ?

— Je me demande comment il en est arrivé là où il est, ce brigadier. Et pourtant je l'aime bien…

Steven s'était rapproché de Rosita et semblait de nouveau lire dans ses pensées. Les deux regardèrent Jim saluer Thessa en quelques mouvements rapides et maladroits puis se diriger vers le trottoir. Il appela son adjoint au poste de police, demanda qu'on vienne le chercher en voiture. En plein débat sur le nombre de mètres à parcourir à pied pour le brigadier comparé au temps nécessaire au second pour conduire jusqu'ici depuis le centre-ville, Monsieur Moerland, levant les yeux au ciel, se proposa de déposer lui-même le brigadier sur le lieu du drame, avec sa Peugeot garée juste devant.

— C'est quand même extraordinaire ! Extraordinaire !

Margareta gesticulait autour de Thessa, René et Anita à sa suite. Beatrix, au téléphone avec son mari Pat, recevait des nouvelles du front. Elle s'empressait de les relayer à ses sœurs et sa mère, Frank, Peter, Karen et quelques autres autour d'elle. Apparemment, aucun décès n'était à déplorer, même si les pompiers venaient de placer l'employée de maison sous oxygène. Elle devrait s'en sortir sans trop de difficulté. La pauvre femme, coincée dans la cuisine, avait inhalé du monoxyde de carbone en quantité avant de réussir à casser la porte et s'écrouler dans la véranda.

— Qui aurait pu imaginer qu'une telle succession d'horreurs puissent se passer à Beek aan Zee ! s'indigna Margareta van West.

— On aurait pu anticiper le feu, rouspéta Rosita, contrariée. Moi du moins, j'aurais pu anticiper.

Les invités de Thessa Dolen et cette dernière dévisagèrent la détective, interloqués. Beatrix demanda :

— Comment ça ?

— Forcément, il leur fallait une raison de partir officielle… C'était déjà suffisamment étonnant que Caroline Verhagen vienne à la réception… Que j'ai été bête ! Et leur pauvre employée qui aurait pu y rester… Ils étaient prêts à la laisser cramer !

Le groupe fixait Rosita, éberlué. La détective s'excusa auprès de son auditoire :

— Je dois vous avouer que ces derniers jours ont été un peu compliqués d'un point de vue personnel. D'habitude, je ne laisse jamais mes émotions ou ma vie privée interférer avec mes enquêtes ni ma jugeotte, mais je suis humaine. Comme tout le monde, j'ai mes mauvais jours. Je suis désolée.

Puis Rosita se reprit, balaya sa culpabilité, la considérant comme une mauvaise jérémiade hors de propos, et s'adressa à Margareta et Anita :

— Oh, et puis après tout je ne suis pas juge, encore moins procureur, je n'avais qu'à vous trouver un coupable, pas vous le traduire en justice, n'est-ce pas ?

Anita ramena ses mains jointes en une prière sous le menton. Elle ressemblait à une madone éprouvée ou à une yogi exténuée.

— Tu veux dire que ce sont les Verhagen qui ont tué Rob ?

— Oui, bien sûr ! lui répondit Rosita le plus sereinement du monde. Enfin pas directement, ils ont fait appel, comme ils le font pour toute chose dans la vie, à un sous-traitant.

— Willem ? s'écria Liesbeth d'une voix blanche.

— Oh non, penses-tu ! Ce garçon n'a aucune idée de ce qu'il s'est passé ! Charlotte non plus d'ailleurs, j'imagine. Mais je me trompe peut-être.

— On a même retrouvé les mouvements d'argent qui ont servi au paiement, souffla Steven dans un filet de voix.

— Rosita, gémit Thessa, qui perdait de nouveau des couleurs, je ne comprends pas...

— Caroline Verhagen a compris le trafic de sa fille, qu'il avait été découvert par Rob Dolen et que non seulement Charlotte poursuivait tranquillement son business, mais qu'en plus elle avait été, pour le protéger, jusqu'à empoisonner ton chat, Thessa – encore toutes mes condoléances. Caroline Verhagen a essayé de contrôler sa fille, lui a interdit de poursuivre son hobby de dealeuse, de revoir Willem...

— Mais ça n'a pas fonctionné, ajouta Steven, dépité.

— Non, ça n'a pas fonctionné. Charlotte est de toute évidence une enfant tourmentée...

— Une grande malade oui ! s'exclama Margareta van West, scandalisée qu'on puisse assassiner un chat, oubliant un instant qu'on avait également assassiné un homme.

Le demi-frère de sa fille, en l'occurrence..

— Une grande malade promise néanmoins à un futur immaculé. Charlotte Verhagen est inscrite pour l'année prochaine à la très prestigieuse et *very british* Oxford University. Vous connaissez le taux d'admission post-lycée à Oxford ? interrogea Rosita, de nouveau dans ses Pataugas d'enseignante. Même pas 10 %, poursuivit-t-elle, après un petit blanc circonspect de sa classe. Dix pour cent, ce n'est pas énorme. Pas énorme du tout. Charlotte a de bonnes notes, des cours particuliers, elle vient d'une famille dorée, mais avec dix pour cent de chance, elle a intérêt à présenter un dossier impeccable et aucune histoire de drogue dans ses bagages. Pour Caroline Verhagen, hors de question de risquer le futur de sa fille, sa seule enfant, la prunelle de ses yeux, à cause d'un petit dictateur de quartier qui menace de la dénoncer. Caroline Verhagen ne porte pas Rob Dolen dans son cœur. Elle le connaît, elle connaît sa femme, voit comment ce type fonctionne. Elle sait qu'il ne lâchera rien tant que Charlotte ne sera pas humiliée. Il est comme ça, Rob Dolen. Et Charlotte est allée trop loin avec lui. Alors Caroline Verhagen se renseigne. Et elle sous-traite. Pour plusieurs milliers d'euros, on se débarrasse de n'importe qui, tant qu'il n'est pas célèbre. Or Caroline a de l'argent et elle est prête à mettre le prix nécessaire.

Liesbeth et Anita, sans réfléchir, se prirent la main. Molly Moss soupira et vint enlacer Thessa, qui ne savait que penser. Tous étaient sonnés. Apprendre qu'une de vos voisines puisse engager un tueur à gages pour éliminer un autre voisin n'est pas une nouvelle ordinaire. Margareta van West fronça les sourcils, croisa les bras et lança, toujours pragmatique :

— Mais dites, comment diable Rob Dolen est-il monté sur le toit ? Qui est ce tueur à gages ?

— Tueuse en l'occurrence. Caroline Verhagen n'a pas engagé des débutants, elle a les moyens de préférer la qualité. Là on peut leur dire chapeau, c'est vrai que c'était du bon travail, pas de trace, pas de gaffe, si vous me permettez de parler ainsi... La femme de main s'est déguisée en femme de ménage.

Rosita soupira et poursuivit :

— Vous vous souvenez que Rob est sorti de lui-même de la salle ?

L'assemblée opina.

— Eh bien c'est grâce à votre langue que j'ai compris comment, figurez-vous.

Rosita ne put réprimer un sourire et s'expliqua :

— Je m'interrogeais sur comment l'assassine avait réussi à faire sortir Rob Dolen de la pièce par lui-même. Personne ne l'a vu sous la contrainte d'un pistolet ou de je ne sais quelle autre menace. Vu l'homme qu'il était, Rob Dolen a donc voulu sortir de la pièce. À ce moment-là de ma méditation, je réfléchissais en néerlandais... Et j'ai pensé à vos auxiliaires de mode !

Les sourcils face à elle se froncèrent.

— Mais si, ces verbes qui expriment la volonté, la possibilité, l'impossibilité, la capacité, l'obligation : *willen* : vouloir, *kunnen* : pouvoir dans le sens de la capacité, *mogen* : pouvoir dans le sens de l'autorisation et *moeten* : devoir. *Moeten* c'est la seule situation où l'on n'a pas d'alternative. Et vous vous souvenez de l'exemple souvent utilisé pour illustrer le verbe *moeten* ? Le besoin d'aller au petit coin ! Je me souviens qu'on m'avait dit plus jeune : « Quand tu *dois* aller aux toilettes, tu n'as pas le choix, tu *dois* y aller, et c'est même *l'unique* situation où tu n'as *absolument pas* le choix et l'exemple parfait du verbe *moeten* ! »

— Rob est sorti pour aller aux toilettes ? railla René.

— Absolument, parce qu'on avait pris soin de lui servir un café aromatisé au laxatif ! J'ai passé un petit coup de fil au Docteur Bouwmans, la médecin légiste. Elle m'a confirmé que l'estomac de Monsieur

Dolen post mortem était effectivement vide et propre comme un sou neuf. Or on n'a pas retrouvé de défécation sur la terrasse, l'estomac était donc vide avant le saut du toit-terrasse. Dans les toilettes, poursuivit Rosita, il était très facile d'attendre Rob Dolen avec une arme, de lui intimer de le suivre par la porte de secours – car il y en a une dans les toilettes des hommes. Cette porte de secours mène à un escalier de secours, qui lui-même monte…

— Au toit, acheva Steven.

— Je crois que je vais me sentir mal, hoqueta Anita.

Toujours main dans la main avec Liesbeth, Anita avait elle aussi perdu des couleurs. Thessa lui proposa d'entrer de nouveau chez elle, elle-même avait bien besoin de s'assoir. De boire quelque chose. D'encaisser cette histoire abracadabrante.

Rosita refusa poliment l'invitation à entrer, elle avait dit ce qu'elle avait à dire et restait disponible pour plus de détails si besoin, mais elle avait à faire. Karen et Pieter ne se firent pas prier pour s'éloigner. Heleen les regarda avec une pitié que Karen put sentir même le dos tourné. Thessa, Liesbeth, Anita et Beatrix, comme des sœurs d'une même galère, marchèrent ensemble vers la porte d'entrée. Margareta n'était plus d'humeur, elle avait envie de rentrer chez elle, finalement. René n'attendait que ça. Rentrer chez lui. Téléphoner à Rodrigo, son amoureux sévillan. Il n'en croirait pas ses jolies oreilles. Et lui qui trouvait les Pays-Bas sans relief !

— Vous savez, lança Rosita depuis le portique en direction des veuves et des sœurs abasourdies et endeuillées, c'est toujours étonnant pour ceux qui n'y sont jamais confrontés, mais ça arrive très souvent, ces histoires-là ! C'est ça qui est fou. Ça arrive très souvent, croyez-moi !

## Chapitre 56 - Et maintenant ?

— Allez savoir de quoi d'autre ils seraient capables !

Beatrix reposa sa tasse de café et croisa les bras, enfouissant ses mains dans son gilet parme. Le cachemire ne suffisait pas à endiguer la chair de poule que lui collait cette histoire.

Il ne restait plus qu'elles dans la maison des Dolen. Rosita, Heleen, Steven et ses parents, Molly Moss… Tout le monde était parti. Ou toujours dehors à papoter en regardant les flammes, en compagnie d'autres résidents de la rue. Pat et Tom bataillaient encore sur les lieux de l'incendie, en mains de secours avec Frank, l'époux d'Anita, qui les avait rejoints.

Les quatre femmes, chacune liée d'une façon ou d'une autre à Rob Dolen, trouvèrent une forme de réconfort à accuser le coup toutes ensemble. Dès les premières tasses de café servies, Anita révéla à Thessa en lui passant le lait qu'elle était la demi-sœur de son mari. Thessa Dolen tomba de quatre étages… Si l'on peut dire. Vingt ans de mariage et elle n'en savait rien! Comment était-ce possible? Anita, la demi-sœur de Rob... Dire que Thessa ne l'avait même pas invitée à l'enterrement! En une fraction de seconde, Thessa fut comme frappée par la foudre. Dans un mouvement brusque et plein d'effroi, elle se tourna vers Liesbeth. La cadette des van West comprit et la rassura tout de suite:

— Non, bien sûr que non, Anita était la seule de notre famille à être parente de Rob. Notre mère avait eu une aventure avec le père de Rob.

Anita ressentit une gratitude infinie envers Thessa pour n'avoir pas réussi à masquer un étonnement dégoûté à l'idée du couple que formait Rob et Liesbeth. Thessa était abasourdie. Son mari couchait donc avec la demi-sœur de sa propre demi-sœur. Liesbeth s'immisça dans les réflexions silencieuses du groupe et dit d'une douceur qu'on ne lui connaissait pas:

— C'est horrible l'amour, parce qu'on ne choisit pas. C'est un peu comme ce que racontait Rosita Marcadet sur le verbe *moeten*, le devoir par obligation. La nécessité absolue. Ce que je ressens pour Rob, c'était une urgence absolue, je n'avais pas le choix. Ça dépasse la raison. Je n'avais pas d'alternative. Lui non plus.

Liesbeth mêlait le temps du passé et du présent, ballotée entre ses sentiments intacts et la disparition de son amoureux. Beatrix se sentait légèrement mortifiée de voir Liesbeth s'épancher sur sa passion dévorante devant la femme de son amant. À leur grande surprise à toutes, Thessa se saisit de la main de Liesbeth.

— Je comprends. Et je suis désolée pour toi. J'espère que tu trouveras quelqu'un d'autre.

— Hum hum, ton joli mari, Mark, laissa échapper Anita en une quinte de toux ironique, ce qui fit rire nerveusement puis joyeusement les quatre femmes.

Il y avait bien longtemps que Mark n'était plus *joli*.

— Où est-il d'ailleurs, Mark, il n'est pas venu aujourd'hui ? demanda Beatrix.

— Il est chez sa mère. On termine la procédure de divorce, lui répondit Liesbeth.

Thessa, Anita, Beatrix et Liesbeth en revinrent vite aux révélations de Rosita Marcadet. Toutes étaient d'accord sur un point. Aussi incroyable que cela puisse paraître, Rosita avait découvert la vérité. Son expertise dans ce domaine était irréfutable et son analyse incontestablement logique. Aucune autre solution que la sienne ne tenait la route. Caroline Verhagen, seule ou avec son mari, avait *nécessairement* orchestré la disparition de Rob pour assurer un avenir sans tache à sa fille unique. Restait à savoir que faire de ces informations. Thessa était d'avis de se rendre à la police. Elles pourraient toutes les quatre apporter au commissariat un rapport détaillé contenant les élucidations de Rosita. Et même si Jim Frigge était celui à qui l'affaire serait (de nouveau) confiée, le brigadier n'aurait qu'à vérifier point par point la feuille de route de Rosita et c'était la gloire assurée à la clef, sans effort. Lui seul serait crédité du succès de l'enquête. Plus frileuse, Beatrix freinait :

— Est-ce qu'on ne ferait pas plutôt un courrier anonyme ? Pourquoi y aller en personne, risquer de s'exposer ?

— Une lettre de dénonciation anonyme ? se récria Liesbeth. Mais tu n'as pas honte ? Qui fait ça ?

— Oh ça va, pas la peine de monter sur tes grands chevaux, on dénoncerait des criminels je te rappelle !

— Je suis d'accord avec Liesbeth, je n'enverrai rien d'anonyme de ma vie. Soit on signe, soit on ne dit rien, rougit Thessa.

La veuve était peut-être timide, fragile ou même bonne poire, mais elle avait des principes. Beatrix leva les yeux au ciel. Elle avait hâte d'en parler avec Pat, son mari. Ses sœurs ne se rendaient pas compte. Comme d'habitude.

Pour Anita, ça ne faisait pas un pli, il n'y avait qu'une chose à faire : se venger. Puisqu'engager un tueur s'avérait si facile, elles n'avaient qu'à faire pareil et se partager les frais. Entre la veuve, l'amante éplorée et la demi-sœur abandonnée, elles auraient sûrement de quoi se payer sinon un meurtre, au moins deux jambes cassées, voire une ou deux hanches brisées.

— Tu délires complètement Anita !

Beatrix était scandalisée. Proche de la terreur. Elle avait de plus en plus froid. L'aînée se triturait les méninges depuis tout à l'heure. Il fallait se rendre à l'évidence : les Verhagen allaient peut-être prendre la poudre d'escampette, mais ils sauraient sans aucun doute protéger leurs arrières. Quiconque essaierait de les contrarier dans leur projet de fuite s'exposerait à des représailles certaines.

— Allez savoir de quoi d'autre ils sont capables ! répéta-t-elle avec plus d'insistance.

Si les Verhagen avait commandité un assassinat, ils étaient certainement susceptibles d'en commanditer deux. Voire de négocier une formule de luxe, pour un tarif de groupe.

## CHAPITRE 57 - CHOCOLADEMELK

*« J'ai démarré. Ça me prendra du temps... Je te tiens au courant dès que j'en sais plus. »*

Rosita sourit et rangea son téléphone. Comme promis, Steven avait filé retrouver ses ordinateurs pour traquer l'instigateur du compte Instagram. Elle le remercia et rangea son téléphone.

La cuillerée de crème chantilly fondante infusa en elle en une onde de plaisir. Son rituel de fin d'enquête, depuis toujours : un énorme chocolat chaud crème fouettée en terrasse, quel que soit le temps, quel que soit l'endroit. Au moins à Beek aan Zee, elle n'avait même pas eu à chercher. Les chocolats chauds étaient proposés à la carte partout, toute l'année aux Pays-Bas. Pour Rosita, ils resteraient à jamais les meilleurs au monde.

Lorsqu'elle eut vidé sa tasse et mangé jusqu'à la dernière miette le mini cookie à se damner servi en accompagnement des boissons chaudes chez *Thuis*, Rosita extirpa de son sac à dos une carte postale aux coins cornés. Le tampon de la poste indiquait la date du 6 décembre 1962. L'adresse du destinataire : « Dora van Nutten – boîte postale 9 – Bureau de poste 204, rue Marcadet – 75018 Paris ».

Au recto, une illustration représentait saint Nicolas sur son cheval blanc, barbe blanche au vent, tenant d'une main les rennes, de l'autre sa crosse dorée ; accompagné à pied par un Piet [prononcer : Pite] malheureux, qui trimballait tant bien que mal sur son dos un énorme sac de toile, rempli de cadeaux destinés aux enfants. Au verso, une élégante écriture d'antan à l'encre noire délavée donnait des nouvelles « d'ici ». Le texte s'achevait par une phrase mystérieuse. Rosita n'en avait pas dormi de la nuit, après avoir découvert la carte, il y a plusieurs semaines. Au petit matin, cernée, bouleversée, Rosita ne pensait plus qu'à comprendre de quoi il s'agissait. Comme une urgence vitale, elle avait réservé un billet de Thalys pour le lendemain. Direction le village d'où la carte avait été postée : Beek aan Zee, Hollande du Nord. Pour rencontrer la personne qui avait écrit à sa mère : « Ne t'inquiète pas, G et toi serez tranquilles, parce que nous avons beaucoup pensé à vous avec M et nos prières ont été exaucées, tu es libérée pour toujours. M avait raison : les *lucky pennies* ont fonctionné ! » Signée E. Dolen

Rosita caressa entre le pouce et l'index la carte postale. Elena Dolen, la mère de Rob Dolen… Rosita n'aurait jamais imaginé, en débarquant dans ce village côtier hollandais, que la personne qu'elle recherchait s'avèrerait être la mère de la victime, dans une enquête dont elle écoperait. Jusqu'à découvrir cette carte postale, Rosita n'avait jamais entendu parler d'Elena Dolen. Pourtant Elena connaissait la mère de Rosita, Dora. Suffisamment pour lui écrire. Et visiblement beaucoup mieux que sa propre fille, car Rosita n'avait jamais entendu parler non plus de ce patronyme, « van Nutten ». À sa connaissance, erronée, sa mère s'appelait Dora Marcadet.

En songeant à tout ce que Rosita ignorait de sa mère et d'elle-même, plusieurs centilitres du chocolat chaud rebroussèrent chemin dans son œsophage. Derrière le comptoir, Ruben pschittait à tout va du détergeant à la lavande. N'y tenant plus, il se dirigea vers sa cliente.

— Je peux m'assoir avec toi une minute ?

Rosita, occupée à déglutir un ignoble reflux acide, opina. Ruben ne s'était pas senti aussi honteux depuis son enfance. Il arracha le pansement.

— Voilà, il se trouve que j'estime beaucoup Mrs Moss, Molly Moss, que tu as dû déjà rencontrer. Ta venue à Beek aan Zee l'a vraiment chamboulée. Elle m'a demandé de l'aider à vérifier quelque chose. Elle voulait être certaine de ne pas se tromper.

Ruben débitait sa confession avec un visage de marbre en fixant Rosita bien en face. Il voulait en finir au plus vite, régler l'addition.

— J'ai accepté de l'aider, poursuivit-il. Elle m'a demandé de retrouver ton acte de naissance, persuadée que tu étais la fille d'une ancienne de ses amies, Dora van Nutten.

Rosita serra les lèvres, empêchant avec force l'eau de gagner ses yeux. Ruben ne cilla pas.

— Je m'excuse d'avoir recherché des informations personnelles, je l'ai fait pour Molly Moss. J'ai aussi prévenu Molly que je te dirai la vérité. Je crois qu'elle attendait que tu sois… disponible. Pour ne pas te déranger dans ton enquête. Le chocolat chaud est pour moi, dis-moi si tu souhaites autre chose, je t'offre tout ce qui est à la carte aujourd'hui.

— Tu l'as trouvé ? bafouilla-t-elle avec plus de difficulté qu'elle n'aurait cru.

Ruben inspira une grande goulée d'air. Il hocha la tête et alla chercher derrière son bar une feuille A4 pliée en deux qu'il tendit à Rosita.

— Oui. C'est pour toi. Je peux t'indiquer où se trouve le bureau des Archives, si tu veux. Si peut-être tu as envie de leur rendre visite, de regarder les photos…

Rosita se saisit du papier, l'ouvrit. Elle n'arrivait pas à lire. Elle releva la tête, l'air hagard, sembla découvrir où elle se trouvait. Le bar de Ruben était quasiment vide. Entre ceux au travail, ceux accourus à la Bosweg pour voir l'incendie, ou pour donner un coup de main, ceux retranchés chez eux à se demander combien Beek aan Zee comptait désormais de criminels, de trafiquants de drogue, de meurtriers, de pyromanes…

— Je te sers quelque chose d'autre ? Quelque chose d'un peu plus fort qu'un chocolat, peut-être ? J'ai un whisky d'enfer.

Rosita observa les gros bras tatoués du patron récupérer avec délicatesse sa tasse vide de chocolat chaud. Elle secoua la tête.

— Merci, ça ira comme ça. Ça ira largement comme ça.

Elle se leva, fourra la photocopie dans son sac, récupéra ses affaires et se dirigea en titubant vers la sortie.

*

Rosita Marcadet marcha vers la plage. Son cœur n'arrivait pas à retrouver un battement régulier. Serait-elle en train de débuter une sorte de crise de panique ? Rosita avait été témoin de nombreuses crises de panique au cours de sa carrière. Parfois d'une violence extrême. Elle-même n'avait jamais eu à en souffrir. Du moins pas dans son souvenir. Rosita ne se souvenait pas de tout, ceci dit. Cette adresse rue Marcadet, par exemple. Combien d'années sa mère et elle avaient-elles habité là ? Aucune idée. Rosita se revoyait simplement gonflée d'un bonheur royal à porter le nom de sa rue. Pour elle, ça signifiait la posséder un peu plus que les autres, en secret. Elle était littéralement chez elle, tout le long de ce morceau de goudron gris, immense, parsemé de centaines de numéros. Rosita de la rue Marcadet. Horreur absolue lorsque sa mère lui avait annoncé un déménagement rue du Printemps. « La rue du Printemps, Rosita, qu'est-ce qu'il y a de plus joyeux que le printemps ! » lui répétait sa mère. La petite Rosita pleurait depuis trois jours sans interruption, à l'exception des repas et des siestes où elle se jetait contre l'oreiller, épuisée. Pour Rosita, on lui demandait de quitter son nom, sa personnalité. « Tu es trop sensible, Rosita, il faudra faire attention à toi» ponctuait Dora en hochant la tête à chaque gros chagrin de sa fille, dans son français différent du français des autres mamans à l'école. Dora parlait le matin en néerlandais à sa fille et l'après-midi en français. Le changement intervenait à douze heures trente précises, tous les jours, depuis toujours.

La sonnerie de son téléphone portable l'extirpa de ses rêveries. Les cheveux au vent, Rosita décrocha.

— Allô Rosita, je ne te dérange pas ?

— Non, bien sûr, Anita, je t'en prie.

— Eh bien je me demandais si on pouvait boire un café, là, si tu as du temps. Je dois te régler la deuxième partie de tes honoraires et j'avais encore quelques questions. Veux-tu bien venir chez moi ?

— Bien sûr, renifla Rosita. J'y serai dans un gros quart d'heure. À tout de suite.

*

— Par le toit ?

Assise, dos vouté, pieds écartés, coudes posés sur les cuisses et mains ballantes, Anita van West avait remisé ses airs de duchesse au placard. Elle ressemblait à une boxeuse en fin de combat, serviette sur l'épaule, gouttière encore dans la bouche, trop obnubilée par la relecture de son match perdant pour penser à la retirer.

— Oui, lui expliqua la détective. La tueuse avait déjà certainement mis son attirail de fausse femme de ménage dans un sac à dos aux toilettes, en attendant que Rob vienne se… soulager. Après l'avoir confronté, menacé, obligé à monter sur le toit avec une arme avant de l'y pousser, notre tueuse est prête à décoller. Elle n'a plus rien à faire. Elle attend une minute que le groupe se précipite sur la terrasse, tous regards rivés sur le cadavre et elle descend l'échelle de secours extérieure, de l'autre côté du bâtiment. Pas de caméra, pas de voisin. Elle marche tranquillement vers le bois. Elle sait très bien que personne ne va songer à regarder dans sa direction. Elle a planqué un vélo quelques centaines de mètres plus loin, elle l'enfourche et elle se fond dans le décor.

Anita était atterrée. Était-ce donc si simple que ça, de tuer quelqu'un ?

— C'est vrai que c'est un métier, reconnut Rosita. Comme dans tous les domaines, on trouve des bons professionnels et des mauvais. Je dois admettre que l'organisation criminelle engagée par Caroline Verhagen semble relever d'un standing élevé.

Anita songea à son mari, Frank, toujours sur les lieux de l'incendie. À la maison des Verhagen, chez les assassins. La police elle aussi stationnait en bas de chez les Verhagen ; ne devait-on pas aller hurler : *Arrêtez-les ! Ce sont eux qui ont commandité l'assassinat de Rob ! Ils ont tué mon frère !*

Ils n'étaient pas si nombreux à connaître la vérité, à avoir entendu l'explication de Rosita Marcadet. Ses sœurs, leur mère, Thessa, Mrs Moss, Heleen, Steven.

Beatrix devait encore être chez Thessa, à la persuader de ne surtout pas agir sans d'abord lui en parler. Liesbeth, probablement sur la tombe de Rob. Anita, elle, était rentrée chez elle d'un pas nerveux. Bouleversé. Si une tueuse à gage avait poussé Rob, comment était-elle repartie ? Est-ce que quelqu'un ne l'aurait pas vue ? On n'avait entendu ni voiture, ni moto… Et la détective Marcadet ne comptait-elle pas démanteler ce groupe de professionnels du meurtre ? Retrouver la personne responsable de la mort de son frère ? La traduire en justice et l'enfermer jusqu'à sa mort misérable ?

— Je ne suis pas procureure, moi, Anita. Ma conviction personnelle, si tu veux l'entendre, est à peu près similaire à la tienne. À savoir, comme tu le disais à l'instant, que c'est Caroline Verhagen la véritable responsable du meurtre, lui répondit Rosita d'un ton calme et posé.

Le pied d'Anita tressautait.

— La tueuse à gage, bien sûr, a accompli l'acte, poursuivit la détective, mais à la manière d'un robot, si on peut dire. Elle ne réagit qu'à la commande. Par ailleurs démanteler une organisation criminelle, ce n'est pas ce pourquoi tu m'as engagée, Anita, me semble-t-il. Tu souhaitais savoir pourquoi Rob Dolen avait été poussé du toit. Maintenant, tu le sais.

Anita van West se redressa. Elle entrecroisa ses doigts sur ses cuisses et dévisagea Rosita en silence pendant un moment. La détective ne baissa pas les yeux. Elle n'était pas dérangée par les regards insistants, les jugements, voire les reproches ou les menaces. Ça faisait partie du travail. Là-dessus, Rosita était blindée depuis longtemps. La seule chose qui l'aurait gênée aurait été de passer pour l'exact contraire de ce qu'elle était. Impossible de savoir si cela se produisait souvent.

— OK, finit par lâcher Anita, en levant le bout du nez en l'air.

Son côté impérial reprenait le dessus. Rosita Marcadet lui sourit, se sachant congédiée.

— Je te règle le reste par virement ?

# Chapitre 58 - Rue du Bastion

Steven se passa les mains sur le visage comme s'il sortait d'un bain dans la mer Morte. Il fit rouler sa tête d'un côté, de l'autre. Saisit son téléphone et envoya à Rosita : « *C'est fait, on se retrouve pour que je te raconte ?* »

La réponse ne tarda pas.

« *Tu veux passer à la maison* ? »

Steven éteignit ses ordinateurs, attrapa clefs, portable, blouson et fila.

*

— Bon, j'imagine que les détails techniques ne t'intéressent pas ? lui demanda Steven en roulant des yeux.

— Tu imagines à la perfection.

Le jeune homme émit un bruit de bouche réprobateur et se servit du rooibos.

— Alors en gros, je n'ai pas pu avoir de nom précis pour la bonne raison que le compte a été créé depuis un ordinateur qui n'est pas enregistré comme étant la propriété d'une personne.

— OK... soupira Rosita en se tartinant du beurre de cacahuète sur une tranche de mie de pain brun.

Elle avait opté pour un déjeuner néerlandais aujourd'hui. Entre la fin de l'enquête sur le meurtre de Rob Dolen, celle qui débutait sur sa propre vie et le demi-litre de chocolat viennois bu tout à l'heure, elle n'avait pas d'appétit pour un plat chaud.

— En revanche, tu seras heureuse d'apprendre que j'ai une adresse.

— Une adresse ? répéta la détective en croquant dans sa tartine.

— Une adresse que tu dois bien connaître.

Rosita lui fit les gros yeux et le pressa d'accoucher, maintenant. Steven lui lança :

— 36, rue du Bastion, Paris 17ème arrondissement.

Rosita demeura deux secondes la bouche ouverte, offrant à son ami une vue plongeante sur le résultat de sa fraîche mastication.

— *Putain*, lâcha-t-elle en français. J'en étais sûre. C'est quelqu'un du Bastion.

Jusqu'à ses recherches consécutives à l'arrivée de Rosita, Steven ne savait pas que le légendaire « 36, quai des orfèvres », la maison historique de la police judiciaire parisienne face à la Seine qu'il avait plusieurs fois vue au cinéma, avait déménagé au 36, rue du Bastion, dans le Nord de Paris. Offrant à la PJ, en plus de locaux remis plus ou moins à neuf, un nouveau surnom.

— Tu t'es encore tachée, Rosita, t'es pas possible hein…

Le bruit de la sonnette sortit Rosita de la torpeur et fit sursauter Steven. Pendant une seconde, il s'imagina son patron, de l'autre côté de la porte, prêt à l'embarquer pour « utilisation de ressources gouvernementales non-réglementée et détournement de logiciel en vue de piratage international non-autorisé ».

Il se trouva ridicule et soulagé lorsque Mrs Moss pénétra dans l'appartement à la suite de Rosita.

— Je vous sers un rooibos ? balbutia Rosita avec un trouble qui étonna Steven.

— Avec plaisir, merci beaucoup, Rosita, la remercia Mrs Moss.

Steven observa les deux femmes, fébriles l'une comme l'autre. Rosita ouvrit un placard et sortit une tasse en silence, Molly Moss s'assit dans un mouvement qui parut durer cent ans. Steven se racla la gorge et se leva.

— Je vais vous laisser, j'ai du travail à terminer, merci beaucoup pour le thé, Rosita !

Les deux femmes le dévisagèrent avec un même sourire confus.

— Merci beaucoup pour ton aide, Steven, je te recontacte très vite, d'accord ?

— Oui, super ! À bientôt, bon après-midi ! Au revoir Mrs Moss !

En redescendant la Zeestraat, Steven se réjouit à l'idée que Rosita l'appellerait plus tard pour lui raconter son étrange business avec Mrs Moss. Peut-être qu'ils mangeraient ensemble, ce soir. Plus Steven repensait à ses futures vacances, plus la possibilité de suggérer à Rosita de l'accompagner lui semblait une bonne idée. L'enquête était terminée, ils s'entendaient bien… Fuck, pourquoi pas ? Est-ce que Rosita se sentirait mal à l'aise s'il trouvait l'audace de lui proposer ? Il essaierait de lui en parler ce soir. À grandes enjambées en direction du Pré, Steven s'essaya à plusieurs essais : *Hey au fait Rosita, je t'ai dit que je prévoyais des vacances imminentes ? Ça te dirait de partir avec moi ? En tout bien tout honneur bien sûr ! Entre potes, quoi. Tu n'as pas envie de te changer les idées ? Tu ne reprends pas le travail tout de suite ! On prend des billets pour l'Autriche ?* L'Autriche ? Non… Le soleil plutôt. Rosita préfèrerait sûrement le soleil. L'Espagne ? Bof… L'Italie ? Ouh la, beaucoup trop romantique, non, pas l'Italie ! Rosita se ferait des idées… La Croatie ? La Croatie c'est bien, non ?

Il improviserait ; après tout, Rosita pouvait choisir la destination, tant qu'elle était d'accord pour partir…

*

Charlotte Verhagen ne répondait toujours pas. Willem n'arrivait pas à savoir si elle ignorait ses appels ou si elle n'avait plus accès à son téléphone. Il ne l'avait pas vue quand, arrivé affolé, essoufflé jusqu'à sa maison en flammes, le cœur implosé, il avait imploré les pompiers de le laisser passer. En vain.

— Calme-toi, jeune homme, à part l'employée que tu vois, là, dans le camion derrière moi, la maison était vide ! Tout le monde va bien.

Willem s'était éloigné du périmètre de sécurité, désorienté. Les pompiers, les voisins, personne ne se souciait de lui. Il se sentait la consistance d'un fantôme. Je vais me réveiller. Tout n'était qu'un rêve ? Un vicieux cauchemar ? Un des pompiers le bouscula en déplaçant un canon à eau. Willem n'était pas plus un fantôme qu'il allait se réveiller. Alors il marcha vers la dune. Aimanté vers l'endroit d'où tout avait dégénéré. Là où Rob les avait vus.

À cette période de l'année, les plantes prenaient chaque jour un peu plus de place que la veille. Le printemps installait son arrivée, dépliait ses attraits. Chaque changement de saison s'accompagnait d'une modification drastique du paysage. La morte plaine se transformait en une forêt primaire. Les buissons épineux s'étaient couverts de bourgeons depuis le passage quelques jours plus tôt de Rosita et Steven. Les tiges devenaient plus vertes, plus épaisses. Les feuilles se déployaient, éclatantes de chlorophylle. Mais Willem Kowska ne s'attardait pas à détailler les insectes affairés dans les fleurs naissantes. Il avançait, en automate. La vue sur la demeure des Verhagen se dégageait au fur et à mesure. Les canons à eau avaient triomphé du feu, enfin. Il ne restait plus qu'un nuage de cendres. Et une odeur âcre de métal fondu, jusque dans la dune. Willem observa, le cœur en miettes, ce qu'il restait de la villa. Les pompiers n'avaient pas menti. La maison était vraiment vide. Le canapé, ou ce qu'il en restait, quelques chaises calcinées, un squelette de cadre par ci par là. Mais d'ici, Willem pouvait distinguer le bureau de Madame Verhagen, à l'étage. Plus de table, pas d'armoire, aucun livre, pas de fleurs, de fauteuils, de tableaux. La pièce était à sec. Déménagée.

La solitude lui écrasa la poitrine au point qu'il dut s'asseoir par terre. Il se sentit tomber jusqu'au centre de la Terre, se disloquer et remonter à la surface sous forme de poussière. Plus tard, Willem finirait par rentrer chez lui, sans trop savoir comment. D'un coup, il se découvrirait face au miroir de la salle de bain, à se laver les dents. Il se mettrait dans son lit superposé. Une main sur le cœur, une main sur le ventre, Willem se concentrerait sur la respiration bruyante de sa petite sœur en dessous de lui et de son cousin de l'autre côté. Le rythme de leurs poumons minuscules et endormis le bercerait. Et lui aussi, il finirait par fermer les yeux.

*

— J'avais une petite question…

— Ah ?

— Pas d'inquiétude, l'affaire est bouclée, en tout cas de mon côté ! Aucune nouvelle découverte macabre. Non, mais je me demandais… Est-ce qu'il est si bon que ça, ce restaurant chicos *Malgré Tout* ?

— Euh, je… Je n'en sais rien… J'avoue que je n'ai jamais eu l'occasion d'y aller.

— Ce soir, 19 heures, ça te dit ? demanda Rosita, plus nerveuse qu'elle ne laissait paraître.

Elle entendit une déglutition à l'autre bout du fil.

— Avec, euh… Avec plaisir, oui !

— Parfait, on se retrouve là-bas, à tout à l'heure !

## Chapitre 59 - Malgré tout

Le dépôt de cendres se mit à tressaillir, profita de la risée polaire et s'envola. La masse d'air froide en provenance de Sibérie poursuivait son voyage à travers les Pays-Bas. La température dégringolait depuis son arrivée. Les paillettes grises et noires s'engouffrèrent dans la Bosweg. Certaines furent prises au piège des voitures, des porches, des rosiers, des rebords de fenêtres; d'autres, déjà plus hautes que les maisons, survolaient à leur aise Beek aan Zee. Si elles avaient eu des yeux, les cendres de la demeure Verhagen auraient pu observer le va-et-vient des cyclistes cahotant à travers les ruelles dallées, les trois moutons de M. Moe paître au Pré, les voisins rassemblés autour de cafés discutant de l'horrible incendie de la fin de matinée, le salon de René plein à craquer. Ainsi qu'Otto, venu en catastrophe depuis sa boutique de fruits et légumes sur les lieux de l'incendie, qui avait fait rage à cinquante mètres de chez lui. Hormis la poussière, les propriétés voisines ne souffraient d'aucun dégât. Par miracle pour les voisins et pour la dune, l'incendie avait été contenu dans la propriété des Verhagen, de manière presque chirurgicale. Puck, l'employée de maison, avait été emmenée à l'hôpital Rode Kruis, Caroline Verhagen était repartie en trombe dès qu'elle fut assurée que ni sa fille ni son mari ne se trouvaient dans la maison, la police, les pompiers et les volontaires pour aider s'étaient retirés, les curieux dont la gorge commençait à gratter s'étaient rabattus dans un salon ami pour discuter ; il n'y avait plus personne. Seuls restaient une bande jaune interdisant l'accès au sinistre et Otto, bouche bée, au téléphone avec son mari :

— Je ne sais pas quoi faire, John, je ne vais pas retourner vendre mes potirons, il faut les aider à déblayer, non ?

— Les aider ? Mais tu rigoles, Otto ! Ils ne sont même pas là ! Tu vas aider une équipe qu'ils vont rémunérer ! Tu penses bien que les Verhagen ne vont pas s'amuser à épousseter eux-mêmes la chaussée !

— Mais leurs photos, leurs vêtements, leurs meubles, il y a sûrement des choses à sauver non ? Il faut chercher sous les décombres ! Tu imagines, les pauvres, ils ont tout perdu…

Écoutant d'une oreille distraite son mari lui interdisant de mettre un pied dans la propriété en ruines des Verhagen, ceux-ci étant capables de lui intenter un procès pour effraction voire pour destruction involontaire de ce qu'il pouvait rester, « voire pour vol ! », Otto s'était soudain concentré sur ce qu'il restait de la maison en face de lui. Il plissait les yeux, observait avec une incompréhension soudaine.

— Otto tu m'entends ?

— John, c'est bizarre...

— Quoi ?

— C'est comme si la maison avait été vidée avant l'incendie... Tu crois qu'elle aurait pu être cambriolée puis incendiée ?

*

Une fine couche de confettis givrés recouvrait Beek aan Zee. Rosita Marcadet, émerveillée par cette neige printanière, se rendait à pied chez *Malgré Tout*. Situé en contrebas de la dune nord, mais suffisamment en hauteur pour offrir une vue superbe sur le village illuminé et sur la mer, le restaurant se voulait une expérience de luxe et de volupté jusque dans les moindres détails. De l'avis de la direction et de certains clients, le seul point noir, hélas on en trouverait toujours un, consistait en cet ignoble *Hôtel de la Mer* jamais rafraîchi qui leur gâchait le paysage. Le patron du *Malgré Tout* avait tout tenté pour le faire raser, jusqu'à offrir de le racheter lui-même, sans succès. Ce soir, pour les époux van de Pol, le point noir du repas (exception faite de leur incapacité à communiquer depuis une dizaine d'années) consisterait en un morceau de pain mâchouillé, éjecté de la bouche de Rosita Marcadet éclatant de rire, et terminant sa course sur leur table. Plus précisément, dans le verre à vin de Madame van de Pol. Rosita leur adressa un signe de la main, un visage contrit et joyeux qui acheva de répugner l'épouse van de Pol. Les entrées n'étaient même pas encore arrivées et Rosita s'était déjà fait remarquer. Heleen venait de lui confier qu'elle avait cru à une idylle entre elle et Steven. Après son accès d'hilarité exubérante, Rosita avait souri, et posé sa main sur la sienne. Heleen mortifiée, pensait à ses paumes, très moites à la moindre émotion. Elle sentait déjà ses joues rosir. Heleen courait à la catastrophe. Un date avec l'une des meilleures enquêtrices d'Europe, n'importe quoi! Sa dernière histoire remontait à des semaines… Rosita allait la trouver ridicule, la planter, là, chez *Malgré Tout*, dès qu'elle aurait compris à qui elle avait affaire. Plongée à six mètres de profondeur sous ses angoisses, Heleen Kaars n'entendait pas Rosita lui expliquer à quel point elle l'avait troublée. Dès la minute où Rosita l'avait aperçue, elle avait été subjuguée. Pour preuve, c'était pathétique, elle avait même écrit « déesse nordique » à la place de son patronyme dans son carnet d'enquête, comme une adolescente.

— Hein? lâcha Heleen, perturbée par le mot de déesse, qui avait réussi à rejoindre les abysses de son cortex.

— Mesdames, la *Terrine van rode mul* s'il vous plaît.

Le serveur, paré d'un costume trois-pièces et d'un obséquieux dédain, si cher (mais pour quelle raison?) aux restaurants élégants leur présentait une assiette démesurément grande pour la portion qu'elle contenait.

— C'est pour moi, merci, souffla Heleen en levant l'index.

*Une terrine de rougets… Mais où vont-ils les chercher, ces pauvres rougets?* songea Rosita en acceptant sa mousse de fromage dans une tagliatelle de courgette au citron… Ou le contraire, elle ne savait plus.

Le dînait filait. Elles n'avaient pas goûté au plat qui n'était pas le leur, mais hormis ça, personne n'aurait pu imaginer les deux femmes partager un repas pour la première fois. La détective, certes, avait le contact facile. Lorsqu'elle rencontrait une personne, Rosita trouvait chaque information fascinante. Son intérêt déclinait aux rendez-vous suivants, la plupart du temps. Mais aux premiers échanges, Rosita était sincèrement captivée. (*Mon père était facteur* : Pas possible ! *J'aime beaucoup les bégonias* : Ça alors ! *J'ai eu mal au ventre la semaine dernière* : Pourquoi ça ? *Je suis gauchère* : Génial !) Heleen, en revanche, ne s'octroyait pas le luxe de la fascination. Elle analysait le moindre détail. Une vibration de lèvre, un mouvement de sourcil, un mot employé plutôt qu'un autre, une inclination de tête. N'importe quel signal venant étayer sa théorie que la femme face à elle finirait par la planter lamentablement, ici ou ailleurs. Le dîner chez *Malgré Tout* fut ainsi particulier pour toutes les deux. Rosita se découvrit plus calme, à l'enthousiasme moins débordant qu'à l'ordinaire. Heleen s'étonnait de se trouver rassurée, depuis que Rosita avait brièvement posé sa main sur la sienne. Les petites voix parasites dans sa tête semblaient avoir, pour le moment, presque toutes fondu. Elle avait pu profiter du repas, pour une fois. Lorsqu'un nouveau verre de vin leur fut servi, Rosita et Heleen eurent un même soupir d'aise. À la façon des sœurs van West, en parfaite synchronie.

*

Rosita tira la chasse. Avec effroi, elle sentit son cœur recommencer à tambouriner. Il l'avait pourtant laissée tranquille toute la soirée. Faire pipi l'avait visiblement réveillé. Rosita tenta de se concentrer sur les éléments dans son champ de vision : le bois, les serviettes brodées, les pierres de décoration, les crèmes à disposition. Sa tête tournait, pourvu que personne d'autre ne veuille entrer. Respirer, un, deux, trois. Bloquer. Appuyer sur le plexus solaire. Respirer, un, deux, trois. Bloquer. La technique qu'elle utilisait avec les témoins en état de choc. *Allez, ça va aller*, s'encouragea-t-elle. Rosita s'observa dans le miroir. Positif : elle avait repris des couleurs. Négatif : Heleen allait sûrement penser qu'elle avait la diarrhée.

Tout en rejoignant leur table, Rosita observa Heleen, le visage tourné vers la fenêtre et les flocons immaculés qui s'amoncelaient contre le rebord. Heleen aperçu Rosita dans le reflet et se retourna vers elle en souriant.

Rosita s'assit.

— Ça ne va pas ? lui demanda Heleen avec douceur et inquiétude.

Rosita, étonnée de s'être fait aussi vite démasquer, eut presque envie de pleurer. Pouvait-elle décemment, à cinquante-sept ans, fondre en larmes dans les bras de son premier rencard réussi en cinq ans, parce qu'elle avait des trucs à régler avec sa maman ?

— Tu peux m'en parler, si tu veux.

Heleen approcha sa main de la sienne et du bout du doigt, effleura son index. Rosita qui avait plongé le nez dans son assiette se redressa. De toute façon, elle n'arriverait pas à poursuivre la soirée en l'état. Il fallait que ça sorte.

— Ça a commencé à Paris, pendant une enquête éprouvante.

Douze jeunes filles placées dans plusieurs foyers d'aide à l'enfance avaient disparu. Évidemment, au début, comme d'habitude, Rosita regardait du côté des familles. Parfois les enfants et les parents auraient préféré ne pas être séparés, mais suite au signalement d'un voisin ou d'un prof, les services sociaux en décidaient autrement. À tort ou à raison. En tout cas, Rosita avait interrogé les parents, les proches. C'était le mois de novembre, il faisait un temps pourri à Paris. Le ciel était bas, l'air plombé et glacial. Rosita déprimait. Les histoires de famille découvertes au cours de l'enquête l'atteignaient un peu plus chaque jour. Malgré toutes les barrières de protection dont elle usait d'ordinaire, cette affaire-là remuait ses tripes. Il y en a toujours une, tous les quatre ou cinq ans, qui vous ronge le cerveau et le cœur. Chez n'importe quel policier. Pas forcément la plus atroce ni la plus sanglante. Et ce n'est jamais la même pour personne. Mais l'odeur que dégageait celle-ci, Rosita n'arrivait pas à s'en défaire. Sans savoir pourquoi, elle s'était mise à rêver de sa mère, de frères et sœurs qui n'existaient pas, mais qu'elle cherchait sans relâche dans son sommeil. Bientôt, elle ne dormait plus, buvait quatorze cafés par jour et, selon elle, retardait considérablement l'avancée de l'enquête. À l'idée que les douze jeunes filles subissaient potentiellement des sévices inimaginables chaque heure de plus à cause de son incapacité à faire la part des choses, Rosita était physiquement malade. Elle décida donc de tenir un journal, la nuit. Plutôt que de baigner dans ses sueurs froides qui la laissait hagarde le lendemain, elle allait courir ou marcher de minuit à une heure du matin, prenait une douche et se lançait dans l'écriture. Elle s'était même acheté un calepin à spirales spécial, dédié à son exploration d'elle-même.

— Bref, et c'est comme ça que j'ai commencé à m'interroger sur ma mère. Et ce qu'elle m'avait raconté. Depuis petite, j'étais persuadée que le récit familial collait. Jamais je n'avais pensé à le remettre en question : mon père était un peintre américain, dont ma mère était tombée follement amoureuse. Décédé d'une pneumopathie quand j'avais deux ans, il n'avait aucune famille, pas de frères ni de sœurs, ses parents étaient morts depuis longtemps. Mes parents vivaient très chichement, n'avaient pas un kopeck pour se prendre en photo, mais ma mère avait gardé nombreux de ses dessins. Elle me les montrait quand je lui posais des questions.

— Où as-tu appris le néerlandais ?

— Avec ma mère. Elle était à moitié néerlandaise, à moitié française, elle m'avait dit.

— Et tes grands-parents maternels ?

— Pareil, morts depuis longtemps, je ne me posais pas de questions. Mais au cours de ce mois de novembre, je me suis mise à chercher des souvenirs, des cartes, des lettres, tout ce que j'avais gardé de ma mère depuis son décès, en début d'année.

— Désolée…

Rosita haussa les épaules. Elle se retourna vers son sac accroché à la chaise, en sortit la carte postale et la photocopie pliée de l'acte de naissance. Elle tendit la carte à Heleen.

— Quand j'ai trouvé ça, une dizaine d'alarmes ont sonné dans ma tête.

— Elle a été postée à Beek aan Zee !

— Et ma mère est affublée de ce patronyme de « van Nutten », dont je n'avais jamais entendu parler. Les gens, les dates… Rien ne correspond à ce que ma mère me racontait. Aucune mention de mon père « Jim Brooks », en revanche ma mère était censée être accompagnée d'un ou d'une « G… » et avoir débarqué à Paris depuis peu… Alors qu'elle m'avait dit y habiter depuis son enfance.

— C'est pour ça que tu es venue à Beek aan Zee !

— Sauf que Rob Dolen a été poussé d'un toit. J'ai dû reporter mes recherches.

Heleen fit une moue stupéfaite. Décidément, il s'en passait des choses au village depuis quinze jours ! Rosita expira un long soupir.

— Le meilleur pour la fin… lâcha-t-elle en lui tendant la photocopie que Ruben lui avait remise en milieu de journée.

Heleen déplia le papier et le parcourut sans comprendre.

— Geertruida ?

— Interdiction de rigoler, plaisanta Rosita, désabusée.

— Mais… C'est toi, Geertruida ??

Rosita leva les mains en les agitant comme pour saluer une foule. Heleen, sous le choc, les yeux écarquillés comme des ballons, éclata de rire. Rosita suivit. Après avoir repris leur souffle, la détective ajouta :

— Figure-toi que c'est Ruben, sous les ordres de Mrs Moss, qui est allé déterrer ce papier.

— Hein ? Comment ? Attends, je ne comprends plus rien, moi !

— Moi non plus, approuva Rosita. Découvrir s'appeler en réalité Geertruida constitue un choc déjà suffisant en soi !

Elle ajouta, d'un ton plus bas :

— Mrs Moss est passée me voir cet après-midi pour m'expliquer d'où elle connaissait ma mère, mais je lui ai demandé de revenir un autre jour. C'était trop pour moi. Trop pour aujourd'hui, en tout cas.

Heleen, éberluée, brûlait de poser encore mille questions à Rosita. Cette « E. Dolen » de la carte postale, s'agissait-il d'Elena Dolen, la mère de Rob ? Quel rapport avec Molly Moss ? Et qui était la famille van Worm ? Son père était-il peut-être encore en vie ? Heleen n'insista pas et à la place, les resservit toutes les deux en eau.

— Merci, lui sourit Rosita en avalant son verre d'un trait.

— Mesdames souhaitent-elle reprendre du vin ?

Le serveur fit sursauter Heleen au point qu'elles explosèrent de nouveau de rire toutes les deux et ne purent répondre dans l'immédiat au sommelier impassible et vexé, qui suggéra qu'il reviendrait les voir plus tard.

— Tu prendras un café ? finit par hoqueter Heleen en s'essuyant le coin des yeux avec la serviette en gaze de coton.

— Un dessert surtout ! Remarque, les deux me vont aussi très bien. J'espère qu'ils font des cafés gourmands ici.

— Des quoi ?

Rosita inclina la tête avec un air de déception infinie.

— Heleen Kaars, ne me dis pas que tu n'as jamais pris un café gourmand de ta vie.

Heleen se sentit tout à fait ignorante et excessivement heureuse à la fois.

*

Vers vingt et une heure trente, Steven s'était résolu à sortir. Bonnet sur la tête, mains dans les poches, il contourna le Pré vers la *Zeestraat*. Ne sachant pas encore s'il oserait sonner ou pas, il voulait au moins vérifier que tout allait bien. Sans nouvelles de Rosita après l'irruption insolite de Mrs Moss, Steven imaginait divers scénarios mêlant ultimes rebondissements dans l'affaire Rob Dolen, problèmes de dettes de Mrs Moss, révélations saugrenues ou connexions étranges entre la police française et la vieille Anglaise.

Il ne neigeait plus. Dans le halo des lampadaires, Steven remarqua tardivement les deux silhouettes devant lui. Perdu dans ses pensées, il atterrit quasiment à leur hauteur au moment où les deux formes s'immobilisèrent, devant chez Rosita Marcadet. Sans réfléchir, il s'écarta en un bond vers une porte cochère pour s'y cacher. *Mais qu'est-ce que je fabrique, j'ai pris un coup de moulin ou quoi ?* Il ne bougeait plus un cil. Si jamais quelqu'un remarquait sa présence, là, collé contre une porte à épier l'entrée de Rosita, il passerait pour un fou ! Il n'entendait pas les voix mais avait les yeux rivés sur les silhouettes, qui n'en formèrent soudain plus qu'une. Le jeune homme n'osait plus respirer. Il distingua Rosita et Heleen, bras dessus, bras dessous, dans une accolade a priori plus romantique qu'amicale.

Rosita se détacha, extirpant ses clefs de son sac. Elle se saisit de la main d'Heleen, y déposa un long baiser au creux de sa paume. Steven sentit sa bouche s'ouvrir toute seule. Rosita rejoint sa porte d'entrée et entra chez elle. Il entendit la porte claquer. Heleen ne remarqua même pas la présence du jeune homme alors qu'elle le dépassait, sourire béat aux lèvres, et qu'elle empruntait pour rentrer chez elle le même chemin qu'il avait pris à l'aller. Steven sortit de sa cachette, la tête embrumée. Pourquoi son cœur battait si vite ? Le ciel était-il devenu plus lourd à porter, d'un coup ? Immobile au milieu de la rue déserte, il essayait de retrouver ses esprits. Au vu de ses différents symptômes, le diagnostic semblait clair : il souffrait de déception. Objectivement, voir Rosita si intime avec Heleen l'avait rendu chagrin. Autant estomaqué par ce sentiment inattendu que par sa capacité à l'avoir totalement ignoré jusque-là, Steven ne bougeait toujours pas. Derrière sa fenêtre, madame Zimmermann entendit la pendule de sa chambre marquer dix heures. Elle fut soulagée. À observer ce garçon pareil à une statue dans la rue, elle avait fini par se demander au bout de plusieurs minutes si le temps ne s'était pas arrêté. Lorsqu'il se mit à éclater de rire, tout seul, comme ça, madame Zimmermann secoua la tête et se tourna vers son chat : *Je te le dis, Moustache, les gens vont mal aujourd'hui ! Mal !*

En vérité Steven n'allait pas mal. Il allait même très bien. Un coup de cœur pour Rosita Marcadet, voilà tout ce qui lui arrivait. Steven avait un crush pour une détective lesbienne de deux fois son âge. Au moins, il se faisait rire lui-même, preuve que tout allait bien.

*

Au même moment, Thessa allait, machinalement, craquer hors de sa plaquette un des somnifères prescrits par sa psychiatre. Thessa resta interdite. Elle se revit des années en arrière, à la cafétéria de Rode Kruis, avec Caroline Verhagen. Ce jour-là, pour une fois, les deux femmes s'étaient parlé. À l'époque Thessa dépérissait. Terrorisée par son mari, épuisée par sa vie, Thessa s'était confiée à Caroline Verhagen, à demi-mot. C'est Caroline qui lui avait recommandé les thérapies du Docteur Sanders, psychiatre et psychanalyste. Thessa fixa la plaquette de cachets entre ses doigts.

Elle songea au mot découvert sur le cadavre chaud et abominablement écrabouillé de Rob. La tueuse à gage avait-elle pris l'initiative créative de glisser dans la poche de son mari ce papier affreux « Tu m'as brisé le cœur Thessa » ? Ou bien cela avait-il été une idée de Caroline Verhagen ? De l'autre côté du lit, Tom se rapprocha, vint se lover derrière elle et lui embrassa l'épaule.

Thessa jeta un dernier regard à la plaquette bien entamée, avant de la balancer à la poubelle.

# Épilogue

**Dimanche 17 mars**

La pendule en bronze sonna huit heures, de concert avec un klaxon particulièrement loquace en bas de la rue. Les yeux de Rosita, collés, refusèrent de s'ouvrir. Elle s'agrippa à son oreiller comme à un radeau. Trois nouveaux coups de klaxon eurent raison de son sommeil. Elle finit par se lever et tituba en culotte jusqu'à la cuisine. Au moment d'ouvrir le placard pour prendre un verre, Rosita s'aperçut qu'elle avait les yeux toujours fermés. Enfin, ses pupilles rencontrèrent la lumière du jour et dirigèrent sa main vers l'objet désiré.

— Oh purée… Même avec deux verres de vin, je me réveille à l'envers. Attends, deux, ou trois ?

Rosita se remémora la soirée de la veille. Oui, deux verres de vin avaient suffi. Deux verres et un violent paquet d'émotions. Quand allait-elle appeler Mrs Moss ?

Rosita pourrait tout aussi bien passer la voir dans la journée. Ou demain ? Et si la vieille dame se cassait la figure ce matin et décédait dans l'après-midi ? Alors Rosita ne pourrait plus rien savoir…

La détective inspira, expira. Elle allait d'abord prendre son petit déj, puis elle appellerait Steven. Avec tout ça, elle ne l'avait même pas remercié convenablement.

De l'autre côté du village, Heleen hésitait à envoyer un texto à Rosita. Elle enfourcha son vélo. Elle se repassait en boucle les moindres détails de sa soirée. Sa tendance à la sur-analyse s'était réveillée en forme, ce matin. Ceci dit leur repas n'avait pas été banal. Entre éclats de rire, révélations intimes, toucher de main, câlin, baiser de main ! Tout ça méritait bien un message, non ?

Heleen s'engagea dans *Perenstraat* (la rue des Poires) pour rejoindre le Pré. Elle ne prêta pas attention aux trois camions de déménagement de l'autre côté de la place, en file indienne, au feu rouge. Elle baissa la tête pour vérifier l'heure sur son téléphone lorsque les camions redémarrèrent, direction Hogeweg, sortie de Beek aan Zee. Heleen n'aperçut pas non plus le carré blond impeccable et déterminé d'Anita, au volant de sa Giulietta.

*

Anita van West avait mal dormi. À six heures du matin, elle s'était glissée dans sa voiture, avait traversé Beek aan Zee encore endormi et s'était garée en face de chez les Verhagen. Lorsqu'elle avait aperçu les camions remonter la rue, stationner un peu plus haut vers un des garages de la propriété, elle avait attendu. Ces camions repartiraient et elle les suivrait. Où qu'ils aillent. À dix kilomètres ou à travers l'Europe, aucune importance. Heureusement, les camions de déménagement ne roulèrent pas plus loin qu'Amsterdam. À l'entrée de la ville, Anita les perdit dans le trafic. Puis elle se surprit elle-même à réussir sa filature, les retrouvant trois rues plus loin. Le coup de chance du débutant, sûrement. Au cœur du Jordaan, ancien quartier ouvrier devenu l'épicentre de la hype amstellodamoise, les trois camions blancs au logo orange se stationnèrent devant une immense porte de garage grise. Un roulement mécanique plus tard, les camions disparurent à l'intérieur. Anita van West gara sa Giulietta une vingtaine de numéros plus haut dans la rue. Elle revint à pied. Assise à un banc, dos au canal, elle patienta une heure devant la porte grise close. Elle observa les maisons découpées en appartements, les allées-venues. Elle doutait que les Verhagen puissent emménager à cette adresse. Le lieu n'était pas assez démesuré pour eux. Charmant certes, avec ces hautes maisons de briques penchées, étroites, aux grandes fenêtres caractéristiques des canaux d'Amsterdam. Ravissant, hors de prix même, mais d'un luxe pas assez vertigineux. Au contraire de leur villa de Beek aan Zee, avant les flammes : une forteresse dissimulée, gigantesque, inimaginable. Ici, c'était encore trop commun. La sonnerie de son téléphone la tira de ses réflexions. Frank. Anita soupira et décrocha. Elle parla près d'une heure avec son mari. Après des pourparlers passionnés, il finit par la convaincre de rentrer à Beek aan Zee. Frank lui promit qu'ils trouveraient un moyen pour que justice soit rendue pour son demi-frère. Mais par pitié, qu'elle ne se mette pas en danger. Suivre les camions de déménagement des Verhagen, quelle folie! Si cette Rosita avait raison (« Elle a raison! » tempêta Anita au téléphone), Beatrix disait vrai en imaginant tout ce dont les Verhagen seraient capables pour assurer leurs arrières.

— Rentre, mon trésor, je t'en prie, rentre à la maison et on va réfléchir.

Lorsqu'il raccrocha, Frank, la gorge sèche et le cœur battant, se demanda ce qu'il pouvait bien entendre par son propre *On va réfléchir*. Qu'y avait-il à réfléchir? De toutes les manières, il allait devoir trouver quelque chose et vite. Il savait que sa femme n'abandonnerait jamais.

*

Dès dix heures du matin, les effluves de café se mêlaient à celles des cosmétiques. La voix rocailleuse et théâtrale de Margareta résonnait depuis un moment dans la boutique. La fervente cliente du coiffeur montrait depuis son arrivée une forme olympique.

— En tout cas j'aimerais bien savoir quelle entreprise de tueurs à gages Caroline Verhagen a engagée!

— Pour leur proposer un nouveau contrat? interrogea René, un sèche-cheveux à la main, une pointe de sincère inquiétude dans la voix.

— Grand Dieu non ! s'offusqua Margareta van West. Mais pour leur demander quel genre de professionnel du crime accepte d'assassiner en pleine cérémonie funéraire ! Tueur à gages, soit ! Mais il doit tout de même y avoir une sorte de règlement de bonne conduite pour ses métiers là, non ? Un peu de respect, tout de même !

— Au fait, Margareta, qu'est-il arrivé à Linda Dekker ? Le corps de cette pauvre femme est-il encore parmi nous ? demanda pompeusement une des clientes régulières de René, une voisine des van West à la choucroute blond platine et laquée comme si sa vie en dépendait.

— Linda ? Bien sûr qu'elle est encore parmi nous, je l'ai mise au salon depuis une semaine !

Un frémissement effrayé refroidit l'assemblée.

— Elle est sur un fauteuil, un peu raide c'est vrai, mais elle ne sent pas encore trop mauvais. Je pense peut-être la garder jusqu'à Noël ! Elle est de bonne compagnie, elle n'ose jamais me contredire !

Beatrix, qui passait « en coup de vent » au salon, secouait ses mains fraîchement vernies en soufflant sur ses ongles, les yeux au ciel.

— Maman, tu es terrible…

La voisine à la choucroute et le reste du salon commençaient à comprendre que la vieille dame se payait leur tête. Margareta éclata d'un rire éraillé.

— On a inhumé Linda plus tôt cette semaine, juste entre nous, précisa Beatrix à la voisine qui n'avait pas l'air d'avoir apprécié la plaisanterie..

René et Margareta pouffaient comme des enfants. *Il manque bien du monde au salon ce matin*, se dit

Beatrix… Pour la première fois depuis des lustres, peut-être même pour la première fois depuis qu'elle possédait un téléphone portable, elle eut soudain l'envie d'appeler Liesbeth.

*

Rosita Marcadet n'avait jamais reçu autant de courrier depuis son arrivée à Beek aan Zee. Pas moins de six enveloppes l'attendaient dans la boîte aux lettres en cette fin de matinée. La plus élégante, celle d'Anita van West, contenait un mot de remerciements ainsi qu'une attestation de virement bancaire. Dans une autre enveloppe, une certaine Mevrouw Moleman suspectait son mari de rendre des visites extraconjugales à sa voisine le mardi, au lieu d'aller au bridge, et sollicitait Rosita pour le prouver. Un Meneer Koerland cherchait désespérément à retrouver une cousine, disparue aux bras d'un type douteux vingt ans auparavant, qu'il n'avait plus jamais réussi à contacter. Apparemment, les compétences de la détective avaient fait le tour du village. Rosita Marcadet, les traits tirés, sourire aux lèvres, ouvrit l'une après l'autres les différentes requêtes des habitants de Beek aan Zee. Pas de meurtres en série ni de crimes de sang abject, mais de quoi régler les factures un certain temps… *Non*, se reprit Rosita, *faut pas exagérer*. Elle n'allait tout de même pas ouvrir une officine de détective privée du dimanche, à photographier des amours défendues cachée sous des fourrés. Sur le dos de la sixième enveloppe, Rosita lu, d'une calligraphie à l'ancienne, « De la part de Molly Moss ». Interdite, le cœur emballé dans un vacarme grandissant, elle fourra brusquement l'enveloppe sans l'ouvrir dans sa poche. Ce matin, avant de sortir, dès son petit déjeuner avalé, Rosita avait pris une décision : son programme du jour n'inclurait rien qui touche de près ou de loin à sa mère, à Elena Dolen ou à Molly Moss. Rosita s'octroyait une réelle journée de vacances, à tout point de vue.

— *Hoi hoi !* (Coucou !)

Steven se tenait face à elle, les joues rosies par le froid, ses cheveux couleur de dune en bataille.

— Dis donc, t'as un sacré fan club ! s'exclama-t-il à la vue du courrier sous le bras de Rosita. Mince, je ne suis pas très original.

Il lui tendit une grosse enveloppe fermée par un sticker, dessin d'une pastèque jouant des maracas. Rosita s'esclaffa en le découvrant.

— Il est drôle, non ?

Rosita prit soin de ne pas abimer le sticker et sortit de l'enveloppe un superbe cahier à spirales. Elle ne l'aurait pas mieux choisi elle-même, il était parfait. Elle caressa la couverture rigide en cuir orange, touchée par ce cadeau dont elle ne comprenait pas la raison.

— C'est pour ta prochaine enquête ! J'ai essayé de prendre la même taille que celui que tu ranges dans ton blouson. Et, ajouta-t-il en baissant un instant le regard vers ses chaussures, c'est pour te remercier.

— Mais de quoi ?

— Ma mère. Tu n'as rien dit à personne… C'est, euh… Merci. Je pense qu'elle ne se serait pas remise d'une humiliation publique.

— Enfin, tu n'avais pas besoin de me faire un cadeau, c'est normal.

— C'est pas grand-chose, dit-il en haussant les épaules.

Avant qu'il ait pu s'en rendre compte, Rosita l'avait déjà pris dans les bras. Steven en resta les bras ballants.

— Oh, hein ! Je sais que ça n'est pas votre tasse de thé, mais un peu de contact humain dans ce monde de brutes, ça fait du bien !

Alors Steven referma ses bras lui aussi autour de Rosita, en se répétant très fort que son coup de cœur pour elle avait disparu. *Finito, pas d'attirance, aucune, copains ! On est copains !* certifia sa petite voix intérieure jusqu'à ce qu'il réouvre les yeux quand Rosita se détacha de lui.

— Il paraît qu'on a besoin d'au moins quatre câlins par jour, tu savais ça, toi ? lui lança la détective en rabattant deux mèches folles derrière ses oreilles.

— Je sais en tout cas qu'un certain câlin d'une certaine personne hier a dû te faire un certain bien, lui répondit Steven, goguenard.

La veille, en rentrant chez lui, Steven avait pris le parti d'avouer dès le lendemain à Rosita qu'il l'avait surprise sans le vouloir avec Heleen. Il ferait preuve d'honnêteté et pourrait en même temps balayer les restes de son léger coup de cœur pour Rosita. Discuter avec elle de son désir pour Heleen éradiquerait sans doute le moindre germe de son désir à lui. Il passerait à autre chose, si ce n'était pas déjà fait. Il n'avait pas prévu en revanche de lui balancer ça aussi abruptement, en la charriant sur le sujet.

Rosita se transforma en *Cri* de Munch ou en pipe rigate : ses yeux sortirent de leurs gonds, sa mâchoire s'ouvrit au maximum de sa capacité anatomique.

— Pardon, pardon, pardon, je ne voulais pas te le sortir comme ça, débita Steven à toute vitesse, je ne l'ai pas fait exprès mais je vous ai vues toutes les deux hier soir, dans la rue ! Je voulais vérifier que tout allait bien, je suis arrivé à trois mètres de chez toi au moment où Heleen te raccompagnait.

— Ah les villages… On ne peut rien y faire incognito j'imagine, souffla Rosita.

Steven lui sourit, gêné.

— Bon, mais, c'est cool, non ? T'es contente ?

Rosita lui répondit d'une moue qu'il ne sut pas déchiffrer.

— T'es pas obligée de me raconter hein !

Rosita ouvrit sa boite aux lettres, replaça toutes les enveloppes à l'intérieur, referma à clef.

— Je te raconte mais on marche, ça caille !

— Bon déjà je sais comment ça s'est fini : chastement, osa-t-il lui souffler tout sourire.

Rosita le poussa gentiment en pouffant.

— Non mais l'angoisse ! Si tu savais ! J'avais teeeellement peur qu'elle veuille entrer, tu ne peux pas savoir comme je suis rouillée !

Les deux comparses riaient en marchant vers la mer, le nez au vent. Leur premier jour de vacances commençait bien.

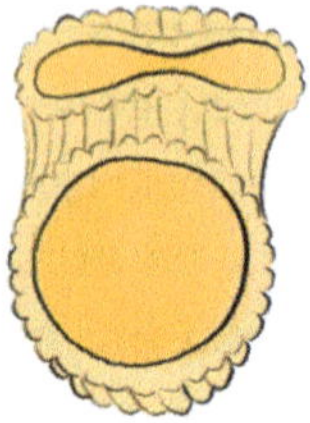

pipe rigate

8 minutes

*

Dans le train direction La Haye (*Den Haag*), Molly Moss songea à Ruben. Elle avait oublié de lui dire au revoir. Non pas qu'il soit un ami proche… Mais peut-être que si, à bien y réfléchir, Ruben était l'une de ses personnes préférées à Beek aan Zee. Elle reconnaissait quelque chose d'elle en lui. Lorsqu'elle était venue le remercier pour son aide, elle avait trouvé Ruben contrarié. Elle le comprenait. Molly non plus n'aimait rien de ce qui n'était pas franc et entier. En lui expliquant ce qui l'avait poussé à « vérifier » d'abord l'identité de Rosita Marcadet, Ruben s'était adouci. Et il l'avait aidé à trouver l'adresse que Molly cherchait. Les pages jaunes avaient disparu, elle ne savait pas où chercher.

*Ne pouvait-elle pas trouver l'adresse sur internet ?* lui avait-il demandé. Molly Moss n'en savait rien. Elle ne possédait pas d'ordinateur. Un téléphone fixe dans l'entrée : voilà sans doute l'objet le plus technologique en sa propriété. De la fenêtre du wagon, Molly Moss observa le paysage plat et vert qui défilait. Les vaches qui paissaient derrière des clôtures en bois. Ruben avait trouvé l'adresse sur son smartphone, en deux minutes. En deux minutes, après tout ce temps... Molly Moss appuya sa petite tête contre la vitre et se répéta l'adresse, comme un mantra.

Helma van Worm
Hertelaan 15
2243 EK Wassenaar

*

Avant la fin de la journée, René avait réservé un billet pour Séville, mardi prochain. Le récent lot de meurtre, incendie et délits variés avaient eu raison de ses nerfs. Il prendrait le large toute une semaine. Rodrigo, enchanté, lui envoyait des floppées d'émoticônes que René s'efforçait de déchiffrer. De ce qu'il comprenait, la météo serait au beau fixe et riche en fruits et légumes. Margareta, chez elle, assise à sa fenêtre comme souvent l'après-midi, manqua de s'étouffer lorsqu'elle aperçut de l'autre côté de la rue ses deux filles, Anita et Liesbeth, tout sourire, en pleine discussion animée, marcher en direction du centre. Heleen quant à elle transpirait à grosses gouttes devant ses fourneaux, s'entraînant en prévision de la semaine prochaine et maudissant la sombre minute où elle avait proposé à Rosita de lui cuisiner un dîner. Beatrix répondait au troisième appel de Frank depuis la fin de matinée. Frank n'en revenait toujours pas de cette histoire abracadabrante de beau-demi-frère caché puis assassiné. Beatrix vidait le lave-vaisselle en rassurant tant bien que mal le mari de sa sœur. Promis, elle veillerait sur Anita. Bien sûr que non, Anita ne craignait rien. Évidemment, on s'assurerait qu'elle ne fomente aucune folle stratégie de vengeance. Pat levait les yeux au ciel, assis dans le canapé. Il mimait à Beatrix de raccrocher. Même si au fond de lui, Pat devait avouer ne pas se sentir tellement tranquille non plus. Comme Frank, il espérait que toute cette affaire soit une fois pour toute terminée. Au moins, les Verhagen s'étaient envolés. Évaporés dès que leur maison avait pris feu, sans dire au revoir à personne. Anita avait suivi leurs camions de déménagement jusqu'à Amsterdam, mais ils avaient pu tout aussi bien prendre un vol pour Rio le soir même de l'incendie. Bon débarras. Si les Verhagen étaient vraiment des embaucheurs de meurtriers, maintenant qu'ils avaient fichu le camp, que risquaient à présent les habitants de Beek aan Zee ?

Le village pouvait redormir tranquille, n'est-ce pas ?

Beatrix raccrocha le téléphone sur le socle, vint s'asseoir à côté de son mari sur le canapé et soupira. Pat lui prit la main, passa son autre bras autour d'elle et lui embrassa le front. Il respira la peau de sa femme, son odeur préférée au monde.

— C'est fou, c'est toujours toi qu'on appelle dans ta famille pour régler les soucis.

— Tu me répètes ça depuis…

— 30 ans ! s'écrièrent-ils en cœur et en souriant.

Ils s'embrassèrent et fredonnèrent ensemble et en français :

*« Peu m'importe les problèmes*
*Mon amour, puisque tu m'aimes… »*

# Remerciements

Ce roman est né un peu par hasard, pour me changer les idées. Pour rigoler. Dès que j'ai évoqué cette idée de livre sur une policière française débarquant aux Pays-Bas, ma belle-famille néerlandaise débordait d'enthousiasme. Comme elle le fait à chacun de mes projets, sans qu'elle ait jamais pu en lire un seul, puisque personne chez eux ne parle français. Ik kan mijzelf heel gelukkig prijzen met jullie. Hartelijk bedankt de tout mon cœur aux van Tunen et aux van Oploo. Dont Jeroen, bien sûr.

Merci à ma famille et à mes amis.

Hélène Cobo, merci infiniment pour ton amitié généreuse et instantanée, ta certitude immédiate que Rosita aurait une vie de papier, ton aide si précieuse sur mes brouillons.

Merci beaucoup à Marie Vareille, pour tes encouragements, ton soutien, ta gentillesse.

Merci de tout cœur à mon éditrice Laury-Anne Frut. Merci de ta confiance, de ton enthousiasme, de ton écoute. Quelle joie de travailler avec toi, de rejoindre votre maison ! Merci à toute l'équipe de Moissons Noires et aux libraires, lectrices, lecteurs qui feront vivre Rosita et les habitants de Beek aan Zee. Ils n'ont pas dit leur dernier mot !

Une pensée pour Aurélia Robin et Magali Jacques, mes anges gardiennes de l'édition.

Et merci à l'université publique française, à l'Union européenne et au programme Erasmus, sans quoi tout ça et tout le reste ne seraient jamais arrivé. 🧡

MOISSONS NOIRES

www.moissons-noires.com

Par ce logo, nous témoignons d'une volonté de réduire les impacts environnementaux liés aux activités de l'imprimerie. Nous choisissons un imprimeur impliqué dans la réduction des gaz à effet de serre. Le choix de nos papiers assure que la production a été faite à partir d'un produit à base de bois et a suivi le cahier des charges d'une gestion durable des forêts européennes.

Achevé d'imprimer chez CPI (174364) en France
en avril 2023 pour le titre « Les sombres affaires de Rosita Marcadet ».

Acquisition : Laury-Anne Frut
Suivi éditorial : Céline Garcia
Conception graphique : Guillaume Bertineau
Mise en pages : Sarah Ponzo
Correction : Marie Madeleine Géri

Dépôt légal : Premier semestre 2023


éditions La Geste
11, rue Norman-Borlaug
79260 La Crèche
contact@marmaille-compagnie.com